핀잔 섞인 말에 나는 깜짝 놀라서 아무 생각 없이 말했다.
"너, 너무 예뻐서."

나래
"빠, 빨리 원래대로 안 돌려놔?"
성훈
"이게 도대체 뭐야아아아아!"

랑이
"성훈아! 살려주어라!"
세희
"무도회랍니다, 도련님."

랑이
"지금 입고 있는 것이 상의가
아니고 무엇이느냐?"

나와 호랑이님 3.5

도련님, 사랑해주세요~♡

카넬 지음
영인 일러스트

목차

쉬어가는 이야기

바둑이는 심심했어요. 평소에는 더위를 피해 마루 밑에서 쿨~ 하고 눈을 감을 시간이었지만 이상하게 오늘은 잠이 안 왔거든요. 아무 말 없이 찾아와 주시던 잠 귀신님이 오늘은 무슨 일이 생긴 걸까요? 결국 바둑이는 낮잠을 나중으로 미뤘어요. 그래도 입을 크게 벌리며 늘어지게 하품을 하면서 손으로 턱을 긁는 건 잊지 않았죠.

마루 밑에서 나와 옷에 묻은 먼지를 탁탁 털고 주위를 둘러보네요. 앉아 있는 도련님이 보여요. 오늘은 혼자 계신 것 같아요.

도련님은 바둑이가 누구보다 좋아하는 주인님의 신랑이에요. 아직 진짜 신랑은 아니지만 언젠가는 그렇게 될 걸 알기 때문에 바둑이가 세상에서 두 번째로 좋아하는 분이에요. 예전에 잘 놀아 주었던 괴짜 오빠의 아들이라는 것도 아주 약간은 상관있어요. 하지만 바둑이는 도련님에게 아쉬운 점이 있어요. 도련님은 바둑이와 잘 놀아 주지도, 상을 주지도 않기 때문이죠. 괴짜 오빠는 상도 많이 주고 잘 놀아 줬는데 말이죠. 괴짜 오빠를 태우고 산을 뛰어논 건 잊지 못할 추억이에요.

마루에 앉아 부채질로 더위를 식히던 도련님이 바둑이를 보고 미소를 지었어요. 바둑이의 눈이 반짝반짝, 꼬리가 쉴 새 없이 흔들리네요.

"도련님~."

신발을 아무렇게 벗어 버리고 마루로 올라와 도련님의 앞에 앉아요. 도련님도 별로 싫어하지 않는 부탁을 하기 위해서죠.

"저, 머리 쓰다듬어 주세요."

사실 바라는 건 더 많아요. 하지만 바둑이는 착한 강아지니까 그런 건 말하지 않아요. 예전에 "도련님. 저, 상 주시면 안 돼요?"라고 말했을 때, 도련님께서 난감해하시던 걸 기억하고 있거든요. 도련님이 보시기에 바둑이는 상을 받을 만한 일을 하지 않았기 때문일까요? 그래도 이상한 요괴들한테서 집을 지키는 건 바둑이인걸요! 가, 가끔씩은 너무 졸려서 나쁜 마음이 없는 손님들을 못 알아챌 때도 있지만, 그건 정말 가끔이에요. 정말이라고요.

바둑이가 잠시 다른 생각을 하고 있는데 도련님이 머리를 쓰다듬어 주시네요. 도련님의 손길에 저절로 눈이 감겨져요. 바둑이는 다른 분들이 머리 쓰다듬어 주는 걸 좋아해요. 자신을 아껴 주는 것 같아서 기분 좋으니까요. 물론, 자신이 좋아하는 분에게만 그래요. 싫어하는 사람이 머리를 만지면 그 손을 덥석 물어서 아프게 할 거예요.

도련님도 머리를 쓰다듬어 주는 게 기분이 좋은 것 같아요. 자랑은 아니지만 바둑이는 머리를 쓰다듬어 주면 기분이 좋다는 칭찬을 많이 들었어요. 주인님도 그리 말씀하셨으니까 진짜에요. 오늘 저녁밥을 걸고 맹세할 수 있어요.

"흐에에에."

바둑이도 너무 기분이 좋아서 도련님의 무릎에 머리를 얹고 엎드렸어요. 이대로 잠들고 싶어요. 마루 위는 조금 덥지만 괜찮아요. 털갈이는 예전에 끝냈는걸요. 바둑이는 눈을 감았어요. 거짓말같이 조금 전에는 오지 않았던 잠 귀신님이 놀러오네요. 바둑이는 뒤로 미룬 낮잠을 지금 자기로 했어요. 쿠울—.

첫 번째 이야기

눈을 떠 보니 한겨울같이 추웠다.

"……어째서?"

몸 위에 덮어져 있는 것은 솜이불이었고 잠옷 역시 긴팔과 긴 바지. 이상하게 공기 자체가 차갑다. 그런 가운데 이상하게 따스한 양옆을 보니 랑이와 바둑이가 달라붙어 자고 있다. 랑이는 처음 보는 호랑이 모습을 본뜬 흰색 잠옷을, 바둑이는 강아지 모습을 본뜬 황갈색 잠옷을 입고 있었다. 도대체 이게 무슨 일이냐. 분명히 난 **어제** 랑이를 구하다가…….

"기침하셨습니까."

문을 열고 들어온 세희 때문에 생각이 끊겼다. 세희는 평소와 같은 검은색 한복을 입고 있었지만 목에 두르고 있는 것은 아무리 봐도 곰 털목도리였다. 여우 털목도리도 아니고 곰 털목도리라니. 하지만 그것보다 더 황당한 건 세희의 옷차림을 봐도 지금이 확연한 겨울이라는 것이다.

말도 안 돼.

"오늘 며칠이야?"

날짜를 확인하고 싶어져서 물어본 말에,

"어제가 까치설이었으니 오늘은 설날이지요."

세희는 어이없는 대답을 했다.

"농담이야? 어제까지만 해도 여름이었잖아."

"잠이 덜 깨셨습니까?"

세희가 짐짓 걱정하는 척하며 나를 놀린다.

"아니, 분명히 여름이었는데……."

칫. 세희가 몰래 혀를 차며 말했다.

"잠에서 덜 깨신 것 같습니다. 아니면 감기라도 걸리신 것 같군요."

열이라도 확인할 생각인지 내 이마에 손을 댄다. 차갑다.

"열과 함께 정신도 없군요."

손을 쳐 내려고 하는데 세희는 그보다 한발 앞서 손을 피하며 말했다.

"오늘은 설날입니다. 아시겠습니까? 바둑이도 잠들어 있지 않습니까?"

거기서 왜 바둑이가 나오는지는 모르겠지만 몸을 웅크린 채 자고 있는 바둑이를 보니까 뭔가가 흐릿해지는 느낌이 들었다. 뭐지, 이 기분은? 마치 꿈이라도 꾸는 것 같은 기분이 드는데.

"개꿈이라도 꾸신 것 아닙니까?"

세희의 말을 들어보니 그런 것 같다.

뭐, 어차피 상관없는 이야기겠지.

나는 랑이와 바둑이는 좀 더 자도록 놔두고 밖으로 나왔다. 입에서 내쉰 숨에 하얀 입김이 일어난다. 으으. 춥구만. 산천은 언제 내린지 모를 눈으로 새하얗다. 비료포대에 짚을 넣어 눈썰매 타기 좋아 보이네.

"그런데 아침부터 왜 따라 오냐? 무슨 일 있어?"

소리 없이 나를 따라 나온 세희에게 물었다.

"별것 아닙니다."

난 네가 그런 말 할 때가 가장 무섭다. 그렇다고 따질 수도 없으니 씻으러 가자.

욕실에서 따듯한 물로 씻고 나오자 세희가 평소와 다른 옷을 들고 다시금 나를 반겨 주었다.

"뭐야, 그건?"

"한복입니다."

내 눈 안 멀었다. 그걸 보고 양복이라고 말할 사람이 있겠냐.

"설날이니까 하루 정도는 한복을 입으시지요."

요즘 명절에 한복을 챙겨 입는 애들이 몇이나 있다고 그래. 자랑은 아니지만 나는 어렸을 때도 한복을 입은 기억이 없다. 정확히 말하면 한복을 입혀 줄 사람이 없었다고 해야지. 아버지나, 어머니는 말 할 것도 없고 이모도……. 슬퍼지니까 그만하자.

"입어야 돼?"

"입으시죠."

"왜?"

"설날 같은 대 명절에 한복을 입어야 하는 이유를 묻는 청소년이 있다는 사실이 현 실태를 고발하는 것 같아서 참으로 안타깝습니다."

미안하게 됐다.

"지금까지 입어 본 적이 없으니까 그렇지."

"그 말씀이 어째서 설날에 한복을 입어야 하는지 묻는 것과 관계가 있다고 생각하십니까?"

"……없습니다."

"그렇다면 군소리 말고 받으시죠."

나는 두 손을 들어 항복을 하고 한복을 받아 들었다. 뭐, 이럴 때 한 번 입어 보는 것도 좋겠지. 나는 한복을 들고 내 방으로 돌아갔다. 방 안에서는 랑이와 바둑이가 이불에서 얼굴만 빼꼼 내민 채 세상모르게 자고 있었다. 바둑이는 엎드려 있고 랑이는 입까지 헤~ 벌리고 있는 게 귀엽다. 나는 장난삼아 랑이의 입술 주위를 손가락으로 빙빙 돌려 보다가 입 안에 손가락을 넣어 보았다.

"으냠."

바로 물렸다. 꼭 유아용품을 입에 문 것같이 랑이가 내 손가락을 빨기 시작했다. 남의 손가락을 그런 용도로 쓰지 마라. 쪽쪽 소리가 나도록 손가락을 빠는 게 놓아줄 생각이 없는 것 같아서 랑이의 어깨를 살짝 두드리며 잠에서 깨워 본다.

"랑이야. 일어나라. 아침이다."

"우……. 시러."

입에 손가락을 문 상태로 대답해서 발음이 센다. 거기다 간지러워. 랑이는 그런 건 상관없다는 듯 두 팔을 들어 내 목에 두르고 자기 쪽으로 잡아끈다. 자기가 일어나기 싫다고 나까지 다시 재울 생각인가 보다. 요 잠꾸러기 녀석 같으니라고.

나는 끌려가는 척해 주며 고개를 숙여 랑이의 코에 살짝 뽀뽀해 준 다음, 팔꿈치로 무게를 지탱하며 한 손으로 그 허리를 안아 일으켜 세웠다.

"웃차."

그런데도 일어날 생각을 안 한다. 아니, 오히려 랑이는 내 위에 앉아서 몸을 기대 왔다. 내 가슴에 얼굴을 묻은 채 내 손가락을 사탕 빨아 먹듯이 혀로 간질인다. 야, 인마. 난 먹을 게 아니라고. 그래도 이렇게 겨울잠을 자는 것 같은 랑이를 보고 있자니 깨우고 싶은 생각이 사라졌다. 겨울은 해가 늦게 뜨고 낮이 추워서 늦잠을 자기 좋은 계절이니까 좀 봐줄 수밖에 없지. 나는 자세를 편하게 잡고 앉아서 랑이의 등에 팔을 두르고 좀 더 편하게 잠들 수 있도록 해 주었다.

"그래. 자라, 자."

랑이가 내 가슴팍을 두 손으로 안으며 달라붙는다. 꼬리까지 흔드는 걸 보면 좋아하는 것 같다. 야, 인마. 그럴 정신이 있으면 내 손가락 좀 놓아줘.

"음냐?"

그렇게 몇십 분 후.

"으냐아아아아—."

랑이가 몸을 뒤로 눕혀 두 팔을 쫙 펴며 기지개했다. 그대로 두면 뒤로 넘어질 것 같아서 한 손으로는 등을 받쳐 주고 겨우 자유를 되찾은 내 검지를 살펴보았다. 우와, 탱탱하게 불었어. 거기다 침까지 잔뜩 묻어 있다. 나는 손가락을 **입에 물었다**.

"좋은 아침이니라."

이제 정신을 차렸는지 랑이가 아침 인사를 해 왔다.

"그래. 좋은 아침이지."

랑이는 귀를 쫑긋 세우더니 나를 한 번 올려다보고 고개를 숙인 다음, 다시 한 번 나를 보며 과장되게 놀랐다.

"역시 네게 안겨서 자고 있었구나! 어쩐지 졸리다 했느니라!"

뭐가 '어쩐지 졸리다 했느니라!' 냐? 다 알고 있었으면서.

"그래서 일어나고 싶지 않았느니라. 헤헤. 절대로 졸려서 그런 게 아니니라."

랑이가 웃으며 내 목에 볼을 비빈다. 머리카락이 간지러우면서 좋은 냄새가 풍긴다. 아니, 지금 그런 거에 정신이 팔려 있을 때가 아니지. 나도 옷 갈아입어야 한다고.

"일어났으면 일단 씻어라."

"으응……. 하지만 성훈이가 너무너무 따듯해서 떨어지고 싶지 않느니라."

……동감이다. 이런 추운 날씨에 초대형 폭신폭신 난로를 떼어 놓는 건 나도 아쉽다. 그래서 평소라면 하지 않을 말을 슬쩍 꺼내 보았다.

"욕실까지 안고 가 줄까?"

랑이의 귀가 쫑긋, 꼬리가 물결치듯 흔들린다.

"정말이느냐?"

눈을 반짝반짝 빛내며 기대에 찬 시선을 보내는 랑이를 보자니,

“아, 그런데 오늘은 안 되겠다. 랑이는 오늘 늦잠 자고 방금 전에 거짓말까지 했으니까.”

나도 모르게 장난을 쳐 버리고 말았다. 그 말에 랑이의 표정이 한겨울에 내다 놓은 젖은 빨래같이 얼어붙었다. 눈썹이 팔(八)자가 되고 꼬리가 추욱 처진다. 자그마한 입이 벙긋벙긋거리는 걸 보면 기대한 만큼 충격 또한 큰 것 같다. 아이고. 이제는 눈망울에 물기까지 맺힌 데다가 입이 시옷(ㅅ) 꼴이 돼 버렸다. 가만히 놔두면 정말 울 것 같아서 나는 랑이를 번쩍 안아 들며 일어섰다. 어리둥절해하는 랑이에게 웃어 주며 말했다.

“농담이야. 가자, 랑이야.”

내가 장난쳤다는 것을 깨달은 랑이가 도토리를 입 안에 집어넣은 햄스터같이 볼을 부풀리며 내 어깨를 두 손으로 두드렸다.

“바보! 바보이니라! 그런 장난은 하지 말거라! 난 정말 네가 화난 줄 알았느니라!”

“그래, 미안하다.”

귀엽네, 이 녀석. 이런 맛에 어른들이 아이들과 장난치며 노는가 보다.

랑이를 욕실에 들여보내고 시간이 난 김에 방으로 돌아가서 한복으로 갈아입기로 했다. 바둑이가 방 안에 있기는 하지만 호랑이가 물어 가도 일어날 생각이 없는 것 같으니 별 상관은 없겠지. 솔직히 이 녀석한테는 알몸을 보여도 신경이 안 쓰일 것 같아. 바둑이니까. 그런데 생각 못한 문제가 생겼다. 입은 적은 없지만 한복도 옷이니까 대충 어떻게 하면 입을 수 있을 줄 알았는데 그게 아니라는 거다. 일단 바지를 입고 허리춤과 바지 밑단에 있는 줄로 대충 매듭을 짓긴 했는데 도저히 맵시가 나지 않는다. 그뿐만 아니라 저고리는 도대체 뭘 어떻게 해야 할지 감도 안 잡힌다. 반성하자. 우리나라의 전통 옷도 제대로 입지 못하다니. 그렇게 한복과 씨름을 하고 있자니 익숙한 목소리가 문 밖에서 들려왔다.

"들어갈게."

여기서 들을 거라고는 생각도 못한 목소리다.

"응?"

그 소리를 승낙으로 받아들였는지 문이 열리고 나래가 들어왔다. 나는 나래에게 할 말을 빼앗겼다. 나래는 겨울용 한복을 맵시 있게 차려입었는데 그게 내 눈에 너무 어여쁘게 보였거든. 나래는 전체적으로 분홍색에 꽃모양이 수놓아진 한복과 하얀 털이 달린 연푸른색 조끼를 입고, 저고리에는 노리개를, 머리에는 술이 달린 장신구까지 달고 있었다. 한복의 특성상 평소에는 두드러지게 눈에 들어오는 가슴 부분이 그리 티가 나지 않았지만, 그것이 오히려 옷의 선을 살려

멋스럽게 느껴진다.

하, 한복이 이렇게 예쁜 옷이었나?

"뭘 그렇게 봐?"

핀잔 섞인 말에 나는 깜짝 놀라서 아무 생각 없이 말했다.

"너, 너무 예뻐서."

머리가 비면 종종 입이 제멋대로 움직이는 법이다. 나래는 내 말에 팔짱을 끼며 얼굴을 붉혔다.

"그런 말 해도 아무것도 안 나와."

싫은 내색은 아니다. 아니, 오히려 기뻐하는 것 같다. 다행이다.

아니, 아니! 지금 내가 이런 말이나 하고 있을 때가 아니지!

"그런데 나래야."

"왜?"

나래가 고개를 돌리며 눈을 흘긴다. 부끄러워서 그런가?

"너 여기 왜 있어?"

화가 나서 그런 것 같다.

"뭐?"

머리가 비면 손발이 고생이지.

"왜. 내가 여기 있으면 안 돼?"

"아니. 어제까지만 해도 서울에……."

어제? 아니지. 어제도 나래는 여기에 있었다. 내가 지금 무슨 말을 하는 거야? 아직도 잠에서 덜 깼나?

"서울? 갑자기 웬 서울?"

나래도 어리둥절해하며 내게 물었다.

"아, 미안. 아직 잠에서 덜 깼나 봐. 어젯밤에 옛날 꿈을 꾼 것 같거든."

나래의 눈이 일자가 된다.

"흐음~?"

잠시 후, 식은땀을 삐질삐질 흘리는 나를 보던 나래가 작게 한숨을 쉬고 한 발자국 앞으로 다가왔다. 잠 깨라고 옆구리를 꼬집을 생각이십니까?

"아니거든?"

"그러면 왜 오셨습니까?"

"그냥 제대로 옷 입고 있는지 확인하러 온 거야. 너, 한복 입어 본 적 없잖아."

나래가 상냥해서 행복해요.

"그래서 지금 이 모양 이 꼴이죠."

바지는 흘러내리지 않을 뿐 제대로 입었다고 하기에는 모양새가 엉망이고, 상의는 그저 어깨에 걸쳤을 뿐이다.

나래가 눈썹을 살포시 치키며 말했다.

"한복도 제대로 못 입어?"

"하하하하."

이럴 때는 마른 웃음이 답이지.

"어쩔 수 없네."

나래가 홍시가 돼서 말했다.

“가만히 있어 봐. 제대로 고쳐 줄 테니까.”

“어? 왜?”

“너 입는 법 모르잖아.”

“그렇긴 한데…….”

“아니면 그렇게 입고 다닐 거야? 랑이가 보고 뭘 배우겠어?”

저는 지금 랑이의 교육 차원에서 안 좋을 만큼 형편없는 모습입니까.

“나야 도와주면 감사하죠.”

“그럼 가만히 있어.”

나래는 그렇게 말하며 내 앞에 한쪽 무릎을 꿇고 앉았다. 왜? 라고 생각하는 순간. 나래는 팔을 들어 내 허리춤으로 손을 뻗고는 어설프게 매듭지어진 줄을 풀기 시작했다. 음. 에?

“우와앗!!”

나는 소스라치게 놀라면서 몸을 뒤쪽으로 뺐지만 나래의 손에 다시 잡혀서 오히려 아까보다 더 앞쪽으로 끌려갔다.

“왜 그래? 가만히 좀 있어. 고쳐 주기 힘들잖아.”

“나, 나래님! 지금 무슨 짓을 하시는 겁니까?!”

“뭐가?”

나래가 나를 올려다보며 되묻는다. 정말 몰라서 묻는 게 표정에서 보인다. 그렇다면 내가 제대로 지금 상황을 설명해 줘야 한다는 거지. 난 ‘어떻게 하면 나래의 행동에 대해서 설명해 주면서도 내 안전을 도모할 수 있을까?' 라는 질문의 대답을 찾기 위해 재빠르게 머리를 굴렸다. 하지만 그 전에 먼저 나래가 자신이 한 행동을 17세의 건강한 남자아이가 어떻게 받아들일 수 있는지 깨달은 것 같다.

그 결과로, 나래가 얼굴을 새빨갛게 물들이더니 벌떡 일어나며 소리쳤다.

"무, 무슨 생각 하는 거야?!"

야한 생각이요. 말할 수는 없습니다만.

"매듭이 잘못돼 있어서 풀었다가 다시 매 주려고 한 건데! 이, 이상한 생각이나 하고! 이 변태야!"

"아, 아니! 그런 게 아니라! 나도 부끄러워서 그런 거지! 이런 건 그냥 말로 가르쳐 줘도 되잖아?! 꼭 직접 풀어 줘야 돼?"

내 필사적인 변명에 나래가,

"아."

하고 탄성을 질렀다.

……몰랐냐. 더 이상 새빨개질 수 없다고 생각한 나래의 얼굴이 완전히 홍당무가 돼 버렸다.

"이, 이건! 그, 그러니까! 랑이! 랑이한테 옷 입혀 주는 버릇 때문에 그런 거야! 알겠어?!"

그냥 실수로 했다고 하면 될 걸 필사적으로 변명하는 나래가 불쌍하기도 하고 귀엽기도 해서, 나는 고개를 끄덕여 줬다.

"알았어."

하지만 나래는 내 말에 윽, 하고 신음을 내며 소리쳤다.

"거짓말하지 말랬지!!"

그 대가로 나는 옆구리를 꼬집혔다.

잠시 후. 나는 나래의 가르침대로 매듭을 지어서 옷 안으로 집어넣었다. 발목 부분에 있는 끈도 잘 묶어서 안으로 집어넣는다. 나래가 해 주는 걸 따라 해 보니까 생각보다 쉬웠다. 이제야 얼추 한복다운 차림이 나왔고, 나는 다시 일어나서 상의를 입고 고름으로 어떻게 잘 매듭을 지어 보려고 했지만 이건 내 예술적 감각에 문제가 있는 것 같아서 몇 번을 해도 삐뚤빼뚤. 말로 설명하던 나래도 더 이상 보고 있기 힘들었는지 팔을 걷어붙이고 나섰다.

"내가 해 볼게."

나래가 저고리의 고름을 뺏어서 고운 두 손에 들었다. 다시 말해, 나래가 바로 내 코앞까지 다가왔다는 말이다. 숨이 닿을 것같이 가까워진 나래 때문에 부끄러워져서 시선을 천장으로 향하려고 했지만 본능은 자연스럽게 고개를 아래로 내렸다. 손을 바삐 움직이는 나래의 얼굴이 바로 눈앞에 있다.

"아, 잘 안 되네. 왜 이러지……."

조금은 신경질적으로 말하면서 아까보다 떨리는 손으로

매듭을 짓는다. 매듭이 잘 안 지어지는지 눈썹이 살짝 올라가 있지만, 어느샌가 볼에는 홍조가 들어 있어서 평소보다 훨씬 사랑스럽게 보인다. 꼭 수줍어하며 남편의 넥타이를 매 주는 새색시 같잖아. 이대로 확 끌어안아 주고 싶다. 지금의 내게는 멀고 먼 꿈이지만.

……그런데 나도 모르게 고개를 숙이고 나래를 보고 있자니 한복을 입고도 슬쩍 드러나는 나래의 일정 신체 부분에 자꾸만 눈이 간다.

인정하자. 나는 남자다. 청춘노도의 시기를 보내고 있는 남자아이다. 어쩔 수 없다. 두 주먹을 불끈 쥐고 고개를 돌리려고 해도 나도 모르게 눈이 가슴으로 향하는 것은…….

"……."

"……."

아. 시선이 마주쳤습니다. 나래가 싱긋 웃으면서 말했다.

"뭘 보고 있어?"

하지만 목소리만은 동장군님의 그것이었다. 그 서슬 어린 목소리에 나는 거짓말을 한다는 생각도 못하고 있는 사실 그대로 말하고 말았다.

"가, 가슴이요!"

새해 첫날부터 내 옆구리는 새파랗게 멍이 들 것만 같다.

여러 가지 고난과 역경 끝에 나래의 도움으로 한복을 제대로 갖춰 입고 방에서 나오자, 안방 쪽에서 마루를 지나 이쪽으로 오고 있는 랑이와 세희가 보였다.

……그런데, 넌 왜 그 옷을 입고 있냐? 랑이가 입고 있는 옷은 여름철에 입고 다녔던 그 옷이었다. 옆구리가 훤히 트이고, 허벅지가 모두 드러난 디자인의 옷 말이야. 다른 것이 있다면 가슴팍만 덮는 푸른색의 털 달린 조끼 하나만 더 걸치고 있다는 것뿐이다. 음……. 잘 기억은 안 나지만 어제까지는 제대로 다른 옷을 입은 것 같았는데 왜 오늘은 저 옷을 다시 입은 거지? 안 춥나? 그러다가 감기 걸리면 어쩌려고?

내 걱정은 모른다는 듯, 나를 보고 한층 더 밝아진 표정의 랑이가 말을 걸어왔다.

"오!! 멋지구나! 정말 잘 어울린다!"

"옷이 날개라는 말도 도련님께는 소용이 없다니, 슬플 따름입니다."

넌 시끄럽다. 그런 말 할 시간이 있으면 랑이의 옷이나 제대로 입혀라.

"고맙다. 그런데 오늘은 왜 그걸 입었어? 안 추워?"

손가락을 들어 옷을 가리키자 랑이가 두 손바닥으로 배를 팡팡 하고 치며 말했다.

"오늘은 특별한 날이니까 특별한 옷을 입었느니라. 그리고 세희가 춥지 말라고 요술을 걸어 줘서 괜찮으니라!"

뭐가 특별한 옷인지는 모르겠지만 그보다 먼저 세희에게 할 말이 생겼다. 한여름을 더위 속에서 고생했던 과거의 한을 여기서 풀어 주마. 나는 최대한 빈정거리는 투로 말했다.

"그런 요술이 있으면 여름에도 좀 걸어 주지 그랬냐?"

내 말에 세희는 보기 드물게 인상을 찌푸리며 손가락으로 이마를 짚었다.

"계절의 변화에 맞춰 생활하는 것이 몸에 이롭다는 것을 모르시는 도련님에게 무슨 말을 해야 스스로 잘못을 깨닫고 제 발밑에 엎드려 눈물을 흘리며 잘못을 고할지 짐작도 못 하겠습니다."

본전도 못 건졌다.

"아, 그래. 미안하다. 그러면 이 한 겨울에 랑이는 왜 저런 옷을 입혔어?"

"도련님과 새해를 맞는 날이니 처음 만났을 때 입었던 옷을 입겠다고 고집을 부리셔서 어쩔 수 없었습니다."

세희가 저런 모습을 보일 정도라면 보지 않아도 대충 알 수 있을 것 같다. 그야말로 옹고집이었겠구만. 하지만 분명하게 말하면 너하고 나하고 처음 만났을 때, 네놈은 알몸이었다. 그렇다고 한겨울에 알몸으로 새해를 맞이하라는 건 아닙니다. 그런 얼빠진 생각을 하고 있을 때 랑이가 기세등등하게 외쳤다.

"네게 고백받았을 때 입었던 옷을 입고 새해를 맞이하고 싶어서 그러하느니라!!"

아, 그 말에 두근 하고 가슴이 뛰었다. 잠깐이라도 혈액 순환에 도움이 된 랑이가 기특해서 랑이의 머리를 쓰다듬어 주려는데, 나래가 꿀밤을 먹이는 것이 빨랐다. 아니, 왜?

"으냐앗?!"

랑이도 그렇게 생각하는지 아파하면서도 당황하는 표정을 숨기지 못하고 나래를 올려다보았다.

"랑이야. 그러면 못써. 귀찮아도 세희 말 들어야지. 다시 들어가서 옷 갈아입고 나와."

"우, 우읏? 시, 싫으니라!"

랑이가 머리를 두 손으로 감싸 안으며 항의해 보지만, 나래도 져 줄 생각이 없어 보인다. 랑이도 그걸 느꼈는지 시선을 돌려 나를 본다. 동시에 나래가 곁눈질로 나를 째려보았다. 버릇 나빠지니까 아무 말도 하지 마. 묵비권을 행사하겠습니다.

나는 눈 덮인 산을 바라보았다. 경치가 좋네.

"어?"

도와줄 사람을 잃은 랑이가 외마디 비명 같은 소리를 질렀다. 미안하다. 방금 전에 있었던 일만 아니었어도 한 마디 정도는 해 줄 수 있었을 텐데 지금은 무리라고.

그런데 사면초가인 랑이에게 의외의 원군이 나타났다. 다름 아닌 세희였다.

"괜찮습니다. 가슴의 지방으로 겨울 걱정 없는 나래 님께서 신경 쓰실 만한 일은 아니니까요."

"너는 여름에 시원해서 좋겠네. 그리고 난 랑이가 걱정돼서 하는 말이야."

"이미 한 번 건 요술. 오히려 주인님께서 옷을 다시 갖춰 입으시면 더우실 겁니다. 다시 말해 나래 님의 참견은 쓸데없는 일이었습니다."

"그 요술 풀어 버리면 되잖아? 아니면 내가 해 줄까? 나도 요즘에는 꽤 익숙해졌는데."

"하. 요술을 배운 지 일 년도 안 된 나래 님께서 소첩의 미천한 재주를 거두실 수 있다면 한 번 해 보시지요."

새해 첫날부터 머리카락만 안 잡았지 흉흉하기 그지없는 싸움의 현장이 눈앞에서 벌어진다. 방금 전까지만 해도 도와줄 사람을 찾고 있던 랑이가 둘의 기세에 겁을 먹었는지 쪼르르 내게 다가와 등 뒤에 숨는다. 애들은 좋구나. 숨을 수도 있고.

"그래서 너는 어떻게 생각해?" "그래서 도련님은 어떻게 생각하십니까?"

갑자기 둘의 시선이 내게 집중된다. 화가 난 나래와 세희. 둘 중의 누구 편을 들어도 내 미래는 핏빛이 될 것이 뻔하기 때문에 나는 랑이의 편을 들었다.

"랑이가 어떻게 생각하는지가 중요하지 않을까?"

이런 걸 책임 전가라고 할 수도 있겠지만, 다르다! 난 랑이의 의사를 존중해 주는 거야!

"서, 성훈아?"

문제는 나만 그렇게 생각하는 것 같다는 점이다. 나한테 배신이라도 당한 듯 랑이가 한 발자국 뒤로 물러나며 충격을 받아 흔들리는 눈동자로 나를 올려다본다. 야, 양심에 가책이 느껴지게 그런 눈으로 보지 마라. 애초에 이 모든 소란의 원흉은 너잖아, 너.

"……."

"……."

그런데 이상하게 나를 보는 나래와 세희의 시선도 한층 더 따가워진다. 도대체 왜? 나는 그렇게 생각하면서도 서둘러 변명을 했다.

"아니, 나야 오늘은 랑이가 입고 싶은 대로 입게 놔두고 내일부터는 나래의 말대로 하는 게 제일 좋아 보이지만, 랑이의 생각을 들어 봐야지. 안 그래? 이런 건 랑이가 결정할 일이잖아. 응?"

나는 세 명의 눈치를 살펴보았다.

"한심해."

"변명하시는 모습이 가련하십니다."

"우―. 성훈이가 그럴 줄 몰랐느니라."

제가 죽일 놈입니다.

결국 랑이의 옷차림은 내가 낸 의견대로 하기로 했다. 뭔가 억울하지만 제가 원래 이렇게 삽니다.

아침은 나래와 세희가 준비해 준 떡국이었다. 맛이야 보증 수표지. 그런데 정말 의외인 것은 바둑이가 잠 때문에 아침을 걸렀다는 것이다. 나는 바둑이를 깨우려고 했지만 세희가 말렸다.

"나중에 남은 걸 그릇에 담아 줘도 됩니다."

……억지로라도 깨워야 했을까.

세희와 나래가 상을 치우러 간 사이 느긋하게 안방에서 내 허벅지를 베개 삼아 누워 버린 랑이의 머리를 쓰다듬는다. 이 녀석은 밥 먹고 바로 누우면 소가 된다는 속담도 모르는 건가. 그래도 상의가 옆으로 내려가는 바람에 그 모습을 드러낸 랑이의 뽈록하게 솟아오른 새하얀 배를 보자니 이런 자세도 나쁘지는 않은 것 같다. 배꼽을 한 번 찔러 볼까?

……관두자. 어떤 참사가 벌어질지 모르니까.

"배부르냐?"

"우……. 너무 많이 먹었느니라."

그러고 보니 이 녀석. 떡국을 세 그릇이나 먹었다.

"좀 적당히 먹지, 뭘 그렇게 많이 먹었냐?"

"하지만 나이를 많이 먹어야 되지 않느냐?"

"……야."

꼬리로 물음표를 만드는 랑이에게 말했다.

"거기서 나이를 더 먹어서 뭐하게? 너 지금 5천 살이 넘……."

"아니니라!"

랑이가 몸을 벌떡 일으키려다 평소보다 두꺼워진 배에 밀려 뒤로 발라당 자빠졌다. 그야말로 큰 대(大)자의 표본이다.

"으냐앗?"

랑이가 얼굴을 붉게 물들이며 방금 전의 실패를 교훈 삼아 손을 짚고 일어나서 나를 바라보았다.

"어, 어찌되었건!"

방금 것은 없던 일 취급하기냐.

"나는 열두 살이니라!"

우리나라의 건국 신화는 12년 전에 써졌습니다.

"어떻게?"

"나는 태어나서 지금까지 새해에 떡국을 먹은 적이 열두 번밖에 없느니라!"

참으로 참신한 나이 계산법이다. 랑이는 자신만만하게 턱을 들어 올리며 허리에 두 손을 올리고 말했다.

"그러니까 나는 열두 살이니라!"

뭐가 그렇게 자랑스러운지 에헴, 하고 헛기침까지 한다.

이 녀석에게 현실의 나이 계산법을 말해 주려다가 여자에게 나이를 따지면 큰일이 일어난다는 사실을 기억해 냈다. 랑이가 어리다고 하지만 명색이 사랑스럽고 귀여운 여자애다. 물론 그렇다고 랑이에게 장난칠 수 있는 좋은 기회를 그냥 넘어갈 생각은 없다.

"그래? 그런데 어쩌냐? 우리나라는 열여덟 살 이상이어야 결혼이 가능한데."

내 말에 랑이의 눈이 동그래졌다.

"응?"

"결혼은 6년 뒤에야 가능하겠네. 아, 그런데 6년 뒤면 난 스물네 살이잖아? 음……. 기다리다가는 노총각 되겠다."

눈을 깜빡깜빡거리면서 내가 지금 무슨 말을 하는지 열심히 이해하려 하는 랑이에게 추가타를 날린다.

"미안, 랑이야. 그 전에 나래하고 먼저 결혼해야겠다."

"아, 안 되느니라!"

랑이가 내 허벅지 위에 올라타서 내 두 손을 꼬옥 붙잡았다.

"그게 무슨 말이느냐?! 너의 본처는 나로 정해진 것 아니었느냐?"

정해진 적 없습니다. 지금은 중요한 게 아니니까 넘어가 주겠지만.

"하지만 스물네 살이면 완전히 노총각이잖아. 설마 그 때까지 기다리라는 거야?"

물론 이건 상대가 랑이니까 할 수 있는 말이다. 지금이야 스물네 살이면 한창이라고 생각하지만, 랑이의 상식은 300년 전에 쌓여진 것이 많으니까 스물네 살이면 장가갈 때를 놓친 노총각이지. 내 생각대로 랑이는 깜짝 놀라서 고개를 도리도리하며 허둥대다가…….

아, 운다. 랑이는 내가 달랠 틈도 없이 바로 울어 버렸다.

"으, 으흑. 그, 그러면 안 되느니라. 떡국 더 먹겠느니라. 내, 내년에는 배가 아파도 더 먹겠느니라. 그러니까, 흑, 그러지 말거라."

진주 같은 눈물이 뚝뚝 떨어진다. 아차, 장난이 너무 심했나. 나는 서둘러 랑이를 달래려고 했는데,

"너 정말! 장난이 너무 심하잖아?!"

익숙한 목소리와 함께 대낮에 별이 반짝였다. 아파! 지끈거리는 머리를 움켜쥐며 뒤를 돌아보자 언제 왔는지 모를 나래가 두 손에 커다란 쟁반을 들고서 나를 내려다보고 있었다.

……나래가 요술을 배운 다음에 맞는 방법이 상당히 다양해진 것 같다.

"나래야!"

랑이가 벌떡 일어나서 나래한테 안겼다. 나래는 급하게 쟁반을 공중에 띄운 다음 랑이를 안아 주었다.

"성훈이가! 성훈이가!!"

할 말이 없습니다.

"나도 다 들었어, 랑이야. 착하지? 자, 뚝."

뭔가 할 말은 많지만 제대로 말이 안 나오는 랑이와 그런 랑이를 달래 주는 나래. 정말로 보기 좋은 모습인데 그걸 지켜보는 저는 몸이 덜덜덜 떨리고 있습니다. 그 이유인 나래님께서 눈을 흘기며 말씀하셨다.

"너, 그런 거 가지고 랑이 괴롭히지 마. 농담할 게 있고 안 할 게 있잖아."

그 말에 나는 할 말을 잃고 뒷덜미를 긁적였다.

"미안. 랑이야, 농담이었어. 미안해."

"그래. 성훈이는 랑이가 너무 귀여워서 짓궂게 장난을 친 거니까 너무 신경 쓰지 마. 예쁜 얼굴이 다 엉망이잖니?"

랑이가 붉어진 눈으로 뒤를 돌아보았다. 나는 미안해서 머리를 살짝 숙이며 말했다.

"농담이었어. 미안."

그제야 랑이의 얼굴에 웃음꽃이 피었다.

"응!"

랑이가 나라면 떨어지지 않을 나래의 품에서 벗어나 내게 안겨 왔다. 나는 내 가슴에 얼굴을 묻은 랑이의 머리를 쓰다듬어 주었다.

내가 잘못한 게 있으니까 평소보다 더 정성스럽게 쓰다듬어 줬다.

"그런데 나래야."

"왜?"

아까부터 신경 쓰이는 것을 물어보았다.

"쟁반이 공중에 떠 있는데요."

"요술 처음 보는 것도 아니잖아?"

세희가 두 명이다. 나래가 공중에 떠 있는 쟁반을 다시 손에 들었다.

"그런데 그거 뭐야?"

"떡이야. 군것질거리로 가져왔어."

군것질? 밥 먹은 지 얼마나 됐다고 다른 게 들어가! 특히 랑이는……. 나는 내 눈을 의심했다. 방금 전까지만 해도 눈에 띄게 튀어나왔던 랑이의 배가 어느새 평소와 다름없어진 거다. 뭐야? 그 짧은 시간에 떡국 세 그릇을 소화시킨 거냐? 알고 보니 위장이 일곱 개라는 건 아니겠지.

"잠시 실례하겠습니다."

그런 생각을 하고 있을 때. 세희의 목소리가 들리며 부엌과 연결된 문이 스르르 열렸다. 세희는 부엌에서 시간의 흐름을 간직한 청동화로를 두 손에 들고 안으로 들어왔다. 문이야 요술로 어떻게든 열었겠지. 세희가 가지고 온 화로를 내려놓는다. 화로 안에는 불씨를 머금고 있는 숯이 재 속에서 은은하게 타오르고 있었다.

"웬 화로야?"

"떡을 구워 먹는 데는 이만 한 것이 없으니까요."

세희는 그리 말하며 소매 안에서 철로 된 석쇠를 꺼내서 화로 위에 올리고 나래에게 손을 내밀며 말했다.

"나래 님."

떡을 달라는 뜻으로 보였지만,

"내가 할게."

나래는 쟁반을 내려놓으며 화로 옆에 앉았다. 쟁반 위에는 적당한 길이로 잘려진 가래떡과 꿀단지, 접시와 젓가락이 놓여 있었다. 나래는 떡 몇 개를 젓가락으로 집어 석쇠 위에 올려놓고 타지 않게 뒤집기 시작했다.

잠시 후.

"킁킁, 맛있는 냄새가 나느니라."

방 안에 떡 굽는 냄새가 가득 찼다. 헤에. 화로에 떡을 구워 먹는 건 처음이다. 나래는 접시에 노릇노릇하게 구워진 떡을 올려놓고 꿀을 옆에 부은 다음 랑이에게 건네주었다.

"먼저 먹어."

"고마우니라."

랑이는 접시를 받아 들고는 손에 들어온 떡을 내려다보고 꿀꺽 하고 침을 삼켰다. 내가 보기에도 맛있어 보이니 랑이는 얼마나 좋아할까. 그런데 이 녀석이 먹을 생각은 안 하고 고개를 가로젓더니, 내게 접시를 내밀었다. 응?

"성훈이가 먼저 한 입 먹거라."

……헤에.

방금 전에 내가 못된 장난을 친 것은 모두 잊었는지, 신경 써 주는 랑이가 고맙기도 하고 귀엽기도 해서 머리를 쓰다듬어 주었다.

"괜찮으니까 먼저 먹어."

"괜찮으니라. 성훈이 먼저 먹거라."

구운 떡 하나에 목숨을 걸 듯한 굳은 의지가 엿보인다. 이래서 사랑 하나 주면 안 잡아먹지, 라는 말이 나온 건가? ……뭔가 여러 가지로 다른데.

"그러면 반씩 나눠 먹자."

"응?"

나는 고개를 갸웃하는 랑이에게 말 대신 행동으로 설명하기로 했다. 먼저 젓가락으로 떡을 푹 찍어서 꿀을 살짝 바른 다음에 반 정도를 입에 넣고 이빨로 자른다. 조금 뜨겁지만 먹을 만하다. 절묘하게 굳은 떡의 표면과 쫄깃한 속. 그리고 달콤한 꿀이 조화를 이루어서 웬만한 과자보다 훨씬 맛있다.

"맛있네."

나는 남은 떡을 후후 불어서 열을 좀 식힌 다음 꿀을 찍어 랑이에게 내밀었다.

"자, 아—. 조금 뜨거우니까 조심해서……. 너희들 왜 그러냐?"

랑이뿐만이 아니라 나래와 세희도 나를 뚫어지게 쳐다보고 있어서 물어보자,

"아, 으, 으냐아아아……."

랑이는 얼굴을 새빨갛게 물들였고,

"됐네요."

나래는 뭔가 체념한 듯이 한숨을 쉬었고,

"찬 바람이 서늘하게 두 뺨을 스치면 옆에서는 염장이군요."

세희는 추억의 CM송을 불렀다. 도대체 왜 그래?

떡을 다 구워 먹고 나서 정리를 마친 뒤. 세희가 무엇인가를 소매 안에서 꺼내며 말했다.

"그럼 신년을 맞이했으니, 간단한 놀이를 하시지 않겠습니까?"

녹색 모포다. 저걸 어디에 쓰려는 걸까?

"어떤 거?"

내 말에 세희는 다시 소매 안으로 손을 집어넣더니……. 야, 야! 야, 인마! 세희가 꺼낸 것은 뒷면은 붉은색으로 칠해져 있고 앞면에는 여러 가지 새라든가 보름달이라든가, 벚꽃이라든가, 학이 그려진 동양화로 가득 차 있는 카드를 꺼냈다. 그러니까 한겨울에 하면 날 새는지 모르고 일 년 농사를 한순간에 탕진할 수 있는 그것 말이다.

"너, 지금 뭘 하자는 거야?"

내가 뭐라 말하기 전에 나래가 먼저 그것을 잡아챘다. 세희가 눈썹을 찡그리며 말했다.

"유서 깊은 전통 놀이입니다. 뭔가 문제라도 있습니까?"

"랑이 앞에서 뭘 하려고? 그리고 나하고 성훈이도 아직 고등학생이거든?"

"이런 건 원래 어른들에게 배우는 것이 좋습니다. 그러니 내놓으시죠."

"안 돼. 이런 건 아예 배우지 않는 게 나아."

"점당 십 원으로 치면 됩니다."

……요즘은 중학생들도 점당 백 원으로 친다.

"그런 문제가 아니잖아!"

세희의 입가가 삐뚤어진다.

"설마 자신 없으신 겁니까?"

"그러니까 그런 문제가 아니라 교육적으로 봐서……."

"이길 자신이 없으시면 솔직하게 말하고 꼬리를 내린 곰같이 물러나서 겨울잠이나 주무시면 됩니다. 아니, 어찌 보면 젖소이시니 겨울잠은 무리군요."

곰은 내릴 꼬리가 없지 않냐.

"너—!"

아, 나래가 세희의 도발에 걸려들었다.

"성훈아."

옆에서 가만히 둘을 지켜보고 있던 랑이가 내 소맷자락을 잡아당기며 말했다.

"왜 둘이 싸우는 것이냐?"

묻지 마. 나도 지금 이 상황을 너한테 뭐라고 설명해 줘야 할지 모르겠다.

"좋아. 해 봐. 딱 열 판 승부로 이기는 사람이 지는 사람한테 뭐든지 시키기."

"그 도전 받아들이겠습니다. 오늘 당장 서울로 돌아갈 준비나 하시죠."

"말은 잘하네. 넌 오늘 성불할 준비나 하고 있어. 성훈아. 넌 랑이 데리고 네 방에 가 있어."

"……둘 다 그만해라. 화투는 치지 말고. 랑이가 보고 뭘 배우겠냐."

나는 둘을 말리기로 했다. 절대로 나래가 질 것 같아서 그런 것은 아니다. 하지만 둘의 넘치는 승부욕은 사라지지 않았는지 화투를 대신해서 제기차기로 승부를 결정하게 되었다. 덕분에 이렇게 추운 날 마당에서 야외 활동을 하게 생겼습니다. 아직까지 내 방에서 잠들어 있을 바둑이가 부러워진다. 으……. 따듯한 곳에 있다가 갑자기 나와서 그런지 몸이 부들부들 떨린다.

"괜찮으냐?"

겉모습만 보기에는 그 누구보다도 추워 보이는 랑이가 오히려 나를 걱정한다. 나는 고개를 끄덕였다. 그 대답에 랑이가 다가와 내 배에 얼굴을 묻으며 허리를 두 손으로 끌어안았다.

"이러면 따듯할 것이니라."

랑이의 꼬리가 흔들흔들 물결을 친다. 실리와 명분을 동시에 챙기는 좋은 생각이다. 많이 컸네, 이 녀석. 평소라면 뭐라고 한 마디 해 주겠지만 날씨가 춥고 랑이는 따듯하니 넘어가 주기로 하자.

자, 그럼. 이 추운 날에 제기차기라는 야외 활동을 추진하신 분들이 지금 무엇을 하고 있나 살펴볼까?

"땅강아지하고 뒷발차기로 해. 양발차기하고 헐렁이는 금지."

"도중에 잡는 것은 두 번까지만 허용하도록 하죠."

열심히 제기차기의 규칙을 정하고 있었다.

"종들이기 대신 일등이 삼, 사등한테 벌칙을 주는 건 어때?"

"그래서야 재미가 없으니 일등이 마음대로 벌칙을 주는 것은 어떻습니까? 물론 거부권은 없습니다."

"좋네. 그리고 편을 만들어서 하는 건?"

"누가 도련님과 같은 편이 되고 싶어 하겠습니까?"

"……그건 그래."

……대충해라. 무슨 제기차기 세계 선수권 대회의 규칙이라도 만들 생각이냐?

시간이 지난 후, 나래와 세희가 머리를 맞대고 결정한 규칙을 간단하게 설명하면 다음과 같다. 제기차기로 총 세 판의 승부를 가린다. 첫 번째는 개인전. 누가 더 많은 수의 제기를 차는지로 등수를 가린다. 두 번째는 전판의 등수에 따라 일등과 꼴등이, 이등과 삼등이 같은 편이 되는 단체전. 제기를 같은 편 상대와 함께 주거니 받거니 차며 그 수로 결과를 낸다. 세 번째는 서든 데스. 네 명이 원을 그리듯 서서 아무에게나 제기를 건넬 수 있고 가장 마지막까지 남는 사람이 승리한다. 자세한 규칙은 자잘하게 더 많지만 넘어가자. A4용지 한 쪽은 가볍게 넘을 것 같으니까.

"그러면 도련님부터 하시죠."

세희가 내게 제기를 건네주었다. 시중 문방구에서 파는 게 아니라 아무리 봐도 수제품인 것 같은데 꽤나 잘 만들어져 있다. 나는 실험삼아 발로 차 보고 손으로 잡았다. 차는 맛이 있다. 좋은걸?

"한 번."

하지만 갑자기 들려온 나래의 목소리에 나는 깜짝 놀랐다.

"이건 그냥 한 번 쳐 본 겁니다! 연습 모르시나요, 연습?"

"인생은 실전입니다, 도련님."

세희까지 가세한다. 그래, 너희들 마음대로 해라. 그렇다고 내가 질 것 같아? 내가 이래 봬도 어렸을 때 사촌 동생들하고 같이 놀면서 제기차기를 많이 해 봤다, 이거야! 썩어도 준치라고 30번은 칠 수 있을 거다. 무슨 수를 써서라도 일등을 해서 나래한테 줄넘기를 시켜서…… 으히히히히히.

나는 몸을 풀기 위해 몇 번 발을 움직여 보았다. 몸 상태도 그렇게 나쁜 편이 아니다. 좋아.

"한다."

"하시지요."

나는 제기를 하늘 높이 던졌다.

"하나, 둘, 셋."

옆에서 랑이가 제기 차는 모습을 봐 주며 내 숫자를 대신 세 주었다. 자기가 치는 것같이 긴장해서 두 손을 꼬옥 쥐며 집중하고 있다. 제기가 떨어진 것은 랑이가 스물여섯이라고 말한 직후였다. 오랜만에 치는 건데 이 정도면 나름대로 잘한 거겠지.

"다음은 누구?"

"내가 하겠느니라!"

랑이가 쪼르르 달려와 내게 손을 내밀었다.

"이번에는 성훈이가 세어 주거라."

"그래."

내 대답을 들은 랑이가 몸을 풀기 시작했다. 어디서 본 건 있는지 몸을 앞으로 숙여 양손으로 땅을 짚고 그대로 반동을 받으며 몸을 힘차게 뒤로 젖힌다. 이야, 어린애들은 몸이 유연하구나. 허리가 저렇게……. 나는 바로 고개를 돌렸다.

스트레칭을 하는 건 좋지만 넌 자기 옷차림에 신경을 좀 써라! 옷이 뒤로 넘어가서 다 보이잖아!

그리고 그것을 본 것은 나뿐만이 아니었다.

"성훈아?"

나래가 나와 랑이의 사이에 슬쩍 끼어들며 미소를 지었다. 미소는 미소지만 저건 살인 미소죠.

"아무것도 안 봤습니다."

"뭐를 볼 수 있었는데?"

"아무것도 못 봤습니다."

"뭐를 보고 싶었는데?"

도망칠 곳이 없는 질문이었구나.

"옆구리만은 봐주시겠습니까. 제가 보고 싶어서 본 것도 아니고 눈도 바로 돌렸잖아아악!!"

그렇다고 정강이를 걷어차는 건 너무하잖아.

정강이의 고통이 사라질 때쯤 랑이가 몸을 다 풀었다.

"그럼 하겠느니라."

랑이가 사뭇 진지한 표정을 짓더니 제기를 하늘 높이 던졌다. 발을 들어 올려 떨어지는 제기를 걷어찼다.

축구 선수가 공을 차는 듯이.

쐐에에엑!!

제기차기에서는 나올 수 없는 소리가 나며 제기가 바람을 가르며 날아갔다. 정확히 내 머리 위쪽으로. 나는 급히 뒤를 돌아보았다. 저 먼 산에 쌓여 있던 눈이 흙먼지와 함께 일어나며, 잠시 후. 쾅! 쿠르르르릉! 눈사태가 일어났다. 그 소리가 여기까지 들려온다.

단순한 제기차기가 눈사태를 일으켰다.

"에헤헤, 생각보다 힘들구나?"

랑이가 꼬리를 매만지며 변명을 하지만 귀에 안 들어온다. 야, 야 인마. 저거 보라고. 지금 굉음과 함께 눈 더미가 몰려오는 게 안 보이냐?

"주인님은 한 번입니다."

이런 상황 같은 것은 신경 쓸 거리도 되지 않는다는 듯, 세희가 소매 안에서 제기 하나를 더 꺼냈다. 너도 조금은 신경 쓰라고! 너, 랑이의 보호자 아니었냐?

"뭘 그렇게 놀라십니까?"

"눈사태 났잖아!"

세희가 귀찮다는 듯 한숨을 쉬고는 가볍게 손을 흔들었다. 그러자 방금 전까지 아래를 향해 몰려가던 눈들이 순식간에 하늘로 올라가서 구름이 되어 버린다. 그 장관에 얼이 빠지려는 걸 어찌어찌 견디며 말한다.

"요술이냐."

"그냥 힘 좀 써 본 것뿐입니다."

포기하자. 세희에게 내가 뭐라고 말하는 건 무리다. 나는 나래에게 눈빛으로 랑이에게 제대로 말 좀 해 달라고 신호를 보냈다. 나래가 내 뜻을 알아들었는지 고개를 끄덕이며 말했다.

"랑이야. 제기를 찰 때는 그렇게 앞쪽으로 차면 안 돼. 계속 차려면 위쪽으로 차야지."

눈빛 교환 실패!

"알겠느니라. 다음에는 제대로 위쪽으로 차겠느니라."

이대로 놔두면 제기가 대기권을 돌파하겠네.

이성을 잃어버린 나래와 세희를 대신해서 내가 랑이에게 제기를 차는 법을 가르쳐 준 후에야 시합은 다시 시작되었다.

세희가 제기를 나래에게 내밀며 말했다.

"먼저 하시겠습니까?"

"아니. 너 먼저 해."

"그러죠."

세희는 준비 동작 없이 발을 뒤로 돌려서 뒷발차기로 제기를 찼다. 뒷발차기는 차는 게 어려운데도 세희는 꽤나 능숙하고 안정적으로 보인다. 그 수가 마흔 한 번을 넘어갔을 때 제기가 바람에 날리는 탓에 땅에 떨어지고 말았다.

"마흔 한 번입니다."

세희가 제기를 주워 나래에게 던져 주었다. 나래가 제기를 받아 들어서 제기를 찰 준비를 했다. 그런데 세희는 그렇다 치고 나래는 치마를 입고 치는 게 힘들지 않을까?

"괜찮겠어?"

"문제없어."

괜찮다는데 말릴 수는 없지. 나래는 제기의 무게를 가늠해 보더니 한 손으로 치마를 잡아당겼다. 나래의 발목이 살짝 드러났다.

"한다."

나래가 제기를 차기 시작했다. 치마를 입어서 그런지, 아니면 앞발로 차는 게 보기가 안 좋아서인지 모르겠지만 세희와 마찬가지로 뒷발차기다. 오른발을 들었다 놨다 하며 뒤를 돌아보고 깡충깡충 뛰어다니는 모습이 귀엽다. 동영상으로 녹화해서 컴퓨터에 저장해 놓고 싶을 정도다. 그런데……. 벌써 숫자가 서른을 넘어갔다. 나래가 저렇게 제기를 잘 찼나? 아니, 뭔가 이상하다. 나는 나래가 제기를 차는 모습을 잘 지켜봤다. 그리고 나는 알 수 있었다. 제기가 이상한 쪽으로 날아가려고 하면 뭔가 이상한 힘에 의해 **꺾일 수 없는** 방향으로 꺾이더니 나래의 발에 떨어지는 것을. 그러니까 그거죠. 아무리 생각해도 그거밖에 없죠.

요술입니다.

"당했군요. 신성한 스포츠에 요술이라니. 음험한 것이 과연 곰의 일족입니다."

그런 말을 하는 세희를 보고 있자니 '감히 내 앞에서 그런

꼼수를 쓰다니. 다음부터는 저도 전력으로 가겠습니다.' 라고 말하는 것 같아서 무섭다. 그래서 나는 세희보다 먼저 선수를 쳤다.

"너희 둘 다 요술은 쓰지 마라."

"췟." "췟."

둘이 동시에 혀를 차니 무섭기 그지없다. 그래도 내 말을 들어줬는지 나래는 몇 번을 더 차지 못하고 제기를 땅에 떨어뜨렸다. 총합 마흔 두 번. 세희와 한 개 차이다. 과정이야 어떻든 결과적으로 보면 나래가 일등이다. 그게 또 분한지 옆에서 세희가 이를 가는 소리가 들린다. 단순한 제기차기에 그렇게까지 분해 할 필요가 있냐?

"그러면 벌칙을 말할게. 세희는 성훈이한테 애교 부리고, 성훈은 랑이 업어 주기."

있구나.

"정말이느냐?"

나래가 상냥하게 미소 지었다. 랑이가 귀를 쫑긋거리며 내게 달려와 주위를 빙빙 돌며 소리친다.

"업히겠느니라!"

잠깐만 기다려. 널 업어 주기 전에 나래한테 할 말이 있다.

"가만히 있던 저에게 왜 이러시나요."

"하마터면 너 때문에 질 뻔했잖아."

그게 내 잘못이야? 네 잘못이야. 제 잘못인가 봅니다. 나는 한숨을 쉬고 몸을 숙였다. 랑이가 뒤에서 달려들어 내 목에 팔을 두른다. 나는 랑이의 엉덩이를 두 손으로 받쳐 주며 일어나 몇 번 들어 올려 자세를 바로잡았다.

"에헤헤. 어부바는 오랜만이니라."

"그러네."

너를 등에 업는 건 오랜만이긴 하다. 아이고, 그런데 이 녀석. 좀 무겁다. 살이 찐 거야, 몸이 큰 거야?

자, 현실 도피는 여기까지.

나래가 세희에게 준 벌칙이 너무 충격적이어서 잠시 랑이를 업어 주는 거로 현실 도피를 하고 말았다. 그만큼 나래가 세희에게 시킨 벌칙은 충격적이었다. 생각해 봐. 세희가 나한테 애교를 부린다는 벌칙이라고! 상상할 수 있겠냐? 나는 못 할 것 같아서 고개를 돌려 세희를 보았다. 세희는 죽일 상을 하며 나래를 노려보고 있었다. 잘못 말한 거 아니다. 아무리 봐도 죽을상이 아니라 사람 하나 죽일 상이다.

"그런 치욕스러운 짓을 시키시다니 후환이 두렵지 않으십니까?"

"사람을 젖소라고 부른 게 누구더라?"

"그런 농담을 마음에 담아 두시다니 그 크기만 한 가슴에 부끄럽지도 않습니까."

"응. 안 부끄러워. 그러니까 벌칙이나 잘 해 봐. 예전부터 보고 싶었거든. 네가 애교 떠는 모습이 말이야."

아, 그건 나도 조금 궁금하다. 언제나 무표정하거나 화를 내거나 사람을 비웃는 세희가 애교를 부리는 모습이 말이야. 물론, 그 상대가 나만 아니라면.

"저는 왜 벌칙을 두 개나 받아야 되나요."

"불만이야?"

"아닙니다."

찌릿하고 노려보는 나래에게 무슨 말을 할 수 있을까.

"알겠습니다. 벌칙이니까 어쩔 수 없지요."

세희는 이를 악물며 몸을 내 쪽으로 돌리더니 크게 숨을 들이마시고 내쉬었다. 그리고.

"자기야~♡"

세상을 부서뜨렸다.

평소보다 두세 배는 높은 목소리 톤과 나를 부르는 호칭, 그리고 살짝 부끄러워하면서 몸을 배배 꼬는 모습에 너무 놀라서, 나는 등에 랑이가 업혀 있다는 사실도 잊고 손에 힘을 빼고 말았다.

"으냐앗?"

랑이는 급하게 내 허리를 발로 휘감아서 겨우 떨어지지

않았지만,

"나하고는 안 놀아 주는 꼬야? 세희잉, 너무너무 심심한데~. 나도 업어 주면 앙♡돼?"

그것도 잠시.

"세, 세희야?!"

세희의 너무나 충격적인 모습에 랑이도 깜짝 놀라서 내 몸에서 떨어지듯 내려왔다. 그야말로 충격의 도가니. 마당 위에서 세희의 엽기적인 행동에 제정신을 유지할 수 있는 것은 아무도 없었다. 내 정신줄을 해님달님 오누이에게 빌려 주고 있을 때, 세희가 다가와 내 가슴에 손가락을 들어 원을 그리며 입을 열었다. 그 순간 혼란이 극에 달했다.

"응? 언제까지 주인님하고만 놀 거양? 같이 안 놀아 주면, 세희, 엉엉하고 울지도 몰라요? 나도 주인님처럼 자기하고 놀고 싶은데…… 응? 같이 놀자앙~♡"

세희가 살짝 몸을 숙여 나를 올려다보며 말을 마친다. 나는 이것이 벌칙이라는 것을 알면서도 당황해서 아무 말도 하지 못했다.

세희의 평소와 너무 다른 행동에 얼이 나갔다고 봐도 되겠지.

"그, 그만해!"

나래가 소리치지 않았다면 어떻게 되었을까. 우리들 중에서 가장 먼저 정신을 차린 나래가 세희를 말렸다. 그 말에

세희의 몸이 얼음같이 굳었고 시간이 멈췄다. 세희는 잠시 동안 그렇게 있다가 허리를 굽히더니,

"커헉!"

몸을 세우며 검붉은 피를 토했다. 나는 깜짝 놀라 세희의 어깨를 짚으며 말했다.

"야, 괜찮아?!"

"괜찮습니다. 방금 것은 저의 정신적인 충격을 극적으로 연출하기 위한 포도 주스였습니다."

그러고 보니 세희의 손에는 빈 포도 주스 병이 들려 있었다. 언제 마신 거냐. 아니, 그 전에 먹을 것 가지고 장난하지 마라. 세희는 안도의 한숨을 내쉬는 내 손을 치우고 손수건으로 입가를 닦으며 나래를 노려보았다.

"각오하시는 것이 좋을 겁니다, 나래 님."

"어……. 응."

서로 치고 박는 게 일상이던 나래가 겁에 질릴 정도로 세희는 분노의 화신이 되어 있었다. 나? 나는 랑이와 서로를 부둥켜안고 덜덜 떨었다.

2차전은 편을 이루는 단체전. 1등인 나래와 꼴등인 랑이가 짝을 이루고, 2등인 세희와 3등인 내가 한편을 이루었다.

"발목을 잡는 순간 발목을 분질러 드리겠습니다, 도련님."

참으로 무시무시한 팀워크다. 실제로 눈썹 하나 까딱하지 않고 부러뜨릴 것 같아서 더 무서워.

"먼저 하시죠."

"으, 응."

세희가 건네준 제기를 받아 들고 나래와 랑이가 제기를 차기 시작했다. 의외인 것은 방금 전에 나한테 제기차기를 배운 랑이가 생각보다 잘 차는 것이었는데, 작은 몸을 날렵하게 움직이며 못 받아칠 것 같은 제기도 어떻게든 받아 주는 것이 신기했다. 그래도 호랑이라는 걸까?

하지만.

"으, 으냐아아아……."

난생처음 받아 보는 듯한 세희의 무시무시한 눈빛에 랑이의 정신이 버티지 못했다. 결국 실수로 제기를 못 받아 낸 랑이가 자리에 털썩 주저앉아서 울었다.

"세, 세희가 이상해졌느니라. 으아아앙."

그런 랑이를 나래가 꼬옥 껴안아 주었다.

"아니, 세희는 그런 게 아니라……."

이번에는 나래도 뭐라 말을 못한다. 지금의 세희는 내가 봐도 무섭다. 표정 관리가 안 되고 있어. 어찌되었건 나래와 랑이는 열아홉 번을 찼다. 나는 나래에게 안겨 울먹이는 랑이는 잠시 놔두기로 했다.

"저, 저런 세희는 처음 보느니라, 흐끅."

지금은 내가 살아남는 게 문제다. 나는 허리를 굽혀서 제기를 주웠다. 그 순간. 세희의 눈이 번쩍하고 빛났다.

"도련님."

"으, 응?"

왜 이렇게 몸이 떨리지.

"다시 한 번 말씀드리겠습니다."

"뭐, 뭘?"

"제 발목을 잡을 경우. 그 목을 부러뜨려 드리겠습니다. 걱정은 마시길. 잠시 삼도천을 유랑하고 오시겠지만 결국은 살아 돌아오실 테니까요."

내 잘못도 아닌데 왜 가사 체험이 예약된 거지?

사람은 목숨이 걸리면 평소에는 상상도 하지 못할 일을 해내곤 한다. 세희가 제기를 차기 쉽게 건네준 것도 있겠지만, 우리는 무려 50번이나 쉬지 않고 찼다. 체력의 한계로 내 발이 더 이상 올라가지 않아서 끝났지, 그렇지만 않았다면 더 찰 수 있었을 것 같다. 원래는 20번을 차고 그만하려고 했지만 세희가 무서워서 어쩔 수 없이 계속 쳐야 했다고.

어찌되었건 나는 목숨을 구했고, 랑이는 내게 달려들어 안겼고, 나래는 긴장했으며, 세희는 사악한 미소를 지으며 소매에서 카메라를 꺼내 들었다. 기다란 렌즈가 달려 있어서 나같이 카메라에 대해 아무것도 모르는 사람이 봐도 뭔가 비싼 것같이 보인다.

"그러면 주인님, 나래 님. 벌칙으로 사진을 찍겠습니다. 주인님과 함께 이쪽을 보며 귀여워 보이는 자세를 취해 주시겠습니까?"

다행히 나는 넘어가 준 것 같다.

"으, 응."

"이, 이렇게 하면 되느냐?"

나래와 랑이는 군말 한 번 하지 않고 서로 달라붙어서 나름대로 자세를 잡았다. 나래는 한 손으로 치마를 살짝 들어 올렸고, 랑이는 몸을 숙였다. 둘 다 귀여운 모습이었지만 세희는 뭔가 마음에 들지 않았는지 소매에서 복주머니를 꺼내 랑이의 왼손에 쥐어 주었다. 그제야 만족한 듯 고개를 끄덕이고선 사진을 찍기 시작한다. 찰칵, 찰칵. 여러 가지 각도로 계속해서 찍는다. 휴. 그래도 세희가 말은 그렇게 했지만 이 정도로 벌칙을 끝내 줘서 다행이다. 내 생각에는 세계를 돌아다니며 별이 그려진 구슬을 찾아오라거나, 허공에 떠 있는 섬을 찾아오라고 시킬 것 같은 분위기였거든. 이런 사진을 찍는 것 정도로…….

"그러면 이번에는 나래 님이 주인님을 뒤에서 끌어안으시죠."

끝날 리가 없나.

"잠깐만. 한 번 했으면 된 거 아니야?"

지극히 당연한 나래의 지적에 세희가 입꼬리를 올리며 대답했다.

"제가 언제 한 번이라고 했습니까? 아니시면 나래 님도 도련님께 애교를 부리시고 싶습니까?"

나, 나래의 애교? 그, 그렇게 되면 내가 여러 가지로 못 견디게 될 것 같지만 솔직하게 말해서 기대된다. 그래! 솔직히 보고 싶다!

"미, 미쳤어?! 그런 짓을 하느니 사진을 찍고 말지!"

나래가 얼굴을 붉히고 주먹을 불끈 쥐며 소리쳤다. 한창 섬세한 청소년의 마음에는 별것도 아닌 일에 깊은 상처가 쉽게 생기는 것 같다.

나래와 랑이는 세희의 요구대로 여러 가지 자세로 사진을 찍었다. 한 십 분 동안 그랬을까. 세희가 카메라를 내려놓았다. 이제는 끝이다, 라고 생각했는지 둘 다 안도의 한숨을 내쉬었다. 나한테는 여러모로 눈이 즐거운 촬영이어서 조금 아쉬웠다. 평소에는 보기 힘든 나래의 여러 표정을 볼 수 있었으니까.

"그러면 나래 님은 안으로 들어가시죠. 더 찍고 싶은 것이 있으니까요."

아직도 더 찍을 생각이냐.

"자, 잠깐만! 이건 너무하잖아!"

"억울하면 이기면 됩니다."

세희는 눈도 깜빡 안 하고 대답했다.

"저는 도련님께 애교를 부린다는 죽는 게 나은 벌칙을 받아들였습니다. 질투심에 눈이 먼 나래 님이 말리지 않았다면…….”

“알았어! 할게! 하면 되잖아!!”

이제는 울상이 된 나래가 내 눈치를 살짝 살펴보고는 뭔가 안도의 한숨 같은 걸 내쉬며 방으로 들어간다. 세희는 방에 뒤따라가기 전에 나와 랑이에게 물어보았다.

“같이 가시겠습니까?”

나와 랑이는 한마음 한뜻이 되어 고개를 격하게 흔들었다.

“여기 있을게.”

“나도 여기가 더 좋으니라!”

야성의 감이 경고하고 있다. 방 안에 들어가는 것은 위험하다고. 세희는 우리의 대답에 고개를 끄덕이더니 안으로 들어갔다.

잠시 후.

“이런 걸 어떻게 입어?! 이건 완전히 속옷이잖아!”

“괜찮습니다. 유출 안 되게 주의할 테니까요.”

“그래도!! 자, 잠깐만! 어딜 만져?!”

“옷을 갈아입을 생각이 없으신 것 같아서 도와드리려 했습니다.”

“벗을게! 내 손으로 벗으면 되잖아!!”

“흐음……. 이 부분은 이렇게…….”

“꺅?! 너, 너 어딜 만져?!”

나래의 고성과 세희의 목소리가 안에서 들려왔다.

……신경 쓰지 말자. 세상에는 몰라도 되는 일이 있는 법이다. 나는 랑이와 함께 제기를 차며 잠시 동안 행복한 시간을 보냈다. 아, 즐거워라. 원래 제기차기는 이렇게 재미있는 놀이인데 말이야.

즐거운 시간은 금방 지나갔고 나래는 얼굴을 붉게 물들인 채 씩씩거리며 마당으로 나왔다. 요괴 한둘은 맨손으로 때려잡을 패기가 느껴져서 나는 나도 모르게 랑이의 뒤로 돌아가 그 몸을 껴안았다.

"아, 앗?! 치, 치사하느니라!"

랑이가 내 의도를 읽고 고개를 뒤로 돌리며 항의했지만, 야. 나를 지켜 준다고 약속한 건 너다. 이럴 때 아니면 네가 언제 나를 지키겠냐.

"그러면 마지막이군요."

나래와는 정반대로 세희는 화가 다 풀렸는지 평소와 같은 모습이다. 세희가 뭔가 계속해서 말하려는데 나래가 중간에 흐름을 잡아챘다.

"그래서 제안할 게 있는데."

"뭡니까, 메이드, 실례, 삼바, 실례, 비키니, 실례, 한복 차림의 나래님."

나래의 이 가는 소리가 여기까지 들린다.

"마지막이니까 우리 재미있게 요술을 쓸 수 있게 하자. 괜찮지?"

세희가 비웃는다.

"나래 님께서 불리하실 텐데요?"

"우습게 보지 마. 그 정도 차이는 기합으로 극복할 수 있어."

"무섭군요. 하지만 기합으로도 메울 수 없는 실력 차가 저와 나래 님의 사이에 있습니다."

"무서우면 빠지시든가. 나이는 많으면서 초등학생, 아니, 유치원생보다 작은 가슴만큼 속도 작은가 봐?"

왠지 얼마 전에 비슷한 내용의 대화를 들은 것 같은데? 이번에는 세희의 눈썹이 꿈틀거렸다.

"좋습니다. 하룻곰탱이 창귀님 무서운 줄 모르는군요."

"옛날부터 귀신 잡는 건 사람이라는 거 몰라?"

"사람이셨습니까? 죄송합니다. 전 도련님께서 유모로 쓰려고 젖소 한 마리 끌고 오신 줄 알았습니다."

아무리 봐도 말려야겠다. 이러다가 진짜로 싸움날 것 같으니까.

"저기."

"시끄러워."

"가만히 있으시죠."

무리인 것 같다. 나는 도움을 청하기 위해 랑이를 내려다보았지만, 우리 무적의 호랑이님은 어느새 내 배에 얼굴을 묻고 덜덜 떨며 현실을 도피하고 계셨다. 아무리 힘이 강하다고 해도 무서운 건 무서운가 보다.

결국 마지막은 요술을 사용해도 되는 것으로 결판이 났다. 이 녀석들, 내가 평범한 인간인 걸 까먹고 있어. 이번에는 처음의 규칙 말고도 몇 가지 추가된 사항이 있다. 제기를 상대에게 건네줄 때는 받는 사람의 이름을 부를 것. 이름이 불린 사람이 제기를 받지 못하면 자동적으로 탈락. 벌칙은 무조건 받아들일 것. 요술로 직접적인 공격은 금지. 기절시켜도 승리. 죽이지는 말 것.

점점 뒤로 가면 갈수록 우리가 하고 있는 게 제기차기인지 의심이 가는 규칙들밖에 없다.

"그럼 성훈이가 먼저 시작해."

나래가 내게 제기를 던져 주었다. 어느새 나머지 셋은 나를 중심으로 오른쪽에 세희가, 맞은쪽에 랑이가, 왼쪽에 나래가 자리를 잡고 서 있었다. 나는 일단 안전하게 시작하기로 했다.

"랑이야."

랑이가 꼬리를 살랑거리며 제기를 받아 한 번 허공에 띄워 바로잡고, 내 이름을 부르며 이쪽을 향해 찼다.

"성훈이니라."

차기 편하게 제기를 건네줘서 받는 것도 힘들지 않았다. 나도 제기를 바로잡고 다시 한 번 랑이의 이름을 불렀다.

"랑이야."

그렇게 몇 번 정도 랑이와 제기를 주거니 받거니 하며 다시 한 번 나름대로 재미있는 시간을 보내고 있자니…….

"……."

"……."

양옆의 시선이 무섭다. 빨리 자신들의 이름을 부르지 않으면 잡아먹어 버린다고 말하는 것 같다. 하지만 굽히면 안 된다. 여기서 이 둘에게 제기를 건네면 무슨 일이 벌어질지 몰라. 회전 회오리 제기라든가, 썬더볼트 제기라든가, 대우주 빅뱅 탄생 제기 같은 말도 안 되는 일이 벌어진다 해도 놀라지 않을 자신이 있어. 지금의 최선은 둘의 시선을 견디며 화가 가라앉기를 기다리는 것뿐이다.

하지만.

"으, 으, 세희야."

아뿔싸! 랑이가 그 시선을 버티지 못하고 세희의 이름을 불러 버린 것이다. 그러면서도 몸은 반사적으로 내 쪽을 향해 제기를 찼다.

어딜 보나 정상적인 방법으로는 세희가 받아 낼 수 없는 방향이다. 그렇다. 정상적인 방법으로는. 그리고 이 녀석들은 지금 정상이 아니다.

세희는 왼발을 축으로 삼아 몸을 빙글 돌리며 발을 뒤로 쭉 뻗어 내 쪽으로 날아오는 제기를 걷어찬 것이다! 그야말로 교과서같이 깨끗하고 흠 잡을 곳이 없는 뒤돌려차기다!

"도련님."

만약 세희가 나를 부르지만 않았어도 나는 순수하게 감탄을 할 수 있었을 거다.

"나?"

내 이름을 부른 것과는 정반대로 제기는 빠른 속도로 나래한테 날아가고 있었다. 나래가 급히 몸을 틀어 피한다. 제기가 나래의 가슴을 스쳐 한복을 살짝 찢으며 날아가 아름드리나무에 부딪히자 파지직! 하는 소리가 들렸다. 하도 어이가 없어 깜빡거리는 눈으로 나무를 살펴보니, 오, 맙소사. 우지끈, 나무가 부러졌다.

"도련님은 탈락입니다."

지금은 화내도 된다.

"죽일 생각이냐?!"

"괜찮습니다. 힘 조절은 했으니까요. 나래 님이 맞았다 한들 따끔할 정도입니다."

나는 나래를 보았다. 나래가 치켜뜬 눈으로 세희를 노려보며 가슴팍이 뜯어진 저고리에는 신경도 쓰지 않고 아무 말 없이 고개를 끄덕였다.

우리 나래가 달라졌어요.

나는 한숨을 쉬고 일단 이 제기차기를 빙자한 요괴 대혈투에서 벗어나기로 했다. 고래싸움에 새우등 터지는 건 싫어. 봐라. 랑이도 은근히 내가 부러운지 손가락을 입에 물고 나를 올려다보고 있잖아. 나는 그런 랑이가 불쌍해져서 머리를 툭툭 두드려 주며 말했다.

"난 탈락이니까 너는 열심히 해 봐라."

"세희하고 나래가 너무 무서우니라."

그건 나도 동감이다. 나는 울 것 같은 랑이를 달래기 위해서 아무 말이나 지어냈다.

"그러지 말고 네가 1등해서 빨리 끝내면 되잖아. 이거만 끝나면 괜찮을 것 같은데."

승부가 돼 버리니까 분위기가 이 모양 이 꼴까지 온 거니까 끝나면 괜찮아지겠지, 같은 안일한 생각으로 말했는데 갑자기 랑이의 분위기가 확 달라졌다. 방금 전만 해도 기가 죽어 있던 모습은 어디 갔는지 눈을 초롱초롱 빛내고 고개를 끄덕거린다.

"아! 그런 방법이 있었구나!"

쓸데없는 말을 한 것 같은 기분이 드네.

제기차기는 나를 제외한 상황에서 재개되었다. 나를 탈락시킨 세희가 다시 한 번 제기를 잡았다.

"지금이라도 늦지 않았습니다, 나래 님. 그 커다란 지방 덩어리 때문에 한 걸음 떼기도 힘드실 텐데 이만 기권하시죠."

"내가 할 소리야. 나이가 많아서 추운 날에는 뼈마디가 시리지 않아? 늙어서 다치면 고생이라고."

시작부터 심상치 않은 분위기가 흐른다. 먼저 빠져서 다행이다.

세희가 제기를 허공에 던지면서 발로 찬다.

"가슴만 큰 곰탱이."

이제는 이름으로 부르지도 않는구나.

세희가 찬 제기가 시위를 놓은 화살같이 나래의 얼굴에 내다 꽂힌다. 아니, 아니다. 나래가 발을 차올려 제기를 허공에 띄웠다. 다리 사이를 손으로 누르지 않았다면 치마가 들어 올려져 속옷이 보였을 정도로 90도에 가깝게 다리가 높이 올라갔다! 쾅! 하고 제기차기에서 날 수 없는 소리가 난다.

"제법이군요."

나래는 대답 대신 몇 발자국 뒤로 물러나더니 공중으로 몸을 날렸다. 치마가 바람에 펄럭이며 잘 뻗은 다리가 떨어지는 제기를 내려 찼다!

"5천 살 아줌마!"

세희의 머리를 향해 내려찍히는 제기! 세희는 이마에 힘줄을 돋으며 손을 들어 검지를 위아래로 까닥였다. 그 순간 세희의 손에서 회오리바람이 일어나 제기를 다시 공중에 띄운다. 한때 즐겨 했던 격투 게임이 생각난다. 어찌되었건 이제는 제기차기라고 부를 수 있는 수준이 아니다. 그야말로 요술 대 격전!

하지만…….

"우—으."

랑이는 계속되는 나래와 세희의 제기 독점에 꿔다 놓은 보릿자루가 된 것이 불만인 것 같다. 랑이가 볼을 부풀리고 요술 대결을 펼치고 있는 둘에게 소리쳤다.

"나도, 나도 차고 싶으니라! 성훈에게 멋진 모습을 보여 주고 싶단 말이니라!"

넌 귀여운 모습을 많이 보여 주니까 괜찮다, 이 녀석아. 하지만 나래는 그렇게 생각하지 않은 것 같다. 세희에게서 제기를 받아 낸 후,

"……랑이."

라고 말하며 랑이가 받기 쉽게 제기를 높이 차 줬으니까. 자신의 이름이 불린 것에 랑이가 눈을 번쩍였다. 그 강렬한 안광이 마치 눈에서 광선이라도 쏠 것같이 보인다.

"세희야!"

아니, 쏘았다! 진짜로 눈에서 광선이 나갔어!

세희가 급하게 몸을 뒤로 젖히자 광선이 뒤에 있는 산에 맞고 흙먼지를 일으키며 봉우리를 날려 버렸다. 아, 이런, 말로는 잘 설명이 안 되겠네. 그러니까 산봉우리를 소멸시켜 버렸다. ……라, 랑이야. 너 언제부터 광학 병기가 된 거냐? 이 말도 안 되는 상황에 얼이 빠져서 입을 벌리고 가만히 있는 나와는 다르게, 랑이는 세희가 피할 것을 예상했다는 듯이 땅에 막 닿으려고 하는 제기를 걷어찼다. 제기에 푸른 불꽃이 휘몰아치며 세희에게 날아간다. 세희는 이를 악물고 발

을 들어 올렸다.
"크—윽!"
세희가 신음을 흘린다. 제기에서 일어난 불꽃이 세희의 몸을 휘감았다. 멀리 있어도 느껴질 만큼 뜨거운 열기가 느껴진다.
"세희야?!"
지금까지 한창 치고 박던 나래조차 깜짝 놀라서 비명을 지를 정도였다.
시작은 제기차기였으나, 그 끝은 랑이의 인조요괴 설이니라……가 아니잖아!
"야, 이 자식아!!"
나는 호통을 치며 빨리 어떻게든 해 보라고 랑이에게 말하려고 했지만,
"본신의 힘을 그리 이용하시면 저라 해도 힘듭니다, 주인님."
푸른 불꽃 안에서 세희의 목소리가 들려서 입을 다물었다. 불꽃 속에서 무엇인가가 휙 움직인다. 거기에 따라 불꽃이 그쪽으로 몰리며 세희의 모습이 드러났다. 조금 지친 듯한 모습이지만 평소와 별다를 것 없어 보여서 나는 안도의 한숨을 내쉴 수 있었다. 세희가 손을 다시 한 번 휘두르자 한쪽에 모였던 불꽃이 거짓말같이 사라지며 검은 재가 바람에 휘날린다. 방금까지 불타고 있던 것은 세희의 한복이었

나 보다. 그렇다고 지금 세희가 속옷 차림이라는 것은 아니고. 여름에도 옷 아래에 옷을 껴입는 녀석이 겨울이라고 다르겠냐.

"저는 탈락이군요."

세희는 방금 일어났던 일 정도는 아무것도 아니라는 듯, 소매 안에서 제기를 꺼내 랑이에게 건네주었다.

랑이를 어떻게 혼내야 할지 고민하고 있는 내 옆에 세희가 다가와 말을 걸었다.

"그런 표정 하실 것 없습니다. 주인님과 저한테 이 정도는 가벼운 장난 같은 거니까요."

너희들은 장난의 정의에 대해 다시 한 번 고찰해 볼 필요가 있어.

"너희들은 이런 게 장난이냐?"

장난으로 눈에서 광선을 쏘고 불로 태워?

"예전만 하더라도 도련님께서 주인님께 발정하는 것만큼 자주 있던 일입니다. 그때는 주인님께서 장난을 치신 후면 강과 산이 만들어지곤 했죠. 지금은 도련님이 계신다고 많이 신경 쓰신 것입니다. 그러니 넘어가 주시죠."

그렇게까지 말하면 할 말이 없다. 그런데 이쪽 분위기는 상관도 안 한다는 듯 랑이는 제기를 든 손을 빙빙 돌리며 말했다.

"그러면 다음은 나래이니라!"

랑이가 긴장한 나래를 보며 헤헤헤 하고 이를 드러내며 웃었다. 살랑살랑 움직이는 랑이의 꼬리가 악마의 것처럼 보이기 시작한다.

"아니, 나는 포기. 기권할게."

나래가 두 손을 들어 올렸다. 좋은 판단이다. 생각해 보면 여기 있는 사람들 중에서 가장 힘이 강한 건 랑이다. 그런 랑이한테 요술로 이길 수 있는 사람이 어디 있겠냐? 나래의 기권에 랑이는 이쪽을 한 번, 나래를 한 번 보더니 제기를 하늘 높이 던지며 폴짝폴짝 뛰었다.

"이겼느니라! 성훈아! 내가 이겼느니라!"

만세까지 부른다. 다 좋은데 옷이 펄럭이니까 좀 조심해라. 그런데 나 이거 랑이를 칭찬해 줘야 하는 거야?

"그러면 주인님. 벌칙을 말씀하시죠."

"으—음."

랑이가 턱을 괴고 뭔가를 심각하게 고민한다. 그래도 랑이가 이겼으니까 별일은 없겠지.

"아! 좋은 게 생각났느니라!"

……별일은 없겠지?

"나와 나래가 뽀뽀해 주는 것을 성훈이 피하지 않는 것으로 하자꾸나!"

있구나.

"야!!"

"뭐, 뭐?!"

나와 나래가 동시에 소리를 질렀다.

"랑이야!!"

나래가 랑이에게 항의하려는데 세희가 남의 일이라고 슬쩍 끼어든다.

"마지막 벌칙입니다. 설마 어기실 생각은 아니시겠지요."

"그, 그런 문제가 아니잖아!"

"왜 그러십니까? 도련님께 입을 맞추는 것 정도는 아무것도 아니지 않습니까?"

그 때, 랑이가 손을 탁 치며 말했다.

"아! 세희가 빠졌었구나! 세희야! 너도 성훈에게 뽀뽀하거라."

"쿨럭!"

세희가 다시 한 번 허리를 굽히며 피를 토했지만 랑이는 히죽 웃었다.

"안 속느니라."

"무정하시군요, 주인님."

세희가 다시 손수건을 꺼내 입가를 닦는다. 기다렸다는 듯이 나래가 팔짱을 끼며 세희에게 핀잔을 줬다.

"거봐. 너도 입장이 바뀌니까 할 말 없지?"

그 말을 들은 세희의 표정이 변했다. 다시는 돌아오지 못할 전쟁터에 나가는 군인처럼 비장한 얼굴로 내 쪽으로 다가온다.

"……잠시 실례하겠습니다."

에? 뭘?

그 때, 갑자기 세희가 내 팔을 잡아 끌어당겼다. 둘의 싸움을 지켜보고만 있던 나는 그대로 세희에게 끌려갔고, 그런 내 뺨에 차가운 무엇인가가 닿았다.

"?!"

그것이 세희의 입술이라는 것을 깨달은 나는 기절할 것같이 놀라 팔을 뿌리치고 뒤로 도망쳤다. 얼굴에 피가 확 몰린다.

"뭐, 뭐야?!"

목소리를 높인 나래에게 대답해 줘야 할 세희는 아무 말도 하지 못했다. 세희의 손에는 이미 텅 비어 버린 가글액 통이 들려 있었다. ……그렇게 싫으면 안 하면 되잖아.

"앗! 세희야! 너무하느니라! 새해의 첫 뽀뽀를 가지고 가다니! 내가 먼저 할 생각이었단 말이니라! 에, 에잇! 그렇다면 나는 이, 입술에다 하겠느니라!"

랑이가 이상한 소리와 함께 두 팔을 벌리며 내게 안겨 오려는 것을 어깨를 두 손으로 밀어 막는다. 손을 바동바동거리면서 입술을 쭈욱 내밀고 안겨들려고 하는 모습이 귀여우면서도 웃기다.

"퉷."

마침 세희가 가글액을 땅에 내뱉었다.

"입술이 썩을 뻔했군요."

그러니까 누가 하라고 했냐고!

"나래 님께서는 이제 와서 물러나실 생각은 아니시겠죠."

"으윽."

화를 내고 싶지만 할 말이 없어 보이는 나래에게 세희가 엷은 미소를 지으며 말했다.

"왜 그러십니까? 단순한 벌칙 아닙니까? 신경 쓰실 일은 없으실 텐데요."

"아, 알아! 나도 안다고!"

"말과 행동이 다르십니다, 나래 님. 아, 혹시 신경 쓰고 있는 남자에게는 장난으로도 그런 행위를 할 수 없다는 풋내 나는 소녀의 연정입니까? 청춘이시군요."

"웃기지 마!"

나래의 목소리에 랑이가 깜짝 놀라 두 손으로 귀를 막았다. 랑이의 어깨를 잡고 있던 나는 귀청이 떠나갈 것 같은 그 소리를 고스란히 들어야 했다.

"하면 되잖아!"

저렇게 화를 내면서 세희의 말을 부인하는 건 나로서는 조금 슬퍼지는 것이 사실이다. 그럴 때는 조금은 미묘하게 거절한다거나, 약한 긍정을 해 줬으면 좋겠다는 것이 남자아이의 마음이다. 절대로 지금처럼 새빨개진 눈으로 사람을

죽일 듯이 노려보면서,

"너, 딴생각하면 죽을 줄 알아."

라고 말하는 반응이 아니라고. 그런데 아뿔싸. 나래에게 정신이 팔리는 바람에 랑이에 대한 대응이 허술해졌다!

"빈틈이니라!"

랑이가 내 팔을 뿌리치고 안으로 파고들더니 입을 쭈욱 내밀고 내 입술을 향해 날아올랐다! 그렇다고 당할까보냐!!

나는 필사적으로 얼굴을 틀었다. 랑이의 따듯하고 촉촉한 입술이 내 입술 바로 왼쪽에 닿았다. 아슬아슬하게 세이프다.

"으냐앗?!"

나와는 달리 랑이는 울상이 돼서 내 목을 두 팔로 휘감고 두 다리로 허리를 휘감으며 달라붙었다.

"피하는 게 어디 있느냐?!"

"시끄러! 호랑이 한 마리가 잡아먹겠다고 달려드는데 안 피하고 배길 사람이 어디 있냐?"

"나같이 사랑스러운 호랑이라면 안 피해도 되느니라."

사랑스럽다는 건 인정하지만 그걸 자기 입으로 말하지 마라, 이 자식아.

"다시, 다시이니라!"

나는 다시 고개를 들이대는 랑이를 목을 끌어안아 내 가슴에 기대게 만들었다. 이것으로 랑이의 행동은 봉쇄했다.

“아, 앗. 이것도 기분 좋지만, 그래도 흐냐아아아…….”

랑이는 몸을 바동거리려다가 말고 그대로 내 가슴에 얼굴 기대고 새끼 고양이처럼 늘어지고 말았다. 휴. 위기가 지나갔다……라고 생각하는 그 때.

“눈 감아.”

정신을 차리고 보니 나래의 얼굴이 바로 눈앞에까지 다가와 있었다.

저, 저기요? 언제 이렇게 가까워지셨습니까? 거기다 저는 분명히 뺨이라고 들었는데 왜 정면에서 오시고요?

나는 바로 코앞에 내가 좋아하는 나래의 얼굴이 있다는 사실에 부끄러움이 치솟아 올라서 나도 모르게 두 눈을 질끈 감았다. 앞이 보이지 않지만 나래의 머리카락이 코를 스쳐 지나가며 좋은 향기가 났다. 이, 이대로 키스를 받아도 되는 걸까? 물론 받고 싶은 마음은 많지만 그래도 나래와의 첫 입맞춤이 벌칙이어서 되겠냐고! 당연히 안 되지! 내가 지금까지 간직한 나래에 대한 순수한 마음을 우습게 보지 마라! 나는 급히 눈을 뜨고 고개를 돌리며 말했다.

“잠깐, 나래……읍?”

뭔가에 입이 막혔다. 이게 무엇인지 깨닫기도 전에 바로 코앞에 있는 나래의 얼굴에 정신을 잃을 것만 같았다. 어째서 나래가 정면으로 날 보고 있는 거지? 그것도 이 정도로 가까운 거리에? 나래도 깜짝 놀랐는지 눈을 휘둥그레 뜨고서 나를 바라보고 있다. 그래서 나는 내 입술에 닿아 있는 것이 부드럽고 열기 어린 나래의 입술이라는 것을 깨닫는 동시에 내가 엄청난 착각을 했다는 것을 알아챘다. 원래 나래는 벌칙대로 내 볼에 뽀뽀를 하려고 했는데 내가 갑자기 고개를 트는 바람에 입술에다 해 버린 거다. 퍽! 나래가 내 어깨를 두 손으로 밀고 입술을 훔치며 새빨개진 얼굴로 내게 소리쳤다.

"너, 너!!"

말도 제대로 안 나오면서 두 주먹을 불끈 쥐는 나래를 보아하니 지금 제대로 변명을 하지 않으면 죽게 될 거라는 예언과 같은 생각이 들었다. 나는 살기 위해서 손을 흔들며 필사적인 변명을 했다.

"그게 아니고요! **이건 불행한 사건 사고인 겁니다! 전 조금도 나래 님하고 키스하고 싶은 생각은 없었어요! 제가 죽는 한이 있어도 그런 발칙한 마음을 가지겠습니까?!** 그러니까 한 번만 봐주시면 안 되게아아악!!"

"!!"

나래의 주먹에 정통으로 맞아 의식을 잃으면서 나는 변명을 잘못 선택했다는 생각이 들었다. 그래도 새해의 첫 시작 치고는 나쁘지 않다는 생각이 든 것은 우연과 실수의 결과라고 하지만 나래와 입맞춤을 나눴기 때문이겠지. 헤헤헤헤.

"기절하면서도 기분 나쁜 미소를 짓는군요. 갖다 버리시겠습니까?"

"타는 쓰레기니까 소각장에 버려."

……살려 주세요.

두 번째 이야기

날씨가 더워 샤워를 하고 부엌으로 나온 어느 날의 오후. 이런 경우는 정말 드물지만 나는 의견을 낸 세희에게 동의했다.

"하긴. 그 녀석은 공부 좀 해야 돼."

랑이의 외관은 어린아이지만 실제 나이는 5천 살이 넘었다. 대충 6천 살이라고 해도 될 정도가 아닐까? 하지만 그 긴 시간 동안 도대체 뭘 하고 지냈는지 모를 정도로…….

"대부분의 시간을 도련님을 기다리시며 주무셨습니다."

"친절한 설명 고맙다."

그 긴 시간 동안 잠만 자서 랑이의 지식수준은 같은 어린 애들과 비교해 봐도 심히 뒤떨어진다. 랑이가 머리가 나쁜 건 아니니까 단순히 경험과 교육의 문제겠지. 상식이야 나하고 같이 살아가면서 배우면 된다. 하지만 지식은 배워야 는다. 절대로 랑이가 공부를 하면 정신 연령이 높아져서 조금은 어른스러워지지 않을까 하는, 실제로 그런 일이 벌어지게 되면 이 이야기의 끝이 오게 될 것이기 때문에 현실화될 가능성이 전혀 없는 상황이 일어나길 바라는 발칙한 생각은 하지 않았다. 진심이다.

"그래서 부탁드릴 것이 있습니다, 도련님."

뭐라고 할지 대충 짐작이 가는 걸 보니 세희하고 알고 지낸 것도 꽤 오래된 것 같다.

"아, 참고로 내 중간고사 점수는 평균 30점대다. 공부 쪽은 나래한테 부탁해. 나래가 나보다 훨씬 공부 잘하니까."

선수를 친 내 말에 세희는 한쪽 입꼬리를 쓰윽 올리고 소매 안에서 갱지를 꺼냈다. 지금까지 학생이라는 이름의 백수로 지내 온 나는 종이의 크기와 색만 봐도 그게 무엇인지 한눈에 알 수 있었다. 시험지다.

"초등학교 1학년용 시험지입니다. 풀어 보시죠."

"요즘에는 1학년도 시험을 보냐?"

"언제는 안 본 것같이 말씀하십니다?"

어? 내가 초등학생일 때는 시험을…… 봤었나? 하도 옛날 일이어서 기억이 안 난다. 기억을 곰곰이 되씹어 보고 있는데 세희가 언제 꺼냈는지 모를 검은색 뿔테 안경을 고쳐 쓰며 말했다.

"문제를 풀어 봐서 80점 이상이 나오지 않는다면 제가 직접 주인님과 도련님을 가르쳐 드리지요."

안 어울린다. 그런 건 정미 누나가 해야지 어울리는 거지 너같이 가…….

"전국에 있는 여교사 분들께 몰매 맞을 생각은 그만하시죠."

진심으로 죄송합니다. 절대로 그런 의도가 아니었습니다. 오늘도 교육 현장에서 열심히 일하시고 계시는 선생님 분들! 사랑해요! 그러니까 제발 수업 시간은 맞춰서 끝내 주세요. 특히 4교시.

"그래서 머릿속에 든 거라고는 먹는 것밖에 없는 도련님. 풀어 보시겠습니까?"

"내가 왜."

그런 거야 보나 마나 100점 만점일 게 뻔한데. 내가 아무리 공부를 못한다고 해도 초등학교 1학년 문제도 못 풀겠냐.

"요즘 초등학생을 너무 무시하는 것 아닙니까?"

"내가 5, 6학년이면 몰라도 1, 2학년 거를 못 풀 것 같지는 않거든?"

"도련님의 수준은 초등학교 5학년이라는 거군요."

초등학교 5학년을 우습게 보지 마라. 인터넷에 수학 문제라고 올라온 걸 보고 깜짝 놀랐다고. 거기다 요즘에는 좀 노는 녀석들은 5학년 정도만 돼도 여자 친구도 사귀고 담배도

피우고 술도 마신다더라.

"그런 녀석에게 랑이를 가르치라고 한 건 너잖아."

세희가 보기 드물게 깊은 한숨을 내쉬었다.

"어쩔 수 없지 않습니까? 제가 가르쳐 드린다 아뢰면 꼬리가 흔들리도록 도망치시니까요."

……그 모습은 꽤나 귀여워서 나도 한 번 보고 싶다. 세희의 말에 화들짝 놀라서 "나, 나는 급한 일이 생겼느니라!"라고 말하면서 방을 박차고 나가 "걸음아, 날 살려라~!" 하며 도망치는 랑이의 모습은 상상만 해도 흐뭇해지는 광경일 것 같다. 그 덕분에 내가 공부를 도와주게 생겼지만.

"이제 곧 있으면 여자 친구가 모니터에서 나왔다고 헛소리를 하실 정도로 상상력이 많이 느셨군요."

"제가 여자 친구로 사귀고 싶은 애들은 주위에 있거든요?"

"저 말씀이십니까?"

나는 정색했다.

"저 역시 그럴 마음은 도련님의 개념만큼도 없지만 그런 표정을 보니 기분이 나빠지는 건 어쩔 수 없군요."

나처럼 개념 있는 청소년이 어디 있다고.

"여자의 자존심이냐?"

"인간의 자존심입니다."

"귀신이잖아."

"개 귀신, 고양이 귀신, 거북이 귀신, 생쥐 귀신, 곰 귀신,

까치 귀신, 로리콘 귀신. 이런 말을 들어 본 적 있으십니까?"

예, 귀신은 보통 살아 있던 사람이 죽어서 원혼이 된 것을 뜻하죠. 하지만 그렇게 따지면 나는 호랑이를 공부시킨다는 이야기도 들어 본 적 없다.

"그래서 싫다는 겁니까?"

"싫은 건 아니지만 왜 하필 나냐 이거지."

"그럼 내가 하라는 거야?"

"그렇지요. 네가 해 주면……. 나래야?"

언제 안방에서 부엌으로 들어왔는지 모를 나래가 할아버지 집 안에 있던 오래된 책을 손에 들고 벽에 어깨를 기대고 있었다. 마루에서 나와 세희가 대화한 내용이 신경 쓰여서 나온 것 같다. 나래가 깊은 한숨을 내쉬며 말했다.

"언제부터 그렇게 자기가 할 일을 남한테 미루게 된 거야?"

원래부터 제가 할 일이 아니었습니다. 그래서? 제가 할 일이 맞는 것 같군요.

"제가 공부를 잘 못해서 랑이한테 잘못된……."

나래는 단칼에 내 말을 잘랐다.

"그러면 이번 기회에 랑이하고 같이 공부하면 되겠네. 기초부터 차근차근 랑이하고 같이 쌓아."

제 수준이 랑이하고 같다는 말입니까.

"그래도 랑이가 배워야 할 건 더하기나 빼기 같은……."

"수학에서 가장 쉽게 실수하는 게 그런 사칙 연산이야. 저번에 너 중간고사 볼 때 틀린 거 보니까 공식은 둘째 치고 그런 간단한 부분도 많이 틀렸더라."

할 말이 없다.

"나하고 말싸움해서 이길 생각을 하는 건 아니지, 성훈아?"

나는 나래에게 두 손을 들었다.

"그러면 오늘부터 해."

"예?"

"예?"

"예."

나는 나래가 만족한 미소를 지으며 방으로 다시 들어가는 걸 확인하고 한숨을 쉬며 세희에게 말했다.

"……내가 공부시켜야 되는 호랑이 녀석은 어디 있냐?"

"그 전에 공부할 책이 있는지부터 물어보는 게 예의 아닙니까, 도련님?"

그 전에 너는 인터넷 좀 그만해야 할 것 같다.

"어차피 네 소매 안에 있잖아."

"도련님께서 평소에 저를 어찌 생각하시는지 알 수 있는 좋은 말씀이셨습니다."

내가 나쁜 것처럼 이야기한다.

"평소에 네가 하던 행동을 생각해 봐라."

세희는 소매 안에서 다이어리를 꺼냈다. 저건 뭐야? 의아해하고 있는 나를 보며 세희가 다이어리를 열어 펜으로 뭔가를 적으며 말했다.

"오늘은 도련님께서 나를 편리한 도구 취급하며 평소에 내가 한 행동을 생각해 보라고 말씀 하셨다. 자기가 평소 하는 행동은 생각하지도 않고 참 웃기지도 않는 말씀을 하셨지만, 도련님께서는 진심으로 나를 필요할 때만 찾는 편리한 도구로 생각하시니 어쩔 수 없는 것 같다. 주무실 때 중요 부위에 구석구석 치약을 발라놓는 거로 참을 수밖에."

"참는 게 아니잖아!"

자라나는 청소년한테 야한 농담하지 말라는 딴죽보다 무지하게 따가울 것 같다는 생각이 먼저 들 정도로 끔찍한 장난이다! 나도 모르게 허벅지를 오므리고 말았잖아!

"깨어나 보니 개미굴 근처에 사지가 결박되어 있고 온몸에 꿀이 발라져 있는 것보다는 낫지 않습니까?"

이 녀석이 화가 나면 진짜로 할 것 같다는 게 무섭다.

"그래, 미안하다. 널 편리한 도구 같이 생각한 건 내가 잘못했다."

"괜찮습니다."

세희는 그리 말하며 소매 안에서 나올 수 없는 거대한 박스를 꺼내 놓았다.

"……이건 뭐냐?"

"어떤 도시에 새로 부임한 신임 경찰이 대통령의 딸과 사귀게 되는 게임에 등장하는 4차원 박스입니다. 로켓 런처부터 머신 건까지 없는 게 없습니다. 나래 님께 선물해 드릴 생각입니다."

"죄송합니다. 잘못했어요. 살려 주세요."

"아직 시작도 안 했습니다, 도련님."

나는 두 손을 모아 싹싹 빌었다. 세희는 워낙 표정을 읽기 힘들어서 진심으로 화가 나도 알아채기가 힘들단 말이야.

"그럼 잔말 말고 주인님의 수준에 맞는 책을 사 오시지요."

세희를 편리한 도구처럼 대했다는 잘못이 있는 내가 더 이상 뭐라 할 말은 없지만……. 그래도 현실의 문제점에 대해서는 그냥 넘어갈 수는 없다. 나는 지금 지리산 한가운데에 있고 책을 사려면 시내까지 가야 하는데 거기는 차를 타고도 30분 거리다. 여기에 버스가 오는 건 본 적이 없고 그렇다고 시내까지 걸어가자니 시간도 시간이지만 구름 한 점 없는 하늘에서 자신의 육체미를 과시하고 계시는 해님이 문제다. 나는 그 점을 세희에게 간단하게 축약해서 말했다.

"걸어서?"

세희가 입을 가리며 깜짝 놀라는 시늉을 한다.

"아직도 축지법을 못 쓰십니까?"

……야.

"죽을 때까지 못 쓸걸."

"신기하군요. 오랫동안 제 밑에서 정신적인 수양을 쌓으시고 요기 덩어리라 할 수 있는 주인님과 엉겨 붙어 지내

셨는데 그런 간단한 요술 하나조차 못 쓰신다는 게 말이 됩니까?"

정미 누나는 힘들다고 했거든?

"못 쓴다."

세희가 턱에 손을 괴고 심각하게 고민한다. 야, 너 왜 그래.

"하긴, 무능의 결정체를 인간으로 생각했다는 것이 문제였군요. 도련님은 무능의 결정체. 오늘부터는 애벌레로 생각하겠습니다."

"많고 많은 것 중에서 왜 애벌레냐."

"애벌레를 무시하시면 안 됩니다. 변태를 겪으면 예쁜 나비가 되니까요. 그에 비해 도련님은 변태를 겪은 후에도 그저 평범한 변태이지 않습니까?"

축지법을 못 쓴다는 이유 하나만으로 나는 왜 이런 소리까지 들어야 하는 겁니까. 혹시 아직 화가 덜 풀리셨습니까? 또 저번처럼……. 응? 뭔가 생각이 나려고 하는데 세희의 목소리에 상념이 깨졌다.

"어쩔 수 없군요. 그렇다면 바둑이와 함께 가시지요."

"바둑이?"

"탈것으로 쓰라는 말입니다."

본 모습으로 변한 바둑이의 등에 매달려서 산을 달리는 내 모습이 상상된다. 어렸을 때 본 자연과 인간의 공존을 그린 만화 영화가 떠오르는걸. 학교에서 보고 감동했지. 인간이란 저렇게 자연과…….

"저녁상에 녹용을 올리겠습니다."

내 추억 물어내라.

"그냥 차 불러 주면 안 되냐?"

그 아저씨 있잖아. 위험한 요괴인 너희들의 편의를 봐 주기 위해 노력하는 아저씨.

"공무원이라 휴일엔 쉽니다."

"그래도 되는 거야?!"

세희는 아무 말 없이 빙긋 웃었다. 주는 대로 받아먹으라는 무언의 표시 같다.

"바둑이로 모자라면 **다른 준비도 해 드릴 테니** 그만하고 알아서 가라는 뜻입니다. 이러다가 저와 도련님의 이야기만으로 책 한 권을 채우겠습니다."

"……너 그거 계속 쓰고 있는 거냐."

세희는 대답하지 않았다.

묵비권을 행사하는 세희에게 귀신에게도 미란다 원칙이 적용되냐고 묻고 싶었지만 고등학생에게는 좀 큰 액수의 돈으로 회수당하고 말았다. 이것이 귀신이 부리는 돈의 힘이다. 속물이라고 하지 마. 어렸을 때부터 가계부를 꾸려 온 나로서는 거절할 수 없는 유혹이라고. 거기다 혹시 모르잖

아. 나중에 나래와 데이트라도 갈지. 나는 두툼해진 지갑에 행복함을 느끼며 마루로 나왔다. 더위를 피해 돗자리에 배 깔고 누워 있는 랑이가 고개를 돌려 나를 본 다음 꼬리를 물결치며 말했다.

"성훈아~. 나 더우니라~."

저번처럼 부채질이라도 해 달라고 할 기세다. 미안하게도 난 심부름을 가야 한다고.

응? 아니지. 그래. 이 녀석이 공부할 책을 사러 가는 건데 나만 가는 건 말도 안 되잖아? 이 녀석도 데려가자.

"랑이야."

귀가 쫑긋거린다. 미안하지만 이 녀석아. 네가 원하는 게 아니거든?

"나 시내에 갈 생각인데 너도 같이 갈래?"

랑이가 손을 짚고 상체를 일으키며 말했다.

"놀러 가는 것이느냐?"

지금이라도 바람처럼 달려갈 기세다. 나는 그 모습에 웃음이 나올 것만 같은 걸 참으며 말했다.

"네가 공부할 책 사러 가게."

어렸을 때의 기억이 떠오른다. 나래가 한겨울에 내린 눈을 뭉쳐서 냉동실에 집어넣고 하루가 지난 뒤 꺼내어 던지고 나서 내가 코피를 흘리는 걸 본 모습이 지금의 랑이의 모습하고 똑같다. 그때와 다른 건 날씨가 더워서 그런지 랑이의 뽀얀 뺨에 커다란 땀방울이 줄줄줄 흐른다는 것 정도?

"고, 공부 말이느냐?"

"응."

"그래서 채, 책을 사러 간다는 것이느냐?"

나는 고개를 끄덕였다. 잘못 본 게 아니라면 랑이의 꼬리와 귀에 나 있는 털이 삐쭉삐쭉 부풀어 올랐다.

"세희가 나를 공부시킨다고 한 것은 아니겠지냐?"

뭘 그렇게 당황하는지 모르겠지만 말은 제대로 해라. 이상하잖아.

"그런데?"

"싫으니라!!"

랑이가 벌떡 일어나더니 내 앞에 무릎을 꿇고 정좌해서 굳은 표정으로 올려다본다. 머리띠를 두르고 등록금 인상 결사반대나 무상 등록금 반값 구호를 외치면 어울릴 정도로 각오가 대단한 것 같다. 그런 보기 드문 랑이의 결의에 찬 모습에 나는 깜짝 놀랐다.

"왜 그래?"

"공부하기 싫으니라! 공부 안 할 것이니라!"

랑이가 공부하기 싫어한다고 말하긴 했지만 이건 너무 예상외의 반응이라 놀랐다. 공부는 둘째 치고 질색하고 싫어하는 걸 보면 뭔가 이유가 있는 것 같다. 랑이를 살살 달래보자. 공부를 도와주는 건 그다음이다.

나는 앞에 앉아서 각오에 차 평소보다 배는 똘망똘망한 눈동자로 바라보는 랑이의 볼을 쓰다듬어 주었다. 말랑말랑해서 좋다.

"으냐아~."

랑이도 기분이 좋은지 금방 흐물흐물해져서 내 손에 얼굴을 기대려다가,

"핫!"

급하게 정신을 차리고 고개를 흔들더니 일자로 똑바로 섰다.

"아, 안 당하느니라!"

허어, 요놈 보세? 네가 나한테 안 당하겠다고? 갑자기 장난기가 솟구쳤다. 날씨가 덥고 가만히 있어도 온몸이 끈적거리긴 하지만 그것을 감수할 만한 장난기가 말이야. 나는 두 손을 들어 손가락을 뱀처럼 움직이며 랑이에게 말했다.

"어디 한 번 해 볼까?"

꼬리를 곤두세운 랑이가 말했다.

"무, 무슨 짓을 하려는 것이느냐?"

나는 행동으로 알려 주기로 했다.

"이런 짓!"

"으냐앗?!"

나는 잽싸게 랑이의 옆구리를 간질였다. 랑이가 깜짝 놀라며 몸을 곧추세우고 이내 반항을 했지만 어림없다!

"꺄하하핫! 그만, 그만하거라~!"

마루에 뒤로 누워 이쪽저쪽 뒹구는 녀석의 허벅지 위에 올라타서 도망치지 못하게 만든 다음 간질간질간질.

"랑이, 랑이 죽는다아아~!!"

잠시 후. 꽤나 시끄럽게 소란을 피웠지만 평소라면 말려줄 나래가 나오지 않아 장난이 길어지고 말았다. 사우나에 있는 것 같은 이 더위에 몸을 격하게 움직인 대가로 나나 랑이나 둘 다 가빠진 호흡을 선물 받았다. 너무 심하게 간지럼을 태웠는지 랑이는 내가 위에서 나왔는데도 일어날 생각을 하지 못하고 배를 들썩이며 숨만 쉬고 있다. 가뜩이나 팔랑이는 옷이 아슬아슬한 부분까지 올라간 상태로 눈가에 눈물까지 맺혀 있어서 어떻게 보면 상당히 위험해 보일 수도 있는 모습이지만, 랑이를 상대로 그런 생각을 하는 사람이 이상한 거다. 나는 이상한 사람인 것 같고.

"자."

더 이상 이상한 생각을 하기 싫어서 랑이에게 손을 내밀었다. 랑이는 흥! 하고 볼을 부풀리며 고개를 돌렸지만,

"자."

다시 한 번 손을 내밀자 바로 고개를 돌리고 두 손으로 내 손을 잡고 몸을 일으켰다. 아까 일 때문인지 아니면 지금 일 때문인지 모르겠지만 두 볼이 붉다.

"나빴느니라. 간지럽다고 계속 말하지 않았느냐?"

할 말이 없습니다. 내 몸 밑에서 간지럽다고 뱀장어처럼 몸을 이쪽저쪽 꿈틀거리는 모습을 보고 있자니 마음 깊은 곳에서 좀 더 괴롭히고 싶다는 가학심이 화산처럼 폭발해서 말이야. 어린애들하고 같이 있다 보니까 나도 어린애가 되어 가는 것 같다.

"미안."

나는 사과의 뜻으로 랑이의 머리를 토닥여 주었다. 이미 화는 다 풀렸다는 듯, 아니, 원래부터 화 같은 건 나지도 않았다는 듯이 랑이는 눈을 배시시 뜨며 좋아한다. 자, 지금이다. 지금이라면 말해 주겠지.

"그런데 랑이야."

"왜 그러느냐?"

순수하게 묻는 이 녀석을 보니까 어째서 일이 이렇게 되었는지 까먹고 있다는 걸 안 들어도 알 것 같다.

"왜 그렇게 공부하기 싫어하는 거야?"

랑이의 몸이 다시 딱딱해지지 않도록 머리를 쓰다듬는 손에 한층 정성을 더한다. 랑이는 잠시 고민을 하던 눈치더니……. 내게 이야기를 해 줬다.

"전에 천자문을 외운 적이 있다 하지 않았느냐?"

그랬지. 나는 고개를 끄덕였다.

"그때 세희가 무지무지 무서웠느니라."

세희는 원래 무섭습니다.

"어떻게 했는데?"

랑이가 말했다.

"천자문을 쓰는데 한 획이라도 틀리면 그날 밥은 쑥과 마늘만 먹어야 했느니라. 그래서 백 일 동안 그렇게만 먹었느니라."

무섭다! 무섭다 세희!! 아무렇지 않게 랑이의 깊은 상처를 건드리는 그 성격이 무서워서 머리에 피가 오를 정도다!

내 오늘 이 자식을 그냥!! 속에서부터 화가 치밀어 올라서 벌떡 일어나려는데 랑이가 내 몸을 두 팔로 끌어안으며 나를 말렸다.

"그, 그렇게 화내지 말거라. 그 일이 있기 전의 이야기이니라. 그러니까, 응?"

"……그러냐."

나는 다시 몸에 힘을 뺐다. 후우. 나도 모르게 이성을 잃을 뻔했다. 숨을 고르는 나를 보며 랑이는 불안해 보이지만, 왠지 모르게 들뜬 목소리로 말했다.

"세희도 생각이 있어서 그랬을 것이니라. 그 일을 겪은 덕분에 이렇게 사람으로 변하는 요술을 배울 수도 있지 않았느냐?"

랑이 말대로라면 속이 시커먼 귀신은 이미 그걸 염두에 두고 그랬을 수도 있다.

"공부하기 싫은 건 그 일 때문이야?"

선택을 받지 못했을 때의 상처와 관련된 거라면 나는 랑이가 평생 동안 덧셈, 뺄셈을 모르고 살아도 상관없다. 하지만 랑이는 고개를 흔들었다.

"너만 내 곁에 있어 주면 그런 건 상관없느니라."

기특한 소리를 해 준다. 나는 말없이 내 무릎을 두드렸다. 랑이가 좋다고 그 위에 앉았다. 날씨가 덥지만 끌어안아 준다.

"그러면 무슨 이유야?"

랑이는 내 손에 자신의 손을 겹치며 말했다.

"그……. 이번에도 쑥과 마늘만 먹게 될 것이 싫어서 그러느니라."

이상한 걱정을 하는 녀석이네. 세희가 그럴 리가 있겠냐. 너라면 끔찍하게 아끼는 녀석인데. 나는 랑이의 머리 위에 턱을 올려놓으며 말했다.

"그런 일은 없을 테니까 걱정 마라."

"정말이느냐?"

"응."

나는 랑이를 한층 더 꼬옥 껴안아 주며 말했다.

"그러면 나하고 같이 공부하는 것도 괜찮지?"

"응! 나는 너와 하는 것이면 그 무엇이라도 좋으니라!"

밝은 목소리로 대답해 주는 랑이에게 다시 원래 용건이었던 이야기를 꺼내 본다.

"그러면 책 사러 같이 가자."

"그, 그건 아직 아닌 것 같으니라. 그리고 꼭 올해부터 공부해야 하느냐? 내, 내년부터 하면 안 되느냐?"

……단순히 공부하는 게 싫은 게 아닐까, 이 녀석.

그래서 결국 나는 랑이와 같이 가는 걸 포기했다. 간단하게 방에서 나갈 준비를 하고 나오자 바둑이가 들뜬 표정으로 나를 기다리고 있었다.

"세희 언니한테 이야기 들었어요, 도련님."

바둑이는 나와 같이 가는 게 기분이 좋은지 꼬리를 쉴 새 없이 흔들었다. 그건 정녕 보기 좋고 마음이 따듯해지는 모습이었지만 두 가지 눈에 걸리는 건 짚고 넘어가야 할 것 같다.

"그 비닐 봉투하고 삽은 뭐야?"

"배변 봉투라고 가지고 가라던데요?"

다행히 바둑이는 그게 무슨 용도인지 모르는 눈치다.

"그 목걸이하고 줄은?"

"개목걸이하고 개 줄이에요."

나는 이마를 짚었다.

"머리 아프세요, 도련님?"

진정으로 내가 걱정된다는 바둑이의 목소리에 두통이 한

층 더 심해졌다. 세희, 이 자식아. 농담으로 줬겠지만 아무리 그래도 그렇지 이건 너무하잖아.

"일단 그 봉투는 내려놓고 목걸이도 풀어라."

"알겠어요, 도련님."

바둑이는 순순히 봉투는 내려놨지만 목걸이만큼은 풀지 못하고 안절부절못했다.

"왜?"

"그게요. 세희 언니가 밖에 나갈 때 개목걸이를 안 하면 모르는 사람이 끌고 간다고 했어요. 그건 싫어요. 전 주인님하고 도련님하고 계속 같이 있고 싶은걸요."

……나는 바둑이가 아라를 가지고 놀 정도로 힘이 센 요괴이면서도 어째서 내가 아는 요괴들 중에서 가장 어려 보이는지 깨달았다. 그렇다. 바둑이는 얼핏 잘 모르는 사람이 보면 바보라고 생각할 정도로 순수한 것이다! 티끌 하나 없이 순수한 하얀색이야! 백지라고! 그래서 세희가 한 말을 한 치의 의심도 하지 않고 믿어 버린 거다. 자기가 무시무시한 힘이 있는 요괴이면서도 개목걸이를 안 하면 누군가에게 억지로 끌려갈 거라고 믿을 정도로! 안 되겠다. 바둑이는 랑이와 같이 지켜 주고 보호해 줘야 할 순수한 요괴로 등록시켜야 한다. 그러니까 먼저 세희 이 자식을 어떻게 해야 하겠지만……. 지금은 내가 힘이 없구나. 미안하다, 바둑아. 그렇다고 내게 세희의 말을 철석같이 믿고 있는 바둑이에게 넌

속았어요, 라고 사실대로 말할 용기가 있는 것도 아니다. 누가 바둑이같이 어린 천사에게 악마 같은 세희가 널 속였다는 말을 할 수 있겠어? 그래서 나는 차선책을 선택했다. 바둑이하고 같이 시내로 가야 하는데 개목걸이를 채운 채 갈 수는 없잖아.

"바둑아. 나처럼 아는 사람하고 같이 나가면 그런 목걸이는 안 해도 다른 사람이 데려가지 않아."

사실을 알려 주는 건 바둑이가 어느 정도 사리 분별이 가능하게 된 이후에 하자. 그 날이 언제 올지는 모르겠지만.

"정말이에요?"

순수한 눈망울로 나를 올려다보는 바둑이에게 나는 아니라고 말할 뻔했다. 요즘 세상이 어떤 세상인데. 눈 감으면 애 베이는 세상이다. 아는 사람하고 같이 있어도 납치, 유괴 같은 게 안 일어난다는 보장은 할 수 없다. 하지만 대의를 잊지 마라.

"으, 응."

바둑이가 개목걸이를 하고 나갔을 때 일어날 일을 생각해 보면 어쩔 수 없는 일이다. 이대로 갔다가는 난 평범한 변질자로 오해받아 시내 나들이가 경찰서 나들이로 변할 테니까.

"그러면 풀어 주세요, 도련님."

바둑이는 한 치의 의심도 없이 내 말을 믿고 목을 쭈욱 빼며 턱을 들어 올렸다. 가죽으로 돼 있는 개목걸이가 은근히 꼬리와 귀에 어울린다는 생각이 들었지만, 난 생각도 못 하냐?! 나는 조심조심 목걸이를 벗겨 주었다. 휴, 이제 1단계 클리어다. 목걸이를 봉투 옆에 던져 놓고 돌아서니 바둑이가 기분이 이상한지 목을 매만지고 있었다.

"왜 그래?"

"목걸이가 조이는 게 기분 좋았는데 조금 허전해서요."

자, 못 들은 거로 하겠습니다.

"그런 것보다는 이제 시내로 가야 하는데 어디로 가야 하는지 알아?"

바둑이에게 물어보는 내 신세가 처량하지만 어쩔 수 없다. 나는 버스에서 내리자마자 세희에게 납치당해서 이곳으로 끌려왔으니까. 아무리 바둑이라 해도 나보다는 이곳 지리에 대해서 더 잘 알고 있을 거다.

"저도 잘 모르는데요?"

그렇게 말하는 표정은 너무나 해맑았다. 세상의 모든 근심 걱정은 나와 관계가 없다는 모습에 개 팔자가 상팔자라는 속담이 떠오른다.

"그러면 세희한테 물어봐야 하나."

바둑이가 한 손을 번쩍 들며 말했다.

"괜찮아요, 도련님! 저만 믿으세요!"

믿음이 안 갑니다. 그리고 너 방금 전에 모른다고 했잖아?

바둑이는 의아해하는 나를 놔두고 쭈그려 앉아 육상 선수나 할 것같이 무릎을 꾹꾹 누르며 스트레칭을 하더니 팟! 하고 땅을 박차는 동시에 내 앞에서 사라졌다. 해가 바로 머리 위에 떠 있어서 올려다볼 수는 없었지만 이런 일이 예전에도 있었지. 나는 잠시 후 어떤 일이 벌어질지 눈치를 채고 슬쩍 뒤로 물러섰다. 잠시 후. 흙먼지를 일으키며 바둑이가 마당에 내려왔다. 바둑이가 꼬리를 흔들어 먼지를 치우며 손을 들어 어느 한쪽을 가리키고 말했다.

"저쪽이에요, 도련님."

"아, 응."

방법이야 어쨌든 스스로 알아낸 것은 칭찬해 줘야 할 일이다. 나는 바둑이의 머리를 쓰다듬어 줬다.

"잘했어, 바둑아."

"헤헤헤."

매번 쓰다듬어 줄 때마다 느끼는 일이지만 바둑이의 머리를 쓰다듬어 주는 건 진짜 기분 좋다. 마음이 평온해지는 게 진짜로 강아지를 쓰다듬어 주는 것 같다니까? 이렇게 있으니 세희의 심부름 같은 것은 어찌되어도 좋을 것 같지만, 그래서는 안 된다. 후환이 두려운 짓은 하지 말자. 이대로 계속 쓰다듬어 주다가는 자제력을 잃어버릴 것 같아서 바둑이의 머리에서 손을 뗐다. 바둑이는 아쉬운 듯이 손을 들어서 양쪽 귀를 만지작거리며 말했다.

"도련님. 저 오늘 착한 일 많이 하면 상도 주실 거예요?"
그건 안 됩니다.

문제 1. 시내에 내려가는 방법으로 바둑이가 예를 든 보기는 다음과 같았다. 강성훈이 선택한 방법을 보기 중에서 고르시오.

[보기]

ㄱ. "저번처럼 목마를 태워 드릴게요." ㄴ. "제가 업드릴 테니까 등에 타실래요?" ㄷ. "원래 모습으로 돌아갈 테니까 그 위에 타실래요?" ㄹ. "세희 언니가 배 위에 타면 된다고 했는데 무슨 뜻이에요?

답은 세희를 잡으러 간다, 입니다. 보기 중에 답이 없는 문제였습니다. 아무리 세희라도 정말로 바둑이를 탈것으로 쓰지…….
"바둑이를 타고 가는 것에 무슨 문제라도 있습니까?"
쓰려고 한 것 같지만 내 격렬한 반항에 포기하고 소매에서 양쪽 끝이 밧줄로 이어진 커다란 두레박을 꺼냈다. 건장

한 성인 남성 두 명은 들어가도 될 법한 크기다. 그런데 이게 뭐.

“타고 가시면 됩니다.”

“나를 하늘나라에 보낼 생각이냐.”

“도련님께는 썩은 동아줄도 아깝습니다.”

“농담하지 말고.”

“농담이 아닙니다.”

“뭐가 농담이 아닌지 확실히 말해라.”

“당연히 둘 다 농담이 아닙니다.”

나보고 이 두레박을 타고 시내로 가라는 것도 농담이 아니라는 것 같다.

“이게 어딜 봐서 평범한 두레박같이 보이십니까?”

평범한 두레박이라고 생각한 적 없다. 거대한 두레박이라고 생각했지.

“여기에 타시면 시내까지 알아서 갈 겁니다. 레이드 뛰어야 하는데 귀찮게 하지 마시고 이거 들고 사라지시죠.”

더 이상 말을 걸면 죽일 것 같아서 나는 두레박을 끌어안았다. 두레박의 목소리가 들린다. 나는 네까짓 약골이 들 수 있는 몸이 아니다. 그래서 나는 바둑이에게 두레박을 들어서 마당으로 나가게 했다. ……그런 눈으로 보지 말아 주세요. 말했잖아요. 성인 남성 두 명은 들어갈 것 같은 커다란 두레박이라고. 평범한 인간인 내가 들기에는 무리라고. 나도 요술을 배우든가 해야지.

나는 바둑이가 내려놓은 두레박 안으로 들어갔다. 그런데 두레박 안에 방금 전까지 없던 선객이 갑자기 뿅! 하고 나타났다. 이번에도 세희려니 생각했는데 내 예상은 틀렸다. 나래다. 입에는 흰색 천이 물려 있고, 두 다리가 모인 상태로 허벅지와 발목이 흰색과 검은색 밧줄로 묶여 있었다. 왜 시선이 얼굴에서 바로 다리로 내려갔냐고? 그게……. 위는 시선을 두기가 민망할 지경이거든. 그, 그게 말이죠. 손을 뒤로 해서 몸과 함께 밧줄로 묶는, 어떻게 보면 신체를 구속하는 기본형이라고 할 수 있는 방법이지만 상대가 나래라는 것이 문제였다. 밧줄이 가슴의 아래쪽과 위쪽을 파고들어서 안 그래도 눈에 띄는 부분이 지금이라도 튀, 튀어나올 것 같다고. 그런데 나래가 왜 두레박에 이런 부자연스러운 모습으로 있는 거지?

다른 준비도 해 드릴 테니~ 드릴 테니~ 테니~ 테니~.

머릿속에 메아리처럼 울리는 세희의 목소리가 있었다.

"읍! 으으읍!!"

생각은 나중에 하자. 사건의 원인이 나한테 있는 이상 지금 내가 최우선으로 할 것은 생존을 위해 나래의 화를 가라앉히는 거다.

나는 몸을 숙여 나래의 입에 물려 있는 천을 풀어 줬다. 그 순간.

"세희 어디 있어!!"

나래의 서슬에 놀라 두레박 안에서 미끄러지고 말았다. 깜짝 놀란 가슴을 진정시키고 있자니 나래가 눈에서 불길을 내뿜으며 말했다.

"혹시 이거 네가 시켰어?!"

……제가 시킨 건 아니죠.

"아닌데요."

거짓말은 아닙니다. 진실을 좀 숨긴 거죠.

"그럼 이거 빨리 풀어!"

이런 말을 할 때가 아니지만 나는 무심코 말해 버리고 말았다.

"힘으로 안 돼?"

"……이상한 요술이 걸려 있는 것 같단 말이야. 그리고 너 이거 풀리면 죽었어."

"예?"

찔리는 것이 너무 많습니다.

"눈 빨리 안 돌려?! 아까부터 뭘 보고 있는 거야?!"

두 뺨을 새빨갛게 물들인 나래가 다른 의미로 날 붉어지게 만들어 버릴 것 같아서 나는 재빨리 눈을 아래로 내리고 발에 묶인 밧줄의 매듭을 풀려고 노력했다. 그런데 이거 너무 꽉 묶여 있어서 내 힘으로는 안 풀려.

"……."

시선이 따갑다.

"……제가 힘이 약해서 그런 게 아니에요. 요술이 걸려 있으면 제가 푸는 것도 무리잖습니까."

"……흥!"

나래가 입을 삐죽 내밀며 휙 고개를 돌린다. 왜 저한테 화를 내시는 겁니까. 어쨌든 그건 나중에 생각해 보기로 하고 지금은 이 밧줄부터 푸는 게 먼저다. 난 이곳에서 랑이, 세희 다음으로 힘이 센 바둑이에게 부탁하기로 했다.

"바……."

하지만 내 말은 채 입 밖으로 나오기도 전에 바둑이의 활기찬 목소리에 먹혀 버렸다.

"그럼 출발할게요, 도련님."

"에?"

그 말의 뜻을 이해하기도 전에 바둑이가 원래의 모습으로 돌아갔다. 워낙 자주 봐서 원래의 모습인, 황구의 모습에 위화감 같은 건 들지 않았지만 그것과 내 쪽을 향해 입을 벌리는 건 별개의 문제다. 소 한 마리도 관통할 것 같은 이빨이 날카롭게 보인다. 깜짝 놀라서 말도 못하고 굳어져 있을 때 바둑이는 두레박에 달린 밧줄을 입에 물었다. 그제야 나는 깨달았다. 바둑이가 한 말의 뜻을. 내가 그만하라고 말하기 전에 바둑이는 고개를 들어 두레박을 허공에 띄웠다.

"바, 바둑아?"

"멍!"

바둑이는 개처럼 대답했고,

"자, 잠까아아아악?!"

"꺅?!"

달렸다.

시내에 도착했을 때, 나는 더 이상 놀이 기구가 무섭지 않게 되었다. 그 미칠 듯한 속도감이라니. 바둑이에게 멈추라는 말도 못 할 정도였다. 다행인 것은 두레박이 생각보다 흔들리거나 튕기지 않았다는 것이다. 세희의 말대로 평범한 두레박은 아닌 것 같다. 그래도 나래가 튕겨 나가지 않도록 한 손으로는 몸을 끌어안고 다른 한 손으로는 두레박을 잡아야 했지만. ……내 이미지 관리를 위해서 미리 말해 두겠지만 이상한 생각이 들 상황이 아니었다.

그것보다 신기한 게 시내에 바둑이 같은 거대한 개가 나타났는데도 그 누구의 시선도 끌지 않는다는 점이었다. 전에 말한 모습을 감춘다는 게 이런 걸까. 바둑이는 두레박을 내려놓고 다시 어린아이의 모습으로 변했다. 그 후 가장 먼저 한 일은 나래를 묶고 있는 밧줄을 풀어 준 것이었다. 도대체 뭐로 만든 밧줄인지 모르겠지만 바둑이도 낑낑대면서 겨우 풀 수 있었다.

"이거 주인님의 털이에요."

……랑이의 본 모습을 보고 싶어지는걸. 내가 잘했다는 의미로 바둑이의 머리를 쓰다듬어 주고 있을 때, 나래는 옆에서 가슴 사이에서 나온 스마트폰을 들고 어디론가 전화를 걸었다. 그 기세가 흉흉한 걸 봐서 상대가 세희라는 건 묻지 않아도 알 수 있었다. 그 귀신 녀석. 나한테는 번호 안 알려 줬으면서 나래한테는 알려 줬네. 나는 살짝 목소리가 높아지기 시작하는 나래에게서 거리를 벌려 바둑이의 머리를 쓰다듬어 주는 데 전념했다. 마음의 평온을 찾는 데 이것만큼 좋은 건 랑이를 꽉 끌어안는 정도밖에 없으니까. 그런데 바둑이는 인간의 모습으로 변했는데도 흔들리는 꼬리와 눕혀진 귀가 그대로 보인다. 나는 아랫입술을 깨물고 발로 땅을 두드리기 시작한 나래에게 신경을 쓰지 않도록 노력하며 바둑이에게 말했다.

"꼬리하고 귀는 안 숨겨?"

"숨겨야 돼요?"

요즘 들어 고양이 귀나 개 귀, 심지어 호랑이나 여우 귀를 하고 다니는 사람이 무슨 이벤트 같은 곳에서 많이 보인다는 건 안다. 하지만 그렇게 다니면 사람의 시선을 끈다는 것도 안다. 바둑이같이 어린애라면 나에게 그 시선이 집중되겠지. 저런 순진한 어린애에게 무슨 짓을 시킨 거야?! 같은 시선 말이다.

"숨기는 게 좋지."

"그런데요."

바둑이가 순진한 표정으로 큰 일이 아니라는 듯 말했다.

"전 그런 요술을 쓸 줄 몰라요, 도련님."

마른하늘에 날벼락이 쳤다.

"못 써?"

랑이도 쓰는 요술을 바둑이가 못 쓴다는 사실에 나는 깜짝 놀랐다.

"요술 같은 건 너무 어려워서 잘 몰라요. 인간으로 변하는 요술도 겨우겨우 배웠는걸요, 헤헤."

바둑이는 부끄러워하면서 꼬리를 앞으로 돌려 배배 꼬았다. 그 모습을 보고 있자니 사실 꼬리나 귀 같은 걸 그냥 내보이고 다녀도 큰 문제는 아닐 거라는 생각이 들었다. 그래. 겨우 이 정도로 무슨 일이 일어나겠어? 타인에게 무신경한 현실 풍조를 믿자. 혹시라도 사람들이 물어보면 액세서리라고 잡아떼면 문제없다. 하지만 내가 보기에 꽤 비싸 보이는 스마트폰을 아귀힘으로 박살 내고 이쪽으로 오고 있는 나래는 큰 문제다.

"너 때문에 왔다는데?"

……살려 주세요.

바둑이를 끌어안고 머리를 쓰다듬는 것으로 안정을 되찾

은 나래와 함께 책방을 찾아다니다 보니 장이 선 게 보였다. 가다가 책방이 보이는 대로 살 것만 사고 갈 생각이었는데 장날이라니. 좀 구경을 하고 가도 되겠지? 나래는 서울에서만 자라 이런 데 꽤 관심을 가지는 것 같으니까.

"……별로 관심 없는데."

팔짱을 끼고 흥, 콧김을 내는 걸 보니 아직 화가 덜 풀렸나 보다. 하지만 나래가 날 너무 잘 알듯이 나도 나래를 잘 알고 있다. 연애 쪽은 신경 쓰지 맙시다. 만약 나래에게도 바둑이처럼 꼬리와 귀가 달려 있다면 계속해서 흔들리고 있을 거다. 다시 말해,

"맛있는 냄새가 나요!"

바둑이의 꼬리와 귀가 열심히 흔들리고 있은 지 오래라는 소리다. 나는 집중되는 사람들의 시선을 무시하려 애쓰며 바둑이를 핑계 삼아 나래를 설득했다. 사실은 나도 오랜만에 보고 싶거든.

"바둑이도 가고 싶어 하는 것 같은데 가 보자."

"나래 언니! 저하고 같이 구경 가요! 예?"

해맑게 매달려서 부탁하는 바둑이의 지원 사격에 나래는 싫은 기색을 내보이면서도 어쩔 수 없다는 듯 말했다.

"알았어. 가면 되잖아."

그러면서 실은 좋아하는 모습이 눈에 다 보인다. 오늘은 평소보다 나래의 기분을 짐작하는 게 빠르고 정확하게 된

것 같다. 그래서 나는 나래가 바둑이의 드러난 꼬리와 귀에 전혀 관심이 없다는 것을 깨달았다. 날이 갈수록 대범해져 가는 소꿉친구를 보고 있자니 나도 지금까지 쌓아 놓은 상식이라는 벽을 넘어서야 할 것 같다. 다른 벽은 뛰어넘은 지 오래 같지만.

시장은 여러 사람들로 복잡했다. 그저 보는 것만으로도 신기한 것들이 많이 있었고,

"할머니. 이렇게 주세요."

"아이고, 젊은 처녀가 솜씨가 좋아. 좋은 거만 쏙 빼 가네."

"다 싱싱한걸요, 뭐."

나래는 나물 위주로 장을 보기 시작했다. 오늘 저녁은 또 다시 세희와 고기VS나물의 요리 배틀이 되지는 않겠지. 그런 불길한 기분이 드는 가운데서도 태평한 바둑이는 뭔가를 보고 입맛을 다시고 있었다. 눈이 초롱초롱한 게 내가 "물어!"라고 말하면 달려가서 덥석 물어 버릴 기세다. 바둑이의 사랑을 한 몸에 받고 있는 게 뭔가 해서 보니까 투명한 비닐 봉투에 포장되어 있는 솜사탕이다. 위생에 신경 쓴 걸까.

"먹고 싶어?"

바둑이가 꼬리를 흔들며 머리를 끄덕였다. 주위의 시선이 더 아파지지만 나를 우습게 보지 마라. 나는 세희에게 단련된 사람이다. 이 정도의 시선으로 내 위장을 갉아먹을 수 있다고 생각하지 마! 나는 옆에서 매서운 눈으로 바라보는 솜

사탕 아저씨에게 물어보았다.

"얼마에요?"

"……천 원."

비싸아아아아아! 무슨 솜사탕 하나가 천 원이나 해?! 내 월급 말고 다 오른다는 말은 진리구나! 그렇다고 이미 사 준다고 했으니 안 사 줄 수도 없는 노릇이다. 물론 나는 나래에게 물어보는 것을 잊지 않았다.

"너도 먹을래?"

"살쪄."

콰광! 나래도 살이 찌는 건가?! 난 나래는 살이 쪄도 가…….

"살 거야 말 거야?"

아저씨의 말에 정신을 퍼뜩 차린 나는 천 원을 꺼내서 건네 드리며 말했다.

"하나 주세요."

아저씨는 미리 준비해 놓은 솜사탕을 꺼내 기계에 넣고 다른 것보다 크게 만들고서는 센스 있게 내가 아닌 바둑이에게 솜사탕을 건네주셨다.

"자. 귀여워서 서비스로 좀 더 줬다."

"바둑아, 감사 인사 해야지."

아저씨의 눈이 한층 더 매서워졌다.

"잘 먹을게요, 아저씨~."

순수하게 뉴웃음을 지으며 기뻐하는 바둑이의 모습에 아

저씨도 흐뭇한 미소를 지으셨지만 이내 표정을 굳히며 나를 노려보며 말씀하셨다.

"저기, 학생."

올 것이 왔구나.

"예?"

"저 꼬리하고 귀는……."

나는 아저씨가 말을 다 하기 전에 준비해 둔 대답을 꺼냈다.

"장식입니다. 액세서리입니다. 바둑이는 제 동생의 애칭이고 꼬리하고 귀는 저런 게 애들 사이에서 인기가 있어서 제가 직접 만들어 준 겁니다. 저는 건전한 고등학생이고 바둑이가 저런 걸 하고 다니는 것과 전혀 관계가 없습니다."

"어, 어……. 그, 그래."

아저씨는 조금 안색이 새파래지셨지만 지금은 내 발등에 불이 떨어졌다. 나는 잽싸게 나래와 함께 바둑이의 손을 잡고 다시 길을 걸어갔다. 한곳에 계속 있는 것보다는 좀 돌아다니는 게 나을 테니까. 바둑이는 걸어가면서 내가 사 준 솜사탕을 손으로 조금 떼어서 입에 넣고 손가락까지 쪽쪽 빨았다. 그리고 별이 빛나는 눈동자로 나를 올려다보며 기뻐하는 기색을 숨기지 않고 말했다.

"맛있어요, 도련님!"

"그래?"

"도련님도 드실래요?"

방금 전까지 입에 물고 있던 손가락으로 솜사탕을 떼어 주는 건, 좀 뭐라고 할까……. 그래도 순진하게 나를 향해 솜사탕을 들이대는 바둑이를 보자니 피할 수도 없는 노릇이다. 나는 솜사탕을 건네받으려고 손을 갔다 댔지만 바둑이는 고개를 흔들었다.

"제가 먹여 드릴게요, 도련님."

……마음대로 해라. 나는 허리를 숙여 바둑이가 먹여 주는 솜사탕을 먹었다. 오랜만에 먹어 보는 솜사탕은 달았다. 옛 생각이 나서 염치 불구하고 조금만 더 달라고 하려 했는데, 대단하다. 바둑이는 솜사탕을 다 먹은 건 옛날이라는 듯 나무젓가락을 입에 물고 쪽쪽 빨고 있었다. 너무 빨리 먹는 거 아니야?

"바둑이 너무 귀엽지 않니?"

나래는 그런 바둑이를 황홀한 눈, 마치 귀여운 강아지를 바라보는 시선으로 보고 있었다. 강아지 맞지만.

"귀엽지."

갑자기 나래가 후다닥 내 옆에서 떨어지더니 눈을 가늘게 뜨며 말했다.

"……바둑이는 안 돼."

천지가 뒤집어지는 소리에 나는 기겁해서 손을 휘저었다.

"무, 무슨 소리를 하는 겁니까?! 제가 바둑이를 그런 눈으로 볼 리가 없잖아요!"

나래가 살짝 혀를 내밀며 말했다.

"농담인데?"

간 떨어지는 농담은 하지 말아 주세요. ……네가 할 말이 아니잖아? 그렇긴 그렇습니다만.

"도련님, 도련님!!"

나래가 장난을 치는 사이에 바둑이는 또 다른 먹잇감을 찾아낸 것 같다.

"저, 이거 사 주세요!"

세희야. 난 정말 궁금한 게 있는데 왜 하필 바둑이와 날 함께 보낸 거냐. 그건 나중에 돌아가서 물어보자. 지금은 바둑이가 이미 손에 들고 있는 핫도그 값을 계산해 주는 게 먼저다.

"알았어."

"도련님, 정말 좋아해요!"

바둑이는 바둑이답지 않게 기뻐하며 방방 뛰었다. 야, 그러지 마라. 케첩 떨어질라. 나는 주머니에서 돈을 꺼내 아저씨에게 건네주었다. 아저씨가 돈을 받으면서도 나를 보는 시선이 그리 곱지 않은 이유는 알고 있습니다.

"거, 젊은 녀석이……. 쯧."

알고 있다니까요. 아저씨, 무슨 오해를 하시는지는 몰라도 그거 진짜 오해입니다. 그런 뜻을 가득 담아서 아까 했던 말을 토시 하나 틀리지 않고 다시 했지만 시선은 변하지 않았다. 이번에는 포기하자.

바둑이는 핫도그의 튀김옷을 이리저리 냠냠거리면서 돌려 먹더니 결국 소시지만 남겨 놓았다. 그리고 행복해하며 입을 벌리고, 냠. 소시지만 나중에 먹는 걸 보니 옛날 생각이 난다. 나도 어렸을 때는 저렇게 먹곤 했지.

"맛있냐?"

"예!"

꼬리를 흔드는 걸로는 모자란지 엉덩이까지 흔들흔들거린다. 하지 마라. 주위 사람들이 더 이상하게 보잖아. 뭐가 요즘 코스프레는 대단하다야?

"저기, 도련님."

잠깐 다른 데 신경을 쓰고 있는데 바둑이가 내 손을 잡아당겼다. 고개를 돌려 내려다보니 바둑이가 짐짓 심각한, 그렇다, 심각한 표정으로 이제는 밀가루가 군데군데 묻어 있는 소시지를 내게 내밀며 말했다.

"그…… 드시고 싶으시면 드셔도 돼요."

오오, 이런 기특한 녀석을 봤나. 이건 마치 아이스크림콘을 먹을 때 밑의 초콜릿 부분을 주는 것과 같은 행동이 아닌가. 나는 쉽지 않은 결정을 한 바둑이가 기특해서 머리를 쓰다듬어 주었다.

"난 괜찮으니까 바둑이가 다 먹어도 돼."

"헤헤헤……."

바둑이가 기분 좋은 듯 웃음을 흘리며 소시지를 한 입 문다. 이 녀석이 지금 기뻐하는 게 소시지를 혼자 다 먹게 되었기 때문일까, 아니면 내가 머리를 쓰다듬어 주기 때문일까에 대한 생각은 하지 말자. 지금 중요한 건 그게 아니니까. 그렇다. 문제는 다른 것에 있었다. 바둑이가 소시지를 먹는 방법을 바꾼 것이다. 소시지를 잘라 먹는 건 아까운 느낌이 들었는지, 아니면 내가 안 먹는다는 말을 들어서 안심했는지 모르겠지만 소시지를 입에 넣은 채 빨아 먹기 시작한 것이다. 저렇게 먹으면 아껴 먹을 수 있다는 건 나도 안다. 하지만 뭐라고 할까. 순수한 바둑이는 몰라도 그동안의 일로 타락할 때까지 타락해서 나 스스로도 혹시 내가 로리콘이 되어 버린 게 아닐까 하는 의심이 들기 시작하는 나는 다르다. ……개 눈에는 똥만 보인다고. 나만 그렇겠지. 세상에는 나 같은 사람만 있는 게 아닐 테니까 나는 아무런 생각 없이 바둑이의 손을 잡은 채 시장 거리를 걸어갔다.

"변태다."

"로리콘이다."

"경찰에 신고할까?"

나 같은 사람만 있는 게 아니죠? 세상은 아직도 아름다운 거 맞죠?

생각 외로 바둑이와 함께 시장을 돌아다니는 것은 그리 힘들지 않았다. 전의 일 때문에 너무 걱정이 많았기 때문일까. 바둑이의 꼬리와 귀, 옷이 사람들의 시선을 끌기는 했지만 그건 내가 무시하면 어찌어찌 되는 이야기다. 랑이하고 다르게 바둑이가 관심을 가지는 건 어쩌다 보이는 분식거리가 전부였고 그 외의 것은 세희가 나를 보듯 무시하고 다녔다. 내 옆에 딱 달라붙어서 멀리 떨어지지 않으려고 하는 게 개답다면 개답다고 해야 할까. 그에 비해 랑이, 그 녀석은 자기가 궁금한 게 있으면 우다닷 하고 달려가서 호기심을 채우는 데 급급했지. 개과와 고양잇과의 차이인가. ……엄밀히 따지면 바둑이는 개가 아니지만 그렇게 생각하면 랑이도 고양이가 아니니까 넘어가자.

이리저리 돌아다닌 끝에 목표로 한 책방을 찾을 수 있었다. 동네 서점에 어울리는 크기가 오히려 반갑다. 요즘에는 오히려 이런 서점을 찾아보기 힘들어졌으니까.

"와아! 책이 엄청 많아요, 도련님!"

나는 서점 주인 내외분들께 간단히 인사드리고 바둑이에게 말했다.

"신기해?"

"예!"

바둑이는 허리와 목을 뒤로 젖히고 책장을 올려다보다가, 어이쿠. 뒤로 넘어질 뻔해서 두 손으로 받아 주었다.

"조심해."

바둑이가 내 팔에 몸을 기댄 채 쑥스러운지 볼을 붉히며 대답했다.

"헤헤헤. 고마워요, 도련님."

몸을 일으켜 세우고 이번에는 허리에 두 팔을 대고 힘껏 뒤로 꺾는다. 조심해라. 그러다가 목 삔다.

"여기는 뭐하는 덴데 이렇게 책이 많아요?"

바둑이가 고개를 돌려 나를 올려다본다. 내 키는 그렇게 크지 않아서 고개가 다시 아래로 스윽 내려온다.

"책을 전문적으로 파는 서점이라는 곳이야."

"이렇게 많은 책을 누가 사 가요?"

……중, 고등학생들이 다 사가지 않으려나. 그리고 그 책들은 첫 10페이지 정도만 읽힌 다음 먼지가 쌓여 가겠지. 나는 그런 슬픈 진실을 숨기기로 했다.

"공부하는 사람이 많으니까 괜찮아."

"도련님도 공부하세요?"

순진하게 묻는 바둑이에게 나는 사실대로 말했다.

"으, 응."

사, 사실은 사실이다. 공부를 안 하는 건 아니니까. 어쩔 수 없잖아. 바둑이가 두 손을 모으고 도련님은 대단해요! 같은 선망에 찬 두 눈으로 날 올려다보는데 나보고 어쩌라는 거냐?!

"하긴 하는데 많이는 안 하지."

나래의 말에 나는 괜한 말은 하지 말아 달라는 뜻으로 헛기침을 했다. 나래가 노려보는 탓에 본전도 못 찾았지만. 나는 이대로 가다가는 본전도 못 찾을 것 같아서 말을 돌리기로 했다.

"그건 그렇고 난 책을 골라 볼 테니까 기다리고 있어."

"알겠어요, 도련님."

랑이가 공부하기 좋을 만한 문제집과 그림책을 훑어본다. 1+1=2라는 기본적인 산수와 ㄱ, ㄴ, ㄷ, ㄹ이 적혀 있는 국어책. 이 정도만 배워도 괜찮겠지. 그렇다. 사람은 살아가는데 사칙 연산과 글자를 쓰고 읽는 수준만 알면 살아갈 수 있다. 내가 수학자가 될 것도 아닌데 집합이니 근의 공식이니 수열이니, 그런 걸 도대체 왜 배워야 하는데? 미래는 모른다고? 내 미래가 어떻게 될지는 몰라도 수학에 관계된 일 쪽으로 가지는 않을 거니까 상관없다. 내 미래를 걱정하면 단순히 공식을 외워서 문제를 푸는 방법이 아니라 문제를 보고 깊이 파고들어 진리를 깨닫는 방법을 가르쳐 달라고! ……라고 공부를 안 하는 나다운 헛소리를 해 본다. 지금 중요한 건 그런 게 아니니까 넘어가자. 그건 그렇고 내 딴에는 쉬운 것들을 고르긴 골랐는데 걱정되는 게 랑이가 과연 이것들을 이해할 수 있을까? 랑이를 우습게 보면 안 된다. 세희의 과보호 아닌 과보호로 "1+1이 뭐야?"라고 물어보면 힘껏 고민한 다음에 손가락을 하나하나 편 다음에 그걸 세서 "둘이니라!"라고 말할 것 같은 녀석이라고.

랑이의 수준에 맞게 좀 더 쉬운 책으로 고르다 보니까 시간이 더 걸리고 말았다. 나는 직접 고른 다섯 권의 책을 들고 뒤로 돌아섰는데 나래가 쭈그려 앉아서 바둑이를 보고 있었다. 내 시선을 눈치챘는지 나래가 뒤를 돌아보며 조용히 하라는 뜻으로 입술에 손가락을 댔다. 나도 얼떨결에 입에 손가락을 대고는 바둑이를 보았다.

……태평한 녀석이다. 바둑이는 기다리는 게 지겨웠는지 바닥에 앉아서 책장에 몸을 기대고 코오~ 잠들어 있었다. 그 상태로 기다리고 있다가 그대로 잠들어 버린 것 같다. 평소처럼 자려고 마음먹었으면 웅크리고 엎드려서 잠들어 있을 테니까. 으이구, 이 녀석아. 이제 집으로 돌아가야 하는데 천사같이 잠들어 있는 바둑이를 깨우는 건 세희만 할 수 있는 일이었다. 나는 나래의 도움을 받아 바둑이를 등에 업었다.

"음냐아아……."

바둑이가 내 어깨에 볼을 기댄다. 나래가 바둑이의 뺨을 콕 찌르며 말했다.

"나도 이런 딸 하나 낳았으면 좋겠네."

이상한 기대를 하게 만드는 말씀은 삼가 주세요.

나는 시내를 벗어나서 근처 인적 드문 버스 정류장에 있는 의자에 앉아 바둑이를 내려놓았다. 꿈나라 여행이 한창인 녀석은 일어날 생각을 하지 않았다. 바둑이는 나래의 무릎을 베는 호사를 누렸고 그 대가라고 할 수는 없지만 나래는 바둑이의 머리를 쓰다듬어 주는 행복을 느꼈다.

"……그런데 집에는 어떻게 가지?"

"안 가도 상관없지 않아?"

나래 님께서 바둑이의 마수에 당하신 것 같습니다. 그리고 그건 나에게도 전염되고 말았다. 사랑스러운 미소를 지으며 잠든 바둑이와 행복한 얼굴로 머리를 쓰다듬어 주는 나래를 보고 있자니 돌아가는 건 어찌돼도 좋을 것 같다는 생각이 들었다.

뭐, 상관없겠지. 이런 날이 있는 것도 말이야.

세 번째 이야기

"약속 지켜."

집 안에서 랑이의 등이나 긁어 주면서 한가로운 때를 보내고 있던 내게 나래가 말했다. 그 말이 마치 한여름 지리산 계곡에서 느긋하게 물의 흐름에 몸을 맡긴 채 둥둥 떠다니고 있는데 옆에서 바둑이가 땅을 판 곳에서 뜨거운 온천이 나온 격이라 나는 당황할 수밖에 없었다. 주말인데도 방에서 공부하던 나래가 내 옆에 앉으며 처음으로 꺼낸 말이어서 앞뒤가 너무 없었거든.

"이젠 괜찮으니라."

이제 시원해졌는지 랑이가 내 손을 마다하고 일어나 앉았다. 몸이 근질근질해서 찡그리고 있던 얼굴이 밝게 펴진 것을 보니까 내가 다 후련하다.

"듣고 있어?"

우두둑. 오랜 시간 동안 앉아 있다가 일어났을 때 무릎에서 나는 소리가 목에서 강제로 나는 동시에 비명이 터져 나왔다. 그건 마치 생을 마치기 전의 짧은 단말마와 같았다.

"억!"

"아, 미안."

뒷목을 부여잡고 아파하고 있자니 뒤에서 세희의 목소리가 들려왔다.

"파스 가져다 드리겠습니다."

"그 정도로 심한 건 아니거든?"

심합니다, 나래 님. 전문 마사지사에게 찾아가 봐야 할 정도로 심하다고요.

"너도 엄살 좀 그만 펴."

"어, 엄살이 아닌데요."

나래가 몸을 숙여 살펴보고 목에 손을 대 본 다음 난감하다는 표정으로 볼을 긁적였다.

"……파스 좀 줘 봐."

뒷목에다 파스를 붙이고 나니 좀 살 것 같다. 하지만 파스의 강한 냄새 때문에 랑이가 나와 조금 거리를 둔 건 아쉬울지도. ……아니, 별로 안 아쉽습니다.

"그래서 갑자기 무슨 말이야?"

자신의 손에 희생자가 된 사람에게 평소와 같이 사나운

모습을 보이는 것은 상냥한 나래의 양심을 찌르는 일이었는지 내 눈치를 살피며 말을 걸어온다.

"전에 같이 놀러가기로 했잖아."

……그런 기억 없습니다. 하지만 살짝 짐작 가는 부분이 있는 것도 사실.

"방학식 때?"

"그래."

제대로 말하자면 나는 방학식 날 고백하려고 나래를 체육관 뒤쪽으로 불렀다가 아버지의 전화로 시간만 잡아먹은 대신으로 나중에 시간을 내서 보상을 해 주기로 했다. 어째서인지 나래는 그걸 같이 놀러가기로 한 거로 해석한 것 같지만 나한테는 좋은 일이다. 나래와의 데이트잖아! 하지만 내 옆에서 조금 떨어져 있는 랑이의 반짝이는 시선이 일이 그리 쉽게 돌아가지 않을 것이라는 것을 암시하고 있다.

"그야 나는 좋지만."

"그럼 나갈 준비해."

내가 나래의 행동력의 반만 있었더라면 지금까지 이 고생을 하고 있지 않을 거다.

"놀러 가는 것이느냐?!"

나간다는 말에 랑이가 벌떡 일어나며 이야기에 끼어들었다. 자기도 놀러 가고 싶은 모양이다. 아버지가 주말을 맞이해 집에서 조금 쉬려고 할 때 어머니에게 바가지를 긁힌 뒤

같이 놀러 가자는 말을 아이들에게 했을 때와 비슷한 반응이다. 지금 당장이라도 팔짝팔짝 뛰면서 기쁨을 자신의 온몸으로 표현하려고 하는 랑이에게 나는 뭐라 할 말이 없었다. 입을 열면 같이 가자, 라고 말할 것 같았으니까. 하지만 그건 어디까지나 나의 입장이었고 소꿉친구는 달랐다.

"안 돼."

"……에?"

랑이의 꼬리가 축 처진다.

"잘 들어, 랑이야."

나래가 자리에서 일어나 랑이의 앞에 몸을 숙이고 이야기를 시작했다.

"오늘은 일요일이야. 월화수목금토일 중에서 유일하게 빨간 날. 어려운 말로는 공휴일이라고 하는데, 이런 날에는 보통 일을 하는 어른들도 하루 동안은 일을 잊고 푹 쉬도록 법으로 정해 놨어. 법을 어기는 건 나쁜 일인 거 알지? 그리고 나와 성훈이는 공부를 하는 게 일인 학생이야. 그러니까 오늘은 우리들이 합법적으로 놀 수 있는 유일한 날이고 이 기회에 예전에 성훈이가 랑이를 만나기 전에 한 약속을 지키기 위해서 **둘이서** 놀러 가겠다는 거야. 랑이야, **약속은 중요하지?** 그렇지? 랑이는 성훈이가 약속 안 지키면 슬프지? 나도 그래. 그건 성훈이가 약속도 못 지키는 나쁜 사람이라는 말이 되니까. 성훈이는 조금 바보 같고 못난 면이 있기는 하지만 알고 보면 착하고 좋은 애잖아. 랑이도 알고 있을 거야. 그런데 그런 착한 성훈이가 한 약속은, 나와 둘이서 놀러 가는 거였어. 그런데 여기에 랑이가 끼면 어떻게 될까? 그건 약속을 어기게 되는 거야. 약속을 어기면 어떤 사람이지? 그래. 나쁜 사람이야. 랑이는 성훈이 나쁜 사람이 되는 게 싫지? 나도 싫어. 랑이와 함께 놀러 가지 못하는 건 나도 아쉽기는 하지만 오늘만 같이 놀 수 있는 날이 아니잖아? 다음 주도 있고 다다음 주도 있고. 하지만 성훈이가 약속한 걸 안 지키고 있는 게 벌써 3주가 넘어갔어. 이러면 안 되잖아. 만약에 성훈이가 어쩔 수 없는 상황이 아니었는데도 약속을 안 지켰으면 나도 화났겠지만 그런 게 아니니까 지금까지는 꾹 참고 있었어. 하지만 오늘은 아무 일도 없고 약속을 지키기에 딱 좋은 날이야. 그래서 성훈이는 나하고 단둘이서 놀러 가야 되는 거야. 왜 랑이하고 같이 못 가는지 알겠지?"

나는 할 말을 잃고 입을 떡하니 벌린 채 차근차근 설명하는 나래를 바라보았다. 뭐라고 할 말이 없다. 제3자인 내가 이런데 정면으로 듣고 있는 랑이는 어떻겠냐. 어린 호랑이 소녀는 소꿉친구의 현란하고 끊이지 않는 속사포 같은 말에 제정신을 차리지 못하고 머리를 흔들흔들 원을 그렸고 눈동자까지 뱅글뱅글 돌아갔다. 그런 랑이에게 나래가 결정적인 마지막 펀치를 날렸다.

"랑이야, 대답은?"

"아, 알겠느니라. 둘이서 놀고 오거라아아~."

어이쿠. 결국 머리에 과부하가 걸린 랑이는 소파에 기절한 듯 엎어져서 혀를 내밀었다. 무섭다. 랑이를 단순한 혀 놀림으로 저렇게 만들 수 있다니 도저히 내게는 꿈도 못 꿀 일이다. 그 무서운 달변에 랑이 옆에서 관심 없다는 듯 시크하게 동화책을 읽으면서도 한쪽 귀 위 머리카락을 들어 이야기를 듣는 데 열심이던 치이는 감히 한 마디 해 보지도 못하고 포기해 버린 것 같다. 머리카락이 아래로 내려가는 동시에 풀이 죽은 것처럼 고개도 푹 숙인 걸 보니까.

"응. 잘 놀고 올게."

그에 반해 나래는 만족한 미소를 지으며 일어섰다. 내 시선은 자연스럽게 위로 올라갔고 나래는 나를 내려다보며 말했다.

"준비하자."

"저는 설득 안 하십니까?"

나래가 싱긋 웃으며 주먹을 쥐기에 나는 임시 내 방으로 재빨리 들어갔다.

나래는 놀러 간다고 간단하게 말했지만 이건 어떻게 보면 내게 있어서 첫 데이트나 마찬가지다. 그렇다면 나도 어느 정도는 차려입어야 한다는 말인데, 내가 가지고 있는 옷들은 평범한 티셔츠와 반팔 남방들이 전부. 이런 것들이 나쁘다는 건 아니지만 문제는 지금 내가 나가는 게 데이트라는 거다! 그래! 데이트! 좋아하는 여자애와의 제대로 된 첫 데이트라고! 그렇다면 뭔가 좀 평소와 다른, 의외성을 가진 모습을 보여 주고 싶은 게 순진한 청소년 남자아이의 마음이다. 그래서 나는 별로 좋은 방법이 아니라는 것을 알면서도 세희를 불렀다.

"어~이. 처녀귀신~."

"죄송합니다만 도련님이 잠들어 계셨던 1권에서 처녀귀신은 졸업했습니다."

끔찍한 소리를 아무렇지 않게 농담으로 듣고 넘길 수 있게 된 내가 자랑스럽다.

"농담이지?"

그래도 혹시 모르니 확인해 보자. 이건 돌다리도 두들겨 보고 건너려는 신중함이지 절대로 "무섭다!"라거나 "아쉽다!" 같은 게 아니다.

"불은 뜨겁습니다."

"뭔 소리야."

"당연한 걸 묻지 말라는 겁니다."

설명 감사합니다. 대화의 중간 단계를 뛰어넘는 네 녀석이 잘못한 거지만.

"그래서 왜 불렀습니까? 고등학생도 받아 주는 모텔이나 여관을 알려 드립니까?"

"그런 걸 알려 줘서 뭐하는데?"

"카메라가 숨겨져 있는 곳은 어떻습니까? 주인과의 협상에 따라 나래 님 몰래 영상을 소장할 수 있습니다."

저승사자는 뭐하냐. 이 음란변태에로 귀신 안 잡아가고.

"잡으러 왔기에 알몸으로 내쫓아 버린 적이 있습니다."

"염라대왕께서 직접 오셔야겠어."

잡담이 길어졌다. 나는 이야기를 돌렸다.

"그런데 무슨 용무이십니까? 이렇게 잡담이나 하시려고 부르셨습니까?"

자연스럽게 나를 몹쓸 놈으로 만든 세희에게 화를 억누르며 말했다. 아쉬운 건 나니까.

"혹시 내가 입고 나갈 만한 옷 없을까?"

세희가 입꼬리를 올리며 말했다.

"원판 불변의 법칙을 아십니까?"

"네가 랑이 옷을 입어도 귀엽지 않다는 뜻이라는 건 알고 있다."

"입어 보겠습니다."

"하지 마라."

내 랑이가 더럽혀졌다고 대성통곡할 자신이 있으니까.

"그러면 도련님 사이즈로 드리겠습니다."

"안 입어."

포기 안 하고 있었냐?

"농담이었습니다. 저 또한 주인님이 더럽혀졌다고 대성통곡할 자신이 있습니다."

"그러면 제대로 된 옷 좀 주세요."

"다른 사람에게 부탁하는 태도가 상당히 건방지시네요."

"너 귀신이잖아."

"말싸움에서 지면 동네 아는 형이라도 불러올 생각이십니까?"

내가 어린애였다면 옛날에 울면서 랑이에게 네놈을 혼내달라고 했을 거다. 그래도 세희의 말이 맞기는 맞으니까 나는 부탁하는 사람의 입장에 맞게 공손하게 말하려고 했다.

"하지만 도련님께서도 저의 주인님이시기에 그러실 필요는 없습니다. 어느 집안의 주인님이 자기가 다루는 종년에게 부탁을 합니까?"

"그러면 내가 묻고 싶다. 어느 집의 종이 주인을 놀려 먹는지."

"조선 시대 후기에 가면 천민들이 양반들을 놀려 먹기 위해 탈춤과 같은 문화를 발전시켰습니다. 공부 좀 하시기 바랍니다, 도련님."

한계입니다.

"야, 인마."

“그렇지만 집안에서는 그런 짓을 하지 못했죠. 주인의 손가락질 하나에 다리를 벌리는 경우도 많았습니다.”

뭐라고 말을 해야 할지 모르겠다.

“물론 안주인의 눈치를 살펴야만 했지만 주인님이시라면 기뻐하며 허락해 주실 겁니다.”

나래가 문제다, 가 아니라! 나는 무릎을 꿇고 절을 하며 말했다.

“그만해 주세요.”

“이런, 농이 조금 심했군요. 도련님의 멘탈이 연두부 수준이라는 것을 고려하지 못한 제 잘못입니다.”

내 정신이 무른 게 아니다. 네가 너무 강한 거라고. 내 앞에 너와의 대화를 5분 넘게 버틸 수 있는 사람이 있다면 보여 줘 봐라. 나래나 정미 누나 말고.

“그러면 어떤 옷을 드릴까요?”

세희가 내 부탁을 들어주려고 하는 것 같기에 나는 다시 일어섰다.

“그냥 나래하고 같이 놀러 가는데 괜찮은 옷 없을까?”

“그렇다면 여기 있습니다.”

세희가 소매에 손을 집어넣고 꺼냈다. 세희의 손에는 아무것도 들려 있지 않았다. 이 자식이 뭘 말할지 알 것 같으니 선수를 치자.

“바보에게는 안 보이는 옷이냐?”

"로리콘에게는 안 보이는 옷입니다."

"그런데 왜 안 보여."

세희가 아무 말 없이 뭔가를 잡은 것 같은 손을 흔들었다. 그러자 허공에서 옷을 터는 소리가 들렸다. ……어?

"그래도 못 믿으시겠다면 나래 님을 불러 드립니까?"

……죄송합니다.

"다른 거로 줘."

"그렇다면 이건 어떠십니까?"

이번에 세희가 꺼낸 건 내 눈에도 보였다. 그래서 더 화가 났다.

"미국 폭주족 아저씨들이나 입을 만한 옷인데."

세희가 꺼낸 건 검정색 가죽 재킷에 날카로운 징이 가득히 박혀 있는 가죽 재킷이었다. 바지도 위와 맞췄는지 내가 입으면 상당히 부담스러울 것 같은 옷이다.

"도련님께서 입으시면 우스꽝스러울 겁니다."

나는 장롱을 열고 베개를 꺼낸 다음 세희에게 집어 던졌다. 세희는 한 손으로 베개를 받아 들더니,

"호무호무."

알 수 없는 소리를 하며 소매 안에 집어넣었다.

"야."

나 잘 때는 어떻게 하라고.

"그럼 다른 옷을 드리죠."

베개를 돌려줄 생각 없이 다시 소매 안에서 옷을 꺼냈다.

"이제 무슨 반응을 보여야 할지 모르겠거든?"

"마음 가는 대로 하시면 됩니다."

"하하하하하하하."

마음 가는 대로 마른 웃음이 나왔다. 세희가 꺼낸 옷은 황토색 한복이었다. 개량 한복이어서 입고 다니는 데 불편하지는 않겠지만, 그게, 뭐라고 할까. 이런 말은 상당히 민감할 수도 있어서 조심해지지만 세간의 인식으로는 10대 청소년이 데이트할 때 입고 나가기에는 그리 좋아 보이지는 않는다고 할까, 뭐랄까. 거기다 내가 한복을 입고 돌아다니면 안 그래도 눈에 띄는 나래에게 시선이 더 몰릴 거다. 그, 여러 가지 이유로 말이야.

"왜 그러십니까? 한국 사람이 전통 있는 우리 옷이 부끄럽다는 겁니까?"

민감해. 너무 민감한 주제라 뭐라 대꾸도 할 수 없다.

"이 옷이 얼마나 전투력이 높은지 모르십니까? +15강 한복입니다."

고맙다, 세희야.

"무슨 한복에 전투력이 있어."

세희는 아무 말 없이 한복을 펼친 다음 소매 부분을 꾹 눌렀다. 그 순간. 한복이 착착착 펴지더니 내 키의 두 배는 될 법한 로봇으로 변신했다.

"헐."

"요즘 한복은 이 정도가 기본 아닙니까?"

그러고 보니 이 자식도 자기가 입던 한복으로 곰의 일족 수십 명을 상대하게 한 전적이 있지.

"그런 것 말고 정상적이면서 입고 다니기 편한 제대로 된 옷 좀 주세요."

"개성이 없는 인간은 성공하지 못합니다."

나는 네놈과 이야기를 해도 뒷목 잡고 쓰러지지 않는 점에서 이미 충분히 개성적인 사람이다.

결국 내가 세희에게서 얻어 낼 수 있었던 옷은 정말로 평범한 옷이었다. 그래도 신경을 써 줬는지 가볍고 부드럽고 통풍도 잘 되는 게 꽤 좋은 옷 같다. 이런 점은 확실히 고맙다고 해야겠지.

"고마워."

"아직 제 분량은 끝나지 않았습니다."

세희가 알 수 없는 말을 했다.

"원래 여름에는 아무리 맵시 있게 옷을 입으려 해도 그 한계가 있습니다. 그러기에 살을 빼고 근육을 키우는 거죠. 하지만 도련님은……."

세희는 말을 멈추고 안타깝다는 시선으로 나를 위에서 아래로 쭉 훑어보더니 손으로 눈가를 훔쳤다.

"돼, 됐네요!"

왠지 부끄러워서 퉁명스럽게 소리쳤다.

"그렇기 때문에."

제 반응에 조금이라도 신경 써 주세요.

"액세서리가 있는 겁니다."

세희가 소매 안에서 손을 꺼내자 그 위에는 휘황찬란한 것들이 나왔다. 금 목걸이부터 시작해서 반지, 팔찌, 시계, 귀걸이, 피어싱, 족쇄, 개목걸이, 개그볼, 쇠코뚜레 등등. ……야.

"어딜 봐서 액세서리야!"

세희는 무시했다.

"원하신다면 케이크 가게 아들처럼 몸에 문신도 해 드릴 수 있습니다."

문신을 하고 다니는 케이크 가게 아들이 있긴 해?

"그런 건 됐는데요."

"그러면 이 정도로군요."

세희가 나머지는 공중에 띄워 놓고 금 목걸이를 들고 다가왔다. 저 정도면 그리 나쁘지는 않을 것 같지만…….

"금 목걸이는 조금 불량스러운 이미지 아닐까? 나래가 화낼 것 같은데."

"그렇습니까."

세희가 금 목걸이를 한 번 흔들자 그 색이 은빛으로 변했다.

"그러면 이렇게 짜잔~. 은 목걸이가 됐습니다."

무표정한 얼굴과 높낮이가 거의 없는 목소리로 짜잔~ 이라고 말한 거에 신경 쓰면 지는 거다.

"알았어."

나는 은 목걸이를 받아 들려고 손을 내밀었지만 세희는 자연스럽게 내 팔 안쪽으로 들어오더니 두 손을 내 목 뒤로 둘렀다. 갑작스레 가까워진 세희의 얼굴에 깜짝 놀라서 뭐라고 말을 하고 싶었지만 입조차 얼어붙었다. 내 반응 따위는 신경 안 쓴다는 듯 세희는 능수능란하게 목걸이를 내 목에 걸어 주고 한 발자국 뒤로 물러나며 말했다.

"손을 줘 보시죠."

"어, 어."

그 분위기에 나도 모르게 왼손을 내밀었고, 세희는 내 약지에 아름다운 문양이 들어간 반지를, 팔목에는 한눈에 봐도 비싸 보이는 아날로그시계까지 걸어 주었다. 뭐라고 말이 안 나오는 내게 세희가 언어를 되찾아 주었다.

"이 정도면 충분히 돈 좀 쳐 바르고 다니는 능력 없는 재벌 2세처럼 보일 겁니다."

"야."

"참고로 그 시계 하나에 이천만 원, 반지는 삼천오백만 원, 목걸이는 천오백만 원입니다."

"농담이냐."

"진담입니다."

몸이 굳어 버렸다. 그러니까 지금 내가 몸에 걸치고 있는 가격이 대략 칠천만 원이라는 거야? 갑자기 손가락 하나 까딱하는 게 힘들어진다. 이, 이것이 돈의 무게라는 건가?!

"그래 봤자 패션의 완성은 얼굴이니까 그리 멋지지는 않군요. 옷은 걱정 마시고 즐겁게 놀다 오시기 바랍니다."

나를 생각해 주는 거라고 생각하자.

방에서 나오자 이미 준비를 마친 나래가 나를 기다리고…… 있지 않았다. 나도 세희 때문에 준비하는 데 시간이 오래 걸린 것 같은데 나래는 여자아이라서 더 시간이 걸리는 것 같다. 나는 나래의 방에 슬며시 노크를 해 봤다.

"나래야, 준비 끝났어?"

대답은 마루에 누워서 치이와 함께 동화책을 읽고 있던 랑이가 했다.

"나래는 아~까 나갔느니라."

……에? 같이 놀러 가자고 했는데 혼자 나갔다고? 내가 준비하는 데 시간이 너무 걸려서 화가 났나? 어떻게 하지? 내가 이러지도 저러지도 못하고 안절부절못하고 있을 때 갑자기 휴대폰이 울렸다. 문자인가? 꺼내서 열어 보니 예상대로 문자가 하나 와 있었다. 발신자는 나래. 내용은 -30분 후에 성내역으로 나와.- 열 길 물속은 알아도 한 길 사람 속은 모른다더니, 지금이 딱 그 꼴 아닌가.

아니, 왜? 같이 놀러 가는 거니까 집에서 같이 나가도 되는 거잖아? 여러 생각이 떠올랐지만, 일단 나래가 정했으니 따를 수밖에.

"그럼 둘 다 집 잘 지키고 있어."

"으, 응. 아, 알겠느니라."

"아, 알고 있는 거예요."

시선을 피하며 대답하는 랑이와 머리카락을 파닥이며 대답하는 치이가 이상하긴 했지만 약속한 역까지 가는 데 20분은 족히 걸리기에 나는 신경을 끄기로 했다. 그냥 자기들만 남겨 두고 놀러 가는 게 아쉬워서 그런 거겠지. 올 때 간단한 선물이라도 사 오면 될 거다. 이번에는 절대로 무슨 일이 있어도 세희 것도 잊지 않도록 하자.

……뭐, 그런 일은 절대로 없겠지만.

약속한 역 앞, 만남의 광장에 도착했지만 나래는 보이지 않았다. 약속 시간 10분 전. 내가 못 찾을 가능성도 있지만 나래는 예쁘고 몸매도 좋아서 사람들이 많이 있는 곳에서도 한눈에 띄는 애라 아직 안 왔다고 보는 게 맞을 거다. 흠. 생각보다 시간이 오래 걸리는 걸 보면 집에 간 건 옷을 갈아입으러 갔다고 생각해도 되는 걸까? 우리 집에도 충분히 옷이 많은 것 같지만 그건 어디까지나 빙산의 일각이다. 전에도 말했지만 나래네 집은 부자인 데다가 외동이라 부모님의 사랑이 대단하거든. 초등학교 때 놀러갔을 때도 커다란 방 두 개가 나래의 옷 방이었던 기억이 있다. 그것 말고도 구두, 신발, 장신구, 모자 등등. 방이 엄청 많았었지. 나도 일단은 외동아들인데 이 대우의 차이는 뭘까. 뭐긴, 뭐야. 외모 지상주의와 금전 만능주의의 더러운 세상 탓이지. 자, 지금은 울어도 좋다. 이 빌어먹을 세상에 절망해서 펑펑 울어도 괜찮아. 하지만 잊지 마라. 사람은 내면으로 승부하는 거니까!

……이런 말 하는 사람 치고 내면이 예쁜 사람은 없지만. 하지만 괜찮아! 그 아버지도 어머니 같은 미인을 아내로 삼고 행복하게 살고 계시니까!

……비록 일 년에 얼굴 보는 건 한 달도 안 되지만. 이렇게 생각하니 갑자기 아버지가 불쌍해지네. 이런 말 하면 참 못된 아들 같아 보이지만 어떻게 이혼 안 하고 살아오셨던 겁니까.

나는 여러 가지 잡생각을 하다 보니 주위에서 일어난 소란을 눈치채지 못하고 있었다. 내가 그것을 눈치챈 것은 웅성거림이 내 주위에까지 전해졌을 때였다. 뭐가 이렇게 시끄럽나 이상해서 주위를 둘러보니 시선을 확 끄는 여자아이가 있었다. 지금까지 살아오면서 정말 오랫동안 봐 왔지만 오늘만큼은, 지금만큼은 내 눈을 의심할 수밖에 없었다. 맙소사. 여자의 변신은 무죄라고 하지만 그래도 그렇지. 저렇

게까지 변할 수 있는 거야? 먼저 한눈에 확 띄는 것은 화장이었다. 평소에도 화장을 하긴 하는 것 같지만 거의 안 한 것처럼 보이는 화장법을 고수하던 나래였다. 하지만 오늘은 화장을 했다는 게 보이지만 너무 힘은 주지 않고 자연스럽게 어른스러운 분위기를 보여 주기 위해서 멋만 조금 부렸어요, 라고 말하는 것 같은, 내가 지금 무슨 말을 하는지 모를 정도로 멋들어진 화장으로 훨씬 더 예뻤다. 그뿐만 아니라 평소의 단발머리는 어디 갔는지 머리카락도 등까지 내려와 있었다. 머리카락을 기르는 것만으로 저런 분위기로 보인다는 게 놀랍다. 그런데 머리카락이 길어진 것도 요술인가? 그게 무슨 상관이야, 지금.

나래는 평소 밖에 나갈 때는 몸매가 잘 드러나지 않는 하늘하늘한 원피스를 고집하곤 했는데 지금은 그런 모습은 어딜 갔는지, 몸에 딱 달라붙고 가로로 줄이 가 있는 스키니진에 높은 힐이 달려 있는 샌들을 신고 있었다. 평소 집에서 보던 모습보다 노출도는 낮아졌는데 어째 시선은 더 갈 곳이 없어진 거지? 위에는 검은색의 팔랑거리는 옷을, 머리에는 검은색 중절모 같은 모자를, 오른쪽 어깨에는 작고 검은 백을 들어서 전체적으로 상당히 맵시 있으면서도 귀엽게 보인다. 나래 님, 그런 모습은 반칙이라고요. 그리고 뒤의 남자들. 시선 안 돌리냐.

그런 말을 하는 나도 나래의 변신에 너무 오랫동안 넋이 나가 있었던 것 같다.

"뭐해?"

나래가 내게 말을 건 순간 주위에서 비명과 같은 탄식과 저주가 듬뿍 담긴 목소리가 들려왔다. 무시하자. 나는 세희에게 정신을 단련 받은 몸이다. 옛날과 달리 지금이라면 가볍게 무시할 수 있어. 그렇다고 안 들리는 건 아니다. 왜 저런 자식이, 옷을 보니 남자가 돈이 많네, 이런 소리가 귀를 괴롭힌다. 하지만 나도 이해해. 나라도 그런 생각을 할 테니까. 그만큼 나래는 내게 어울리지 않을 정도로 광채가 났다.

"아주 넋이 나갔네, 넋이 나갔어."

그렇다고 속마음까지 변한 건 아니라는 듯 나래가 내 옆구리를 꼬집었다.

"아팟!"

야! 뭐가 부럽다~야?! 너희들이 안 당해 봐서 그렇지 이건 진짜로 아프다고!

"일단 가자. 여긴 사람이 너무 많아서 싫어."

나래가 자연스럽게 내 손을 잡아끌었다.

"어, 어."

나는 당황하면서도 나래를 따라 거리를 걸어 나갔다.

어느 정도 두근거림이 진정되고 나서야 나는 나래에게 물어볼 수 있었다.

"머리카락은 어떻게 된 거야?"

"그게 신경 쓰였어?"

나래가 낮게 웃으며 말했다.

"붙임 머리야. 이런 건 연예인들도 가끔씩 하는데 몰랐어?"

몰랐습니다. 연예인 빰치도록 예쁜 분이 제가 좋아하는 여자애라서 그런 쪽에 관심이 없거든요.

"그런데 실망이다. 만나서 하는 말이 그게 다야?"

나래가 짓궂은 미소를 지으며 한 말에 나는 당연히 해야 할 말을 지금까지 안 하고 있었다는 것을 깨달았다. 나는 조금 쑥스러워 얼굴에 피가 몰리는 걸 느끼면서도 솔직하게 말했다.

"예뻐. 정말 진짜진짜 한눈에 반할 정도로 예뻐."

옆구리가 휘었다.

"컥?!"

도대체 왜?

"늦었어."

이미, 처음 본 순간에 말을 안 했다는 것으로 매를 번 것 같습니다.

"그래도 네 표정 보니까 알 것 같더라. 왜 말 못 했는지."

말이 필요 없다는 것이 이렇게 부끄러운 건지 몰랐다.

"그럼 가 볼까?"

"어디로?"

나래는 웃으며 말했다.

"쇼핑하러. 빨리 가자. 나, 사고 싶은 거 많으니까."

나래가 내 손을 잡아끌며 웃었다. ……저기, 제가 지금 기억의 혼란을 겪고 있는 것 같아서 물어보겠습니다. 지금 제 손을 잡고 앞에 가고 있는 사랑스러우며 솔직한 여자애는 도대체 누구인가요?

나래가 나를 끌고 간 곳은 인근의 백화점이었다. 머릿속에서 지금까지 봐 온 드라마가 자동 재생이 되었다. 여자와 함께 백화점에 가서 짐꾼 노릇을 하는 남자 주인공을 말이야. 지금 내 신세가 딱 그 꼴이지 않을까. 다른 것이 있다면 나래가 찾은 곳은 여성 의류 쪽이 아니라 **운동 기구** 쪽이었다는 거다. ……잘못 온 거라고 믿고 싶었지만 나래는 열심히 주위를 둘러보며 눈을 반짝이고 있었다.

"저기, 나래야."

"왜?"

"여기서 뭐하게?"

"응?"

나래가 무슨 말이냐는 듯 15kg 덤벨을 가볍게 어깨와 수평으로 들며 말했다.

"쇼핑하려고 왔잖아."

그건 압니다. 제가 묻고 싶은 건 왜 하필 여기냐는 거죠.

내 표정을 읽었는지 나래가 낮게 한숨을 쉬며 내 옆구리를 꼬집었다. 아얏!

"너 자기가 좋아하는 애 취미가 뭔지는 알아봐야 하는 거 아니야?"

평소의 나래라면 절대로 하지 않을 이야기에 나는 얼굴을 붉히며 조심히 대답했다.

"이종 격투기요?"

주먹 한 방으로 세계를 제패할 것 같은 나래의 주먹에 나는 거북이처럼 몸을 움츠렸다. 내장이 울려요.

"운동이 취미거든?"

이종 격투기도 운동 중 하나이지 말입니다. 나는 고통을 참으며 물어보았다.

"그래서?"

"평소에는 인터넷으로 주문하는데 요즘에 갑자기 힘이 세지는 바람에 몸에 맞는 걸 찾아보러 와 본 거야."

곰의 일족의 힘을 얻고 요술을 배우면서 신체 능력도 향상된 것 같으니까 말이야. 나래가 작게 속삭였다. 그래도 겉으로 보면 근육도 안 보이는 여자아이가 지금까지 15kg 덤벨을 어깨와 수평으로 들고서 힘든 기색 하나 안 보이는 모습은 충격적이다. 매장의 몸 좋은 남자 점원도 나래를 보고 급 화색을 띠며 다가오려다가 나래의 괴력을 보고 얼굴이 딱딱하게 굳은 다음에 망부석이 됐으니, 더 이상의 설명은 필요 없겠지. 나야 사정을 알고 있어서 상관없지만 남들이 보기에는 호리호리하고 예쁜 여자애가 괴력을 뽐내고 있는 상황이다.

"이것도 좀 가볍네."

가볍다고 하십니다. 나래가 15kg짜리를 내려놓고 30kg짜리를 들었다. 양쪽 끝에 달린 추가 나래의 허벅지만 해 보이는데 눈의 착각인가. 나는 슬쩍 나래가 제자리에 돌려놓은 15kg 덤벨을 들어 보고 몇 번 팔을 움직여 보았다. ……역시 송충이는 솔잎을 먹고 살아야 한다. 나래는 결국 40kg 덤벨과 무릎 보호대, 손목 보호대 같은 걸 카드로 결제했다. 점원이 지은 눈앞에서 일어난 일을 믿지 못하겠다는 표정은 평생 잊지 못할 거야. 나는 그것들을 들고 나래를 따라다니게 될 거란 생각에 두려움에 빠졌지만 지혜로우신 소꿉친구께서는 배달해 달라는 말에 내 불안을 종식시켰다.

"너, 힘 약한 거 아니까."

운동을 안 하니까요. 그래도 살짝 삐쳐 버린 나는 퉁명스럽게 말했다.

"……그런데 보통 이런 건 부끄러워서 숨겨야 하는 거 아니야?"

"뭐가?"

그렇게 말씀하시면 제가 할 말이 없습니다.

"아니, 그러니까, 그게……."

나래가 눈을 가늘게 뜨며 노려본다.

"자기 관리에 열심인 걸 보여 주는 게 왜 부끄러운데?"

……에? 잠깐. 그, 그 말은?! 어떻게 보면 내 연애 전선에 상당히 희망적인 이야기로 나갈 수 있는 말에 잠시 발이 멈췄다. 그러자 한 발 앞서 걷고 있던 나래가 몸을 빙글 돌아서 혀를 내밀었다.

"착각하지 말아 줄래? 그런 뜻이 아니거든?"

당했습니다. 나는 피식 웃으며 다시 걷기 시작한 나래의 뒤를 따라 걸었다. 지금은 아니라고 하지만 언젠가는 나를 위해서라고 말해 줄 날이 올 테니까 말이야.

……가능성은 있겠죠?

"그런 거 없어."

뒤도 안 돌아보고 제 속을 맞추셨습니다.

다음으로 들린 곳은 운동화 매장이었다. 나래는 운동화 중에서도 조깅화를 고르면서 내게 무시무시한 말씀을 하셨다.

"너도 내일부터는 아침마다 나하고 같이 뛰자."

나는 단칼에 거절했다.

"괜찮습니다."

제가 그렇게 건강한 편은 아니지만 아침마다 달리기를 할 필요는 없다고 생각합니다. 전 아직 젊으니까요!

"흐음?"

나래가 은근슬쩍 손을 뻗어 내 허리를 주물럭거린다. 자, 잠깐만요, 나래 님. 지금 무슨 짓을 하시는 겁니까?

"난 자기 관리하는 남자가 좋은데 말이야."

크윽?! 나래가 눈을 가늘게 뜨며 어떻게 할래? 라고 물어본다. 어떻게 하긴 어떻게 합니까.

"하죠. 하겠습니다."

"그럼 이것도 주세요."

나래가 척 봐도 비싸 보이는 조깅화를 가리키며 말했다.

"어머, 남자 친구 분께 선물하시는 거예요?"

점원 누나가 하는 말에 얼굴이 화끈거렸지만 기뻤다. 남자 친구라잖아!

"언니도, 참. 남자 친구 아니에요. 아는 동생인걸요."

……아는 동생이란다. 아니, 내가 동생이라니 그게 무슨 말이야? 우리 동갑이잖아! 지금 나래가 입은 옷이 조금 성숙해 보이는 스타일이긴 하지만 점원 누나도 왜 그러면 그렇지 하는 눈빛으로 측은하게 저를 보시는 겁니까?!

기분이 축 내려가서 아무 말도 못하고 있을 때, 나래는 이번에도 배달을 부탁하고서 멍하니 있는 내 손을 잡고 매장에서 끌고 나왔다. 걸어도 걷는 게 아니고 살아도 사는 게 아닙니다.

"다음에는 어디 갈까?"

기분이 좋은 듯 내 손을 잡고 룰루랄라하는 나래에게 나는 지금의 기분을 가득 담아 대답해 주었다.

"누나가 결정하세요."

"삐쳤어?"

나래가 묻는 말에 고개를 흔들었다. 삐쳤습니다. 나래는 이상하게 기분이 좋은 듯 미소 지으며 말했다.

"그래도 남자 친구라고 하기는 좀 그렇잖아."

"왜?"

내 말에 나래가 시선을 피하고 앞으로 걸어가며 대답했다.

"부끄러우니까."

확실히 평소와는 다릅니다.

그 후로 나는 백화점이라는 곳의 무서움을 몸으로 깨닫게 되었다. 비록 짐은 생기지 않았지만 결국 숙녀복이나 화장품, 향수, 기타 등등. 나와는 평생 인연이 없을 것 같은 곳을 따라다니는 건 정신적으로 피곤해지는 일이었으니까. 무엇보다 이미 눈치챘겠지만 나래가 뭔가 이상하다. 분위기가 다르다고 할까. 평소의 새침 떠는 모습은 거의 보이지 않고 좀 더 적극적이고 솔직하면서도 부끄러워하는 모습을 보인다고 할까. 이런 게 나쁘다는 건 아니다. 아니, 오히려 좋다! 하지만 그렇다고 해서 이상한 생각이 안 드는 건 아니다. 나래가 왜 이럴까. 뭘 잘못 먹은 건 아닐까. 그래서 점심을 먹으러 간 스파게티 전문점에서 아무것도 몰라 허둥지둥 시킨 음식을 기다리는 동안 참지 못하고 물어 버렸다.

"그런데 오늘은 분위기가 조금 다르다?"

그 말에 나래는 컵에 꽂혀 있던 빨대를 손가락으로 툭 치며 말했다.

"왜 안 물어보나 했어."

저는 무슨 짓을 해도 곰발바닥 안입니다. 내심 쿡 찔려서 마른 웃음을 터트리고 있자니 나래가 말했다.

"보여 주기 위해서?"

다른 이유로 깜짝 놀란 내게 나래가 혀를 내밀며 말했다.

"농담이야. 그냥 오랜만에 둘이 노는 거여서 나도 좀 들뜬 거 같아. 초등학교 때 이후로 처음이잖아?"

"정확히 말하면 중학교 1학년 4월 둘째 주 토요일 이후로 처음입니다."

나래가 의자를 뒤로 밀며 거리를 벌렸다.

"기분 나빠."

나래의 오해를 풀기 위해서 말했다.

"농담이야."

"그렇겠지. 마지막으로 같이 놀러 간 건 작년 12월 14일 오후 3시부터 7시까지였으니까."

확실히 작년 겨울에 놀러간 적은 있지만 나래가 이렇게 확실한 시간을 기억할 리가 없으니까 이것도 농담이겠지.

"어쨌든 이런 것도 오랜만이니까 잘 놀지 못하면 아깝잖아?"

동감한다.

"그래서 오늘 하루는 널 여자애로 생각하기로 했어."

동감 못 해.

"그게 뭐야?"

"안 그러면…… 아니, 됐어. 그렇게 알아 둬."

나래가 볼에 홍조를 들이며 고개를 젓는다. 말하지 않은 속마음을 듣고 싶은 마음은 굴뚝같지만 물어볼 용기는 나지 않았다. 비록 날 남자로 여기지 않고(!) 어울려 다니고 있다고는 하지만 내 앞에 나래가 있다는 사실이 어떻게 달라지는 건 아니니까. 그러니까 나는 실없는 농담을 했다.

"그러면 같이 수영복이라도 사러 가자. 내가 너한테 딱 어울리는 초 슬림 비키니이잌!!"

나래가 싱글거리며 테이블 밑으로 정강이를 걷어찼다. 뼈가 부서지는 줄 알았다. 잘못 말한 게 아니야. 부러지는 게 아니라 부서지는 겁니다.

난생처음 먹어 보는 크림 스파게티는 내 입맛에 너무 느끼해서 결국 나래가 시킨 토마토 스파게티와 바꿔 먹게 되었다. 나래는 아마 내가 크림 스파게티를 시켰을 때부터 내가 못 먹을 줄 알았나 보다. 토마토 스파게티는 내 입맛에 딱 맞았으니까. 양도 별로 줄어들지 않았고.

점심을 먹은 뒤 우리 둘은 카페에 가게 되었다. 커피는 자판기 커피가 제일이라고 생각한 나를 위해서일까, 나래는 캐러멜 마키아토라는 정체불명의 달달한 음료를 주문해 주었다.

"은근히 입맛이 어린애라니까?"

테라스 쪽에 마주 앉아서 아메리카노라는, 이 역시 정체불명의 음료를 마시고 있는 나래에게 대꾸한다.

"커피는 별로 안 좋아하니까."

나래가 눈썹을 살짝 치켜뜨며 말했다.

"그럼 뭘 좋아하는데?"

나는 정직하게 대답했다.

"……탄산음료요."

"살 쪄."

크헉! 가슴에 대못을 박는구나! 나는 오기가 일어서 나래에게 내 까, 카메오 뭐시기를 내밀며 말했다.

"바꿔 마셔."

"……응?"

내가 이런 제안을 할 줄은 몰랐는지 눈을 동그랗게 뜨며 당황한다. 나는 나에 대한 나래의 인식을 바꾸기 위해서 다시 한 번 말했다.

"바꿔서 마시자고요."

"화났어?"

나래가 곤란해한다. 나는 고개를 가로저었다.

"그런 건 아니고 한 번 마셔 보고 싶어서."

약간은 사실입니다. 어린애 입맛이라는 말에 발끈해 버려서 자기 손으로 자기 목에 밧줄을 매고 있는 것도 있지만.

"이거 네가 마시기에는 쓸 텐데?"

……아무리 발끈했다고 해서 미각이 사라진 것은 아니다. 나래의 컵에 담겨 있는 미합중국의 이름을 닮은 커피는 한눈에 봐도 써 보였고, 그런 한약 같은 커피가 컵을 가득 채운 상태에서는 다 마실 자신이 없단 말이야. 나는 굳은 의지를 다지고 내 컵을 슬쩍 나래 쪽으로 민 다음에 나래의 컵을 빼앗듯이 가져왔다.

"자, 잠깐만, 성훈아. 그거……."

나는 아무 대답도 하지 않고 컵을 들어 조금 마셔 보았다.

쓰다.

써. 무슨 녹차를 마시는 기분이야. 나는 컵을 내려놓고 입을 삥긋거리고 있는 나래에게 말했다.

"써요."

나래가 너한테 바라긴 뭘 바라냐는 표정을 지으며 한숨을 쉬었다.

"알았어. 그거 내놔. 놀린 건 사과할 테니까."

하지만 나는 돌려주지 않았다. 의외로 마실 만했으니까. 그게……. 뭐라고 할까. 향이 좋았으니까?

"그래도 마실 만한데?"

"응? 진짜? 네가?"

나래가 믿기지 않는다는 듯 나를 본다. 나래 안에서 내가 어떤 취급을 당하고 있는지 한눈에 알 수 있는 좋은 사례입니다.

"어. 향이 좋은 것 같아. 무슨 과일향이 나는 것 같아."

"과일향? 이상하네. 시럽은 안 넣었는데?"

나는 다시 한 번 컵에 입을 대 봤다. 아까보다 연해지긴 했지만 확실히 과일향이 났다. 아, 그렇구나. 여기에서는 컵에 향이 나는 뭔가를 바르는 것 같다. 입술에 조금 끈적거리는 게 묻었어. 나는 자칭 커피 애호가인 나래도 눈치 못 챈 사실을 알아낸 것이 뿌듯해서 어깨를 으쓱하며 컵을 가리키며 말했다.

"컵에 뭘 발랐나 봐. 잘은 모르겠는데 입에 뭔가 닿는 느낌이 드는걸? 향기도 나고."

나는 나래에게 컵을 돌려 내가 마신 곳을 손가락으로 가리켰다. 나래는 몸을 앞으로 숙여 특정 부위가 탁자에 눌려 내 고개가 돌아가게 만들었고, 잠시 후.

"……아."

뭔가를 깨닫고 다시 허리를 세웠다. 기세등등하게 시선을 돌리자 목까지 새빨개진 나래를 볼 수 있었다. ……그렇게 부끄러워할 만한 일인가. 커피의 세계는 깊은 것 같다. 나는 부끄러워하는 나래를 위해 말했다.

"사실 나도 모를 뻔했는데 이상하게 좋은 향이 나고 입술이 끈적거려서 알았어. 이게 무슨 향이더라……."

콕 집어서 말을 못 하고 있을 때 나래가 말했다.

"사과 향이야."

"아, 맞다! 그런데 그거 어떻게 알았어?"

"……이 바보!"

상냥한 나래는 이번에는 반대쪽 정강이를 걷어찼다. 나는 이유 모를 폭력에 당황하면서도 나래가 검지로 윤기가 흐르는 자신의 입술을 지그시 누르는 걸 놓치지 않고 볼 수 있었다.

잡담을 하며 조금은 배를 식히고 밖으로 나왔다. 시원한 백화점 안과는 다르게 밖은 그야말로 태양이 작열하는 정열의 삼바! 순간적인 온도 변화에 뇌가 익어 버린 것 같다. 후, 후덥지근해. 그렇지만 나래와 잡고 있는 손은 놓기 싫었다. 젠장. 지금이 가을이라면 팔짱까지 노릴 수 있는 상황인데! 여자애들은 자주 그러잖아!

"가고 싶은 곳 있어?"

나래가 옆에서 물어 왔다. 여기서 아무 데나요, 라고 말했다가는 두 번은 버틸 수 없는 내 정강이뼈가 산산조각 나겠지. 그래서 난 아주 무난해 보이는 대답을 했다.

"영화관?"

나래도 내 뼈가 그리 튼튼하지 않다는 걸 알고 있는지 내 손을 꽉 잡아 줬다. 40kg 덤벨을 아무렇지 않게 들고 성인 남성을 웃도는 괴력을 가진 손으로 아주 꽈악하고 말이야.

"으아아아악!!"

"지금 오랜만에 놀러 나왔는데 두 시간 동안 아무 말도 안 하고 영화나 보면서 시간 때우자는 거지?"

손이 아팠지만 그래도 난 할 말은 했다.

"사람이 없는 영화를 보면 어두운 영화관에서 둘이아아아악!"

그게 실수였다.

"생각하는 게 참 너답다."

나래가 한숨을 쉬며 말했다. 죄송합니다. 요즘에 너무 다양한 일이 있다 보니 생각이 뇌를 거치지 않고 나올 때가 많아졌어요. 주로 그런 쪽으로.

"그럼 노래방은 어때?"

"노래방?"

나래는 곰곰이 생각하더니 고개를 끄덕였다.

"뭐, 좋아."

그리 싫은 눈치는 아니다. 절대로 노래방도 단둘이 있으면 여러 가지…….

"다 보여."

제가 왜 이렇게 되었을까요?

노래방 비는 내가 내려고 했지만 나래가 빙긋 미소 지으며 "응?"이라는 한 마디로 내 지갑을 다시 주머니에 돌아가게 만들었다. 미소는 미소였는데 돈 없는 천민이 귀찮게 굴지 말라는 부르주아의 아우라가 피어 나오셨다고요. 여왕님의 시종이 된 기분으로 나래를 따라 방 안에 들어가서 문을 닫고 앉았다. 그리 크지도 작지도 않은, 두 명이서 노래 부르기에는 딱 좋을 정도의 방이다.

"먼저 골라."

나래가 내게 리모컨을 건네기에 받아 들고 잠시 고민에 빠졌다. 머릿속에서 나래에게 잘 보일 수 있는, 멋지게 보일 수 있는 노래에 대한 리스트를 쭉 뽑아 보았지만 답이 없었다. 내가 그렇게 노래를 잘 부르는 것도 아니고 말이야. 그래서 약간 자포자기하는 심정으로 잘 아는 곡으로 아무거나 골라서 마이크를 들었다. 나래 앞에서 노래를 부른다는 사실 하나만으로 긴장이 돼서 노래가 어떻게 끝났는지도 잘 기억이 나지 않았다. 어쨌든 곡은 끝났고 나래가 마이크를 들고 말했다.

"그래서 제 점수는요."

매우 낮았습니다. 그다음은 나래의 차례. 나는 빨리 선곡을 하고 나래의 노래에 집중하려고 했다. 하지만 나래가 노래를 부르는 것과 동시에 잊고 말았다. 나래가 이렇게까지 노래를 분위기 있게 부를 줄은 상상도 하지 못했다. 솔직하게, 객관적으로 말해서 목소리가 높이 올라가는 건 아니었고 조금 힘들어하는 부분도 있었지만 그걸 감싸 안는 분위기가 있었다. 가슴에 와 닿는 말 못 할 느낌이 말이야. 사랑노래라서 그런가? 나는 선곡을 하는 것도 잊고 멍하니 나래의 노래에 귀를 기울일 수밖에 없었다. 노래가 끝나고 나래는 마이크를 내려놓다가 나와 시선이 마주치고선 어두운 방 안에서도 한눈에 알아볼 수 있을 정도로 얼굴을 붉히며 말했다.

"뭐, 뭘 그렇게 봐? 부끄럽게."

"아니, 너무 잘 불러서."

"아부는, 칫."

진짠데요. 그렇게 말하고 싶었지만 나래가 너무 부끄러워할 것 같아서 참았다.

"네 차례야."

선곡을 하는 것도 잊고 있었다. 내가 리모컨으로 좋아하는 가수의 이름으로 노래를 검색하고 있는데 옆방에서 노랫소리가 들려왔다.

"……."

"……."

나와 나래는 서로를 마주 보고 서로에게 물어본 다음 고개를 흔들었다. 그렇지. 그럴 리가 없다. 그 녀석이 노래방에 와서 저렇게 유창한 외국어로 만화 주제가를 부를 리가 없으니까. 그냥, 우연히 모르는 사람이 목소리가 비슷한 경우일 거다.

……그럴 리가 있냐!!

나와 나래는 동시에 벌떡 일어나서 문을 열고 옆방의 유리창 너머로 안을 훔쳐보았다. 뒤에서 주인아저씨가 그러면 안 된다~라고 하는 말씀은 무시했다. 안에 있는 건 아는 녀석들이었으니까. 그 안에는 자리에서 일어나 마이크를 잡고 열창을 하고 있는 세희와 그 노래에 맞춰 두 손을 번갈아 가며 위아래로 흔들며 엉덩이를 씰룩거리는 랑이와 각을 잡고 박수를 치는 치이가 있었으니까. 그래도 다행히 **다른 녀석**은 집에 있나 보다. 저 녀석들이 이곳에 있는 시점에서 전혀 다행이 아닌 것 같지만.

나는 조용히 문을 열고 방 안으로 들어갔다. 신나게 춤을 추고 있는 랑이는 여전히 댄스 삼매경에 빠져 계시고 세희의 눈치를 살피며 각이 서린 박수를 치던 치이는 내 쪽을 보고 깜짝 놀랐고 세희는 열창을 계속하며 시선만 이쪽으로 향할 뿐이었다.

"잘 논다."

"응?"

그제야 뭔가 이상한 걸 깨달은 랑이가 고개만 뒤로 돌려 나를 보더니 그대로 얼음이 되었다. 나는 굳어 버린 랑이의 허리를 들어 안으며 치이의 옆에 앉았고 나래는 한숨을 쉬며 내 옆에 앉았다. 왜 여기 앉으십니까. 세희 옆에도 자리 있잖아요. 그럼 네가 거기 앉든가. ……죄송합니다. 나는 지금도 갑작스런 내 등장에 깜짝 놀라 굳어 있는 랑이의 배를 살살 쓰다듬었다.

"으냐아아~."

그제야 딱딱해져 있던 랑이가 흐물흐물해졌다. 자기들이 나와 나래를 뒤쫓아 왔다는 거를 들켰다는 거에 겁먹은 거겠지. 그 기분은 이해하지만, 뭐냐. 눈에서 흐르는 이 뜨거운 눈물은.

"서, 성훈아. 이건 그러니까……."

나는 랑이의 말을 무시하며 손가락으로 랑이의 입술을 장난치듯 튕기면서 노래를 우선 예약했다. 분위기 쇄신을 위해서 그런 거지 먼저 노래를 부르고 싶어서 그런 건 아니야. 그러는 도중에 랑이는 입이 간지러운지 머리를 뒤로 빼고 내 손가락을 냠하고 살짝 물었고 나래는 그 모습을 보며 한숨을 쉬더니 방에서 나갔다. 노래방 주인아저씨한테 방 합

치겠다고 말하러 간 거겠지. 그러던 도중에 세희의 노래가 끝났다. 귀신 주제에 100점이란다. 세희는 매너 없게 시작 버튼을 누르지 않고 마이크를 입에 댄 채 말했다.

"우연이군요, 도련님."

목소리 울린다, 그러지 마라.

"우연은 무슨 우연."

"눈치채셨습니까?"

"못 챘다."

"그런데 당황하는 기색이 아니십니다?"

나름대로 당황하긴 했지만, 어차피 네 녀석들이 집에서 기다릴 성격이 아니라는 것 정도는 알고 있었으니까 말이야. 우리 둘은 눈치도 못 채게 몰래 따라오겠지, 생각했다.

"됐으니까 시작이나 눌러. 시간 아깝다."

노랫소리가 들리고 나는 마이크를 들었다. 랑이도 내 눈치를 살피던 것은 예전에 그만두었는지 다시 자기 흥에 못 이겨 귀엽게 춤을 추기 시작했다. 치이도 조금 전과 비교해 보면 긴장이 풀린 것 같고. 나래는 이야기를 잘 끝내고 왔는지 방에 들어와서 내 발가락을 밟고서 자리에 앉았다. 아팠다.

다음 곡은 랑이의 차례인 것 같았다. 랑이는 마이크를 들고는 힘껏 어깨를 펴며 내게 삿대질을 했다. 이 녀석이, 버릇없게.

"잘 들어보거라~!"

그래, 그래. 그러고 보니 랑이의 노래를 듣는 건 처음이라 조금 기대가 된다. 그런데 노래 제목이…… 밀양 아리랑? 저 나이에 민요를 불러? 장난하냐? 화, 확실히 나이로만 따지면 공무도하가나 구지가를 불러도 이상할 것이 없긴 하지만 그래도 외관상 그건 아니잖아! 하지만 랑이는 진지하게 노래를 불렀고 나는 주르륵 의자에서 미끄러질 뻔했다. 노래를 못하는 건 아니지만 저 여린 목소리로 민요라니. 민요가 나쁘다는 것이 아니다. 하지만 민요란 뭔가 나이가 드신 어른 분들이 불러야지 민요 특유의 맛이 난단 말이야! 랑이게는 안 어울려! 그래도 덩실덩실 어깨춤을 추며 날 보며 "날 좀 보소~. 날 좀 보소~ 날 좀~ 보소~." 하고 노래 부르는 모습은 귀엽지만 말이야. 저 녀석은 도대체 무슨 짓을 해야지 안 귀여울까. 그런 게 있기는 할까.

"호랑이님은 아시는 노래가 별로 없으신 거예요. 아까부터 민요만 부르셨어요."

……그런 거냐. 나중에 동요라도 좀 가르쳐 줘야겠다. 목소리와 곡조가 언밸런스한 랑이의 차례가 끝나고 치이의 순서가 왔다. 나는 내게 쪼르르 다가와서 품에 안긴 랑이를 잘 불렀다는 뜻으로 머리를 쓰다듬어 주며 치이에게 말했다.

"그런데 너도 민요냐?"

치이는 머리카락을 파닥이며 대꾸했다.

"오라버니는 저를 뭐로 보는 거예요?"

요괴.

"전 호랑이님하고 달리 최신곡 정도는 알고 있는 거예요!"

그리고 반주가 시작됨과 동시에 랑이가 귀를 막았다. 그건 세희도 마찬가지였다. ……응? 왜 그러지? 나는 그 이유를 들려오는 반주로 알 수 있었다. 격렬한 소리다. 노래의 제목은 people=suck. 어딜 봐도 어린애가 부를 만한 노래 제목이 아니었고 반주 역시 그랬다. 그리고 치이의 목소리가 들렸을 때. 나는 나래와 함께 귀를 막았다.

그것은 악마의 울부짖음이었다.

한평생 쌓아 온 마음속의 울분을 지금 이 순간 모두 풀어내겠다는 듯 치이는 열창했고 나는 왠지 모르게 눈물이 흘렀다. 치이야, 그동안 고생했던 게 마음에 참 많이 쌓여 있었구나.

나와 나래는 눈빛으로 치이에게 좀 더 잘 해 주고, 이 꼬마 요괴들에게 동요를 가르쳐 주기로 결심했다.

노래방에서의 시간은 즐거웠다. 랑이의 민요, 치이의 데스 메탈, 세희의 애니메이션, 나래의 가요까지.

"재미있었느니라!!"

노래방에서 나왔을 때 랑이는 숨긴 꼬리를 실수로 내놓을 정도로 기분이 완전히 들떠 있었다. 치이 역시 머리카락을 파닥이며 후련해하는 표정. 그래. 넌 기분 좋겠지.

"바둑이하고 그 녀석은?"

"낮잠과 컴퓨터입니다."

둘 다 그럴 줄 알았다. 한숨을 쉬고 있자니 랑이가 내 옷을 잡아당기며 말했다.

"성훈아! 나중에 또 오자꾸나! 노래방이라는 곳이 이렇게 재미있는지 지금까지 몰랐느니라!"

나는 랑이의 순진한 모습에 빙긋 미소 지으며 머리에 꿀밤을 먹였다.

"아얏?!"

랑이가 머리를 감싸 안으며 울상을 짓는다. 나는 치이에게 시선을 돌렸다.

"아, 아우우?"

눈치를 챈 치이가 도망치기 전에 손을 잡고 내 쪽으로 당겨서 도망가지 못하게 끌어안고 머리에 꿀밤 한 대.

"아우우우!!"

음. 역시 치이는 어린애 치고는 가슴이 커서 이렇게 끌어안으면 머리가 아프다.

"아얏!"

내 머리에 꿀밤을 먹인 건 나래였다.

"왜?"

"왜?"

아닙니다. 나는 급히 치이를 놓아주고, 왜 때린 것이느냐? 억울하다! 라는 눈물 맺힌 눈동자로 나를 올려다보는 랑이에게 말했다.

"누가 따라오랬냐?"

그 말에 랑이가 어? 하고 말하더니 잠깐 생각에 잠기고 팔짝 뛰며 놀란다. 어이구, 까마귀 고기를 드셨어요?

……진짜로 먹지는 않았겠지.

"그, 그게 아니니라! 나는 세희가 같이 노래방에 놀러 가자고 해서……."

"백화점 재밌었지?"

"그렇느니라! 신기한 게 많아서…… 우읍?!"

환하게 웃으며 대답하는 랑이를 보고 치이가 화들짝 놀라 머리카락을 붕 띄우며 뒤에서 두 손으로 입을 막았지만, 이미 늦었습니다.

"아우우, 오, 오라버니. 그, 그게 아닌 거예요."

랑이도 이제야 치이가 왜 자기 입을 막았는지 깨닫고 깜짝 놀라서 고개를 흔들었다.

"아니다. 아니니라. 방금 거는 아니니라."

이 녀석들을 어떻게 할까 고민하고 있는데 나래가 몸을 앞으로 숙이며 랑이와 치이에게 시선을 맞추며 의미심장한 미소를 지었다.

"흐……음?"

랑이와 치이가 동시에 서로의 반대편으로 눈을 돌린다. 두 녀석 다 뺨을 타고 큼지막한 땀방울이 주르륵 흐른다.

"다행이다."

나래는 화기애애한 목소리로 말했고 그게 함정이라는 걸 모르는 랑이와 치이는 화색을 되찾았다가,

"성훈이는 거짓말하는 애들을 제일 싫어하거든. 사실대로 말하면 용서해 주지만 거짓말을 하면 엄청 화가 나서 한동안 안 보려고 할지도 몰라. 그래도 너희들은 거짓말 안 했으니까 별 걱정 없지? 설마 지금 한 말이 거짓말일 리가 없잖아. 거짓말을 거짓말로 속이려 드는 건 정말 나쁜 일인걸."

흙빛이 되었다. 역시, 나래. 애들을 다루는 법을 무섭게 잘 안다. 나는 나래에게 맞춰서 표정을 딱딱하게 굳혔다. 그런지 5초도 안 돼서 두 녀석은 이실직고하고 말았다.

"자, 잘못했느니라! 방금 전에 했던 말은 취소다! 나, 나는 성훈이가 뭘 하는지 보고 싶어서 따라왔느니라!"

랑이는 허둥대며 손발을 가만히 놔두지 못하고 어떻게든 잘못했다고 용서를 빌었고,

"아, 아우우! 죄, 죄송해요! 저, 저는 그런 이유는 아니지만 그, 그냥 궁금해서 쫓아온 거예요!"

치이는 하늘을 날아갈 기세로 머리카락을 파닥이며 내 눈치를 살피며 거짓말 아닌 거짓말을 했다. 우왕좌왕. 이대로

아무 말도 안 하고 있다가는 둘 다 울어 버릴 것 같다.

이제 네가 달래. 나래가 눈빛으로 신호를 줬다. 나래가 혼내고 내가 달래는 건가. 마치 엄마 아빠 같은 상황이지만……. 보통 반대라는 점에서 나래가 지금 약간 화가 나 있다는 것을 눈치챘다. 나중에 제대로 화를 풀어 줘야겠네. 일단은 어느새 눈물이 맺힌 랑이와 아무렇지 않은 척하려고 하지만 입을 삐약삐약거리며 할 말 못 할 말까지 다 할 것 같은 치이를 달래는 게 먼저지만.

"알았어. 솔직하게 말했으니까 용서해 줄게."

나는 랑이의 머리를 쓰다듬어 주었다.

"잘못했느니라~!"

랑이는 내게 꽉 안겨 왔고 치이는 눈치만 살핀다. 나는 치이에게 손을 내밀었고 치이는 몸을 움찔 떨더니 조심스럽게 내 손을 잡았다.

"아우우. 잘못한 거예요, 오라버니."

……이 나이에 딸이 둘 있는 아버지의 심정을 느끼고 싶지는 않았는데 말이야.

"아빠."

넌 하지 마.

네 번째 이야기

사건의 발단은 TV였다. 검은색 코트를 입고 저격을 하는 초인이 등장하는 만화가 TV에서 절찬리 방영되었을 때, 어린아이들이 집에 있던 아버지 코트를 훔쳐 입고 나와 땅에 질질 끌고 다니면서 BB총으로 사람을 쏘고 다닌 것이 사회 이슈가 된 것 같은 일이 벌어진 것이다. 나는 그날도 소파에 멍청하게 앉아서 꼬마 여자애 두 명이 도저히 방어력이 높아 보이지 않는 팔랑거리는 옷을 입고 총도법에 위반이 될 것 같은 무기들을 사랑과 정의의 이름하에 휘두르고 쏘고 박살 내는 만화를 멍하니 보고 있었다. 오해할까 봐 하는 말이지만 내 취향이 아니다. 우리 집의 TV 리모컨의 점유율은 브라질 국가 대표 대 동네 조기축구회가 맞붙었을 때 브라질의 볼 점유율 정도와 비교할 수 있을 정도로 세희가 가지고 있다. 당연히 이건 세희의 취향이라는 거다. 랑이와 치이가 세희의 옆에서 멍하니 TV에 집중하고 있는 걸 보면 어른들이 자주 바보상자라는 말을 쓰던 게 이 녀석들에게는 잘 적용될 것 같다는 생각이 든다. 그에 비해 우리 공부 잘하시는 소꿉친구 분께서는 소리가 5.1CH로 빵빵하게 들리는데도 동그란 안경을 끼고 귀에 이어폰을 꽂고 독서에 한창이시다. 그렇게 책을 읽고 싶으면 방해되지 않는 자기 방에서 읽으면 될 텐데 왜 내 옆에서 다리까지 꼬고 앉아서 읽고 있는지 모르겠다. TV를 멍하니 보고 있는 나 자신을 돌아보는 계기를 마련해 주시는 게 조금 슬프거든요. 절대로 나래에게 무슨 불만이 있는 건 아닙니다. 갑자기 이런 말을 왜 하냐면 나래가 안경을 고쳐 쓰면서 눈으로 물었거든. 왜? 나는 고개를 흔들었다. 아무것도 아니에요. 독서하는 모습이 너무 아름다워서 멍하니 쳐다보고 말았습니다. 바보. 나래가 책으로 내 머리를 살짝 때린 후 다시 독서에 집중한다.

"오오오!"

"아우우!"

랑이와 치이가 감탄하는 소리에 내 시선도 TV로 다시 돌아간다. 화면에서는 두 명의 소녀가 서로에게 무기를 겨누고 있었다.

"네가 피하면 지구는 박☆살이야!"

"비겁해!"

"괜찮아, 다 잘 될 거니까!"

……아까부터 계속 의문이 들었는데 어린애들한테 이런 만화를 보여 줘도 되는 걸까. 하지만 생각해 보면 랑이는 원래 인간을 멸망시키겠다~라고 했던 녀석이니까 별 상관이 없을 것 같기는 뭐가 상관이 없냐. 건전한 만화도 많은데 왜 이런 폭력적인 만화를 보여 주는 거야? 그래도 보고 있는 도중에 뭐라고 할 수는 없으니까 끝난 다음에 세희에게 따끔하게 한 마디 하자. 혼자일 때는 몰라도 랑이와 치이가 있을 때는 건전한 만화를 보라고. 그렇게 생각하고 있는데 화면에 분홍색 효과가 가득 차올랐다. 마법 소녀라는 말이 어울리지 않을 정도의 그 굵고 거대한 광선은 다른 소녀의 몸을 휩쓸었고……. 광선이 땅에 꽂히자 그곳을 중심으로 도시가 말 그대로 산산조각 먼지가 되어 갔다. 마치 핵폭탄을 맞은 것처럼.

"……어, 어이."

나는 깜짝 놀라서 세희를 불렀지만 마이페이스에 충실한 귀신은 들은 척도 하지 않는다. 도대체 무슨 말을 해야 할지 고민하고 있는데 랑이와 치이가 감탄하며 서로 이야기를 한다.

"우와아, 대단하느니라. 나도 마음만 먹으면 저 정도는 할 수 있지만 저렇게 빨리 할 자신은 없느니라."

"랑이 님은 어려운 요술은 잘 못 쓰니까요."

치이가 지나가는 듯 툭 던진 말에 랑이가 꼬리를 바짝 세우며 말했다.

"모, 못 쓰는 게 아니니라! 안 쓰는 것이니라!"

치이의 머리카락이 파닥인다. 놀란 것 같지는 않고 왠지 모르게 즐거워 보이는 걸로 봐서 랑이를 놀릴 생각이 든 것 같다. 애들이 노는데 내가 끼어들 수는 없으니까 제발 적당한 선에서 끝나기를 바랄 뿐이다.

"아우우, 거짓말하지 마세요. 거짓말하면 오라버니가 랑이님 바지를 내린 다음에 엉덩이를 아프게 떼찌하는 거예요."

그러니까 적당한 선에서 끝내라고.

"하려면 할 수 있느니라! 다만 그렇게 하면 생각하느라 머리가 아프기 때문에 안 하는 것뿐이니라."

랑이가 분하다는 듯 자신의 위대함을 설파해 보지만 치이는 머리카락 하나 파닥이지 않았다.

"그렇게 따지면 저도 할 마음만 있으면 오라버니를 제 마음대로 할 수 있는 거예요. 안 하는 것뿐인 거예요."

아까부터 왜 자꾸 내가 튀어나오는 거야.

"그건 나도 할 수 있느니라!"

불길한 기분이 들었고 내 예상대로 랑이는 휙, 하고 고개를 돌려 애원 가득한 눈으로 나를 올려다보며 말했다.

"성훈아! 나를 껴안고 쓰다듬어라!"

내 시선은 자연스럽게 옆에 앉아 있는 나래에게 향했다.

나래는 귀찮다는 듯 손을 한 번 휘저었다. 마음대로 하라는 건가. 이건 말하기 정말 그렇지만, 마치 갱년기 부부 같은 모습이 아닌가……라고 생각하는 순간 나래의 책 모서리가 내 머리를 찍었다. 마침, 나래가 읽고 있는 책은 하드커버 재질이었다. 맞아 본 사람은 알겠지만 이거 무지하게 아프다.

"아야야야!!"

아파하는 내게 나래가 말했다.

"그러면 내가 말려 줘?"

그랬다가는 랑이가 울게 될 테니까 이해는 하지만 말이죠.

"조금은 질투하는 모습이라도 보여 주시면 안 됩니까?"

"누굴?"

"랑이요."

"왜?"

왜냐고 물으시면 할 말이 없어 눈물만 흘릴 뿐입니다. 나는 다시 책을 편 나래를 뒤로하고, 계속해서 내 대답을 기다리는 랑이의 허리를 들어 올려 내 허벅지 위에 앉히고 머리를 쓰다듬어 주었다. 그와 동시에 나래가 옆구리를 꼬집는 것에서 나는 세상의 부조리함에 대해 깨달았다. 사회의 어두운 면은 죽을 때까지 모를 것 같은 랑이는 치이를 향해 가슴을 쭉 펴고 히죽 웃으며 말했다.

"보거라! 내가 말만 하면 성훈이는 다 들어주느니라."

다 들어주지는 않고 내가 들어줄 수 있고 해 줘도 되는 거만 해 주는 거다. 그런데 치이가 머리를 파닥이며 입가를 가리고 웃는 걸 보니, 요 녀석. 뭔가 몹쓸 걸 생각하고 있는 것 같다.

"그러면 오라버니께 지금 당장 결혼해 달라고 해 보세요."

봐라. 이 녀석은 은근슬쩍 랑이를 골려 먹으려고 한다니까? 하지만 치이야. 아무리 랑이가…….

"성훈아! 지금 당장 나와 결혼해 주거라!"

내 말 아직 안 끝났다. 내 허벅지 위에 올라탄 상태로 고개를 돌리고 내게 거절당할 것이라는 생각은 자신의 미운털만큼도 없이 순수하고 맑은 눈을 보여 주는 세계보호요괴 1호에게 거절의 말을 건네는 것은 생각보다 쉬웠다. 한두 번 있는 일이어야지.

"안 돼."

랑이가 팔자 눈썹이 돼서 볼을 살짝 부풀리며 묻는다.

"왜 안 되느냐?"

내 옆에서 독서 중이신 나래 님께서 아까부터 책장이 단 한 장도 넘어가지 않고 계시거든요. 그렇다고 이걸 곧이곧대로 말할 수는 없는 일. 나는 적당히 둘러대기로 했다.

"지금은 코스튬 플레이를 해야 하기 때문입니다."

"그래. 지금은 코스튬 플레이를 해야 하기 때문이 아니라. 넌 갑자기 중간에 끼어들지 마라."

세희 때문에 이상한 말을 하고 말았다. 랑이가 머리카락으로 물음표를 만들며 손으로 볼을 콕 찌르며 물었다.

"고스튬 푸래이? 그게 무엇이느냐?"

나도 잘은 모른다. 슬쩍 나래에게 시선을 보낸다. 모르는 눈치다. 치이를 보았다. 고개를 휙 돌린다. 결국 처음으로 말을 한 당사자에게 묻는 수밖에 없었다.

"그게 뭐냐?"

"역할극입니다."

세희는 알기 쉽게 설명해 주었다. 이 정도면 랑이도 알겠지.

"모르는 단어가 너무 많으니라."

제가 랑이를 너무 우습게 봤습니다. 이걸 뭐라고 설명해야 랑이가 이해할지 고민하고 있는데 나래가 이어폰을 빼고 잘 어울리는 안경을 벗어 다리를 읽던 쪽 사이에 끼어 놓고 책을 덮었다.

"랑이는 탈춤 본 적 있어?"

자신이 아는 단어가 오랜만에 나와서 그럴까. 랑이가 나래의 허벅지에 두 손을 올려놓는 부러운 짓을 하며 몸을 앞으로 숙이고 고개를 들며 말했다.

"응! 본 적 있느니라! 막, 사람들이 이런 걸 쓰고 춤을 추곤 했느니라!"

랑이가 손으로 입과 눈을 우스꽝스럽게 늘리고는 밑으로 쪼르르 내려가서 두 팔을 쭉 펴고 덩실덩실 춤을 추기 시작했다. 그 모습을 보며 치이는 두 손으로 입을 막으며 조심스럽게 킥킥 웃었다. 야. 랑이가 귀여운 건 알겠지만 웃을 것까지는 없잖아.

"까우우. 랑이 님의 탈춤은 너무 우스운 거예요."

랑이가 깜짝 놀라 석상처럼 굳었다. 옆에 있던 세희의 눈매가 날카로워지는 것을 눈치채지 못한 치이는 자리에서 일어나서 어깨를 덩실덩실거리며 탈춤을 추기 시작했다.

"탈춤은 이렇게 추는 거예요."

지금 여러분은 힘만 있으면 제 나이 또래의 모습으로 성장할 수 있는 정신 연령을 가진 소녀가 어린아이의 탈춤이 엉망이라고 갑작스레 댄스 배틀을 열고 있는 상황을 관람하고 계십니다. 정신은 육체를 따라가는 것인가.

제3자의 입장에서 객관적으로 랑이와 치이의 탈춤을 비교해 보자면 치이가 낫긴 하지만, 오십보백보다. 모습이 귀여운 것이나 춤이 엉망인 것이나.

"으냐앗?! 아니다! 아니니라! 내가 더 잘 추느니라!"

치이에게 지지 않으려고 랑이가 동작을 크게 하며 춤을 춘다.

"아우우?! 제가 더 잘 춘단 말이에요."

저걸 춤사위 싸움이라고 해야 하나, 눈에 보이는 대로 재롱잔치라고 해야 하나 모르겠다. 어린 호랑이와 새끼 까치가 나름대로 온몸을 이용해 탈춤에 대한 개인적인 감상을 예술적으로 표현하는 걸 보고 있던 나래는 그 둘이 귀여워서 못 참겠다는 미소를 지으며 말했다.

"랑이야. 치이야."

랑이가 한쪽 발을 들어 올리고 두 팔을 뻗은 채로 다른 한 발로 콩콩 뛰며 몸을 돌린다.

"나래야. 내가 더 잘 추지 않느냐?"

이에 질 새라 치이도 머리카락까지 같이 파닥이며 자신의 춤을 뽐낸다.

"나래 언니. 제가 더 잘 추지 않아요?"

하지만 나래는 춤에 대한 평가 대신 꿋꿋하게 자기가 할 말을 계속했다. 나는 절대로 하지 못할 일이다.

"역할극은 지금 너희가 추는 탈춤하고 비슷해. 사람들이 극 중의 인물을 연기하며 노는 거야."

랑이가 춤을 추며 대답했다.

"아, 그런 것이로구나!"

"친절한 설명 감사합니다."

직무 유기 귀신이 나래에게 슬쩍 고개를 숙였지만 인사를 받는 사람은 별로 신경을 안 쓰는 눈치다. 시선이 랑이와 치이에게 똑바로 박혀 있는 걸 보니까.

"그러니까 둘 다 춤추고 싶으면 나가서 추렴. 방 안에서는 그러는 거 아니니까."

아무래도 방금 전에는 내가 잘못 본 것 같다. 귀여워서 못 참겠다는 미소가 아니라 화가 나는 걸 참지 못하겠다는 미소였던 것 같다. 나래의 뒤로 쿠어엉! 하고 울부짖는 곰의 환영이 보이는 걸 보니까. 그 환영은 랑이와 치이에게도 보였는지 샤사삭 하고 자기 자리로 돌아가 앉았다. 그러니까 랑이는 내 옆에, 치이는 내 발치에 말이야. 랑이가 내 팔목을, 치이가 내 발목을 붙잡고 부들부들 떠는 이유는 알겠지만 의지할 상대를 잘못 골랐다. 나도 나래의 손가락 하나에 방바닥에 굴러다녀서 꿈틀꿈틀거리는 입장이야. 그래도 기분이 나쁘지는 않아서 둘의 긴장을 풀어 주기 위해 슬쩍 세희에게 말을 건넸다.

"그래서 그 역할극이라는 걸 하고 싶다고?"

"겨우 제게 말을 걸어주시는군요. 이제야 이야기가 본론으로 돌아온 기분입니다."

내 생각에 너와 대화를 나누는 것은 이야기의 본론하고 거리를 멀리 떨어뜨리는 것과 같은 짓이다. 내게 있어서 이야기의 본론은 어떻게 하면 오늘 하루도 별일 없이 무사히 보낼 수 있을까 하는 운전기사 아저씨 같은 소망에 대한 것이니까. 그리고 나는 그런 식으로 따지면 랑이를 만나고 지금까지 크고 작은 사고를 너무 많이 일으켜서 인간면허박탈 신세일 거다.

"도련님이 말씀하신 대로 저는 주인님과 까치 님을 통해 추양섬인……."

"잠깐."

나는 세희의 말을 끊었다.

"너, 그게 뭔지 알고나 하는 소리냐?"

"물론입니다. 그런데 도련님은 어떻게 아십니까?"

"그, 그건……."

당했다. 친구 녀석이 준 종이 박스 안에 패키지가 들어 있어서 호기심에 해 봤다고는 말 못 해!

"남자의 비밀입니까. 알겠습니다. 그러면 마법 소녀 에이는 어떠십니까?"

모르는 이름이었지만 내 야성의 감이 경고한다. 지금 말한 거나 방금 전에 말한 거나 같은 분류의 게임이라는 것을.

하지만 지금 내 곁에는 행동력 넘치시는 내 소꿉친구 분이 계셨다.

"그게 뭐야?"

"여성의 몸을 탐하는 끈적끈적한 문어 다리로 유명합니다."

잠자코 이야기를 듣고 있던 나래가 가슴팍에서 국어대백과사전을 꺼내서 세희에게 던졌다. 세희는 가볍게 한 손으로 국어대백과사전을 내려쳤다. 그러자 짜잔!

[크허어엉!!]

국어대백과사전이 호랑이로 변해 나를 향해 포효하다가,

"크아아앙!!"

랑이가 이빨을 드러내자 지금 있는 곳이 명함도 못 꺼낼 곳이라는 것을 깨닫고 혼비백산해서 문 밖으로 도망치는 마술이 벌어졌습니다! 호랑이를 내쫓은 랑이가 화난 표정으로 말했다.

"누구 앞에서 성훈을 비실비실한 병든 닭 같다고 말하는 것이느냐!"

그렇다고 호랑이를 밖에 풀어 놓으면 어떻게 하냐고 말하려고 했지만, 창밖으로 바둑이가 호랑이를 잡아서 발로 누르자 다시 국어대백과사전으로 변하는 모습이 보여서 관뒀다.

……집에 가고 싶어진다.

"너, 아까부터 이상한 이야기를 하고 있던 거야?"

나래야! 넌 신경 좀 써 줘라! 우리 소꿉친구잖아! 그런데 왜 나만 방금 일어난 일에 신경 쓰는 거야? 방금 전에 호랑이 한 마리가 집 밖으로 뛰쳐나갔다니까요? 내가 그런 게임을 한 게 그것보다 중요한 일은 아니잖아요?!

중요해.

중요한 것 같습니다.

"꿈과 희망과 정욕이 넘치는 게임이니 그리 이상한 이야기는 아닙니다. 사내라면 누구나 한때 관심을 가지니까요."

웬일로 세희가 괜찮은 말을……

"하지만 방금 전에 말한 것은 상당히 마니악한 게임의 타이틀이었는데 도련님께서 알고 계셔서 저도 조금 놀랐습니다."

할 리가 없지. 세희의 악의적인 말에 나래의 화살이 나를 향했다.

"넌 그걸 어떻게 알아?"

나는 살아남기 위해 친구를 팔아먹기로 했다.

"친구가 줬습니다."

"그래서 했고?"

"……예."

진실은 언제나 고통을 동반하는 법이지. 훗. 나는 얼얼한 옆구리를 핥으려는 랑이를 떼어 놓기 위해 애쓰며 세희에게 항의했다.

"그런 걸 랑이하고 치이에게 시키겠다는 거냐?"

"그럴 리가 있겠습니까? 당연히 농담입니다."

방금 전에 네 녀석의 농담 때문에 일어난 일을 말해 보면 호랑이의 무단 도주, 나래의 옆구리 꼬집기, 랑이의 옆구리 핥기 시도, 내 정신의 피폐다. 피해에 대한 보상은 해 줄 생각도 하지 않고 세희는 말을 이었다.

"제가 하고 싶은 역할극은 방금 본 만화의 것입니다."

세희는 말을 끝내는 것과 동시에 소매 속에 손을 넣어서 옷 세 벌을 꺼냈다. 하나는 나풀나풀해 보이는 분홍색과 흰색이 예쁘게 어울려진 옷이었고, 하나는 몸에 딱 달라붙는 매끄러워 보이는 재질의 레오타드 같은 옷. 나머지 하나는 찢겨진 천을 이어 붙인 건가 의심이 들 정도로 노출도가 높은데 망토가 붙어 있는 옷이었다. 그런데 왜 세 벌이지? 노출도 높은 옷은 사이즈가 커 보이니까 자기가 입을 생각인가? 하지만 저런 옷을 세희가 입게 되면 가ㅅ…….

"도련님께서 입으실 옷입니다."

입이 먼저 움직였다.

"싫다. 내가 미쳤냐."

"저도 미치지 않았기에 스스로 제 두 눈을 파고 싶은 생각은 없습니다."

말을 참 예쁘게 해 주십니다.

"그럼 뭔데?"

"이 옷은 나래 님께서 입으실 옷이니까 미리 마음의 준비나 해 두시지요."

갑작스럽게 불똥이 튄 나래가 얼굴을 찌푸리며 말했다.

"내가 왜?"

"상관없지 않습니까. 지금 나래 님께서 입고 계신 옷이나 제가 꺼낸 옷이나 천의 총면적은 비슷합니다."

그렇게 생각하니까 또 그러네. 세희가 꺼낸 옷은 망토 덕분에 의외로 면적이 넓었고, 나래가 입은 옷은……. 고개를 돌리니 보인 것은 주먹이었다.

"컥?!"

"음흉하게 뭘 보는 거야, 이 변태!"

오해입니다. 저는 단지 옷의 총면적량을 계산하기 위해서 고개를 돌린 것뿐이라고요. 물론 이 변명이 내 입에서 나오는 일은 없었다.

"오, 오라버니. 괜찮은 거예요? 빚 다 갚기 전에 죽으면 안 되는 거예요."

"얘는? 그냥 평소보다 조금 세게 쳤을 뿐이야."

너 빨리 안 일어나?! 아파할 자유도 없는 것 같다. 나는 아직도 속이 울리는 몸을 추스르며 일어나 앉았다. 그제야 치이도 조금 안심이 되었는지 휴 하고 안도의 한숨을 내쉬고는, 내가 걱정해 줘서 고맙다는 뜻으로 바라보고 있다는 사실을 깨닫고 볼을 붉게 물들이며 머리카락을 파닥였다.

"아, 아우우! 재수 없는 거예요! 왜 그런 눈으로 절 보는 건가요?"

……아, 이건 상처 받았다.

"내 눈이 뭐 어쨌다고."

"범죄자의 눈인 거예요. 저를 자기 방으로 끌고 가서 저 옷들을 입힌 다음에 이상한 짓을 하려던 로리콘의 눈이었어요!"

내가 그랬으면 랑이의 눈은 먹이를 노리는 매의 눈이라고 할 수 있겠다. 지금까지 랑이가 아무 말도 하지 않고 가만히 있던 것은 세희가 꺼낸 옷에 정신이 팔려 있기 때문이었다. 방금 전까지 본 만화가 상당히 재미있었는지 분홍색 옷에서 시선이 떨어지지 않고 있다. 꼬리를 연방 물결처럼 살랑거리고 귀는 쫑긋쫑긋. 눈동자에는 반짝이 풀을 뿌려 놓은 것 같고 입에는 수도꼭지를 안 잠근 것처럼 침이 질질질……. 야.

"입 다물어라, 이 녀석아."

나는 손수건을 꺼내 랑이의 입가를 닦아 주었다. 그제야 정신을 차린 랑이가 벌떡 일어나더니 분홍색 옷을 손가락으로 가리키며 말했다.

"나 이거 입어 보고 싶으니라!"

그럴 줄 알았다.

"치이는 이 옷을 입도록 하여라. 그리고 아까 본 것처럼 나와 투닥투닥하자꾸나."

"아우우?"

치이가 머리카락을 파닥이며 당혹스러워하는 기색을 숨기지 못했다. 그 속내를 어느 정도는 알 것 같다. 분홍색 옷보다 검은색 옷이 노출도가 높은 것이 첫 번째고, 저걸 입고 랑이와 한판 붙어야 한다는 게 둘째겠지. 아니면 그 반대려나. 만화에서는 분홍색 옷을 입은 여자애가 검은색 옷을 입은 여자애를 이상한 카드를 이용해서 무자비하게 박살 내 버렸단 말이다.

"그리고 나래 님께서는 악의 여간부 같은 이 옷을 입는 것이지요."

옆에서 세희가 랑이를 지원 사격했다. 흠. 그러고 보니까 나래가 저런 옷을 입으면 상당히 잘 어울리겠는데? 옷 자체가 선으로 되어 있어서 여러 가지로 보는 사람의 정신을 빼앗아 버릴 것 같다. 그리고 그런 옷을 입는 바람에 얼굴이 붉히며 몸을 비비 꼬고 부끄러워하는 나래는…….

"괜찮네."

아차. 실수다. 그 모습을 상상하다 보니 생각이 입 밖으로 튀어나와 버렸다.

"헤에."

옆에서 나래가 눈을 가늘게 뜨며 나를 노려본다.

"성훈아."

"옙."

등을 꼿꼿하게 피며 대답한다.

"만약에 랑이가 울며불며 조르면 나도 어쩔 수 없이 저걸 입어 주게 될 거야. 그런데 그 때는 말이지."

나래의 손이 내 왼쪽 가슴에 와 닿았다. 어머나.

"베니스의 상인이라는 소설 알지?"

이러다 귀한 자식 살점이 뜯기겠습니다, 어머니.

"제 심장에서 가장 가까운 살 1파운드를 잘라 가시겠다는 겁니까?"

"내가 왜?

휴. 다행이다.

"피까지 포함해서 10파운드를 뜯어 줘야지."

눈에서 광택이 사라진 나래는 그야말로 세희보다 더 인간답지 않아 보였다. 나는 잽싸게 머리를 굴렸다. 살아남는 방법을 생각해라. 랑이의 흥미를 다른 곳으로 돌리며 원만하게 해결할 수 있는 방법을! 랑이는 지금 역할극을 하고 싶어 한다. 그렇다면 다른 역할을 시켜 주면 되는 거다. 랑이가 관심을 가질 만한 것으로. 그래! 딱 좋은 것이 있었다. 나를 골탕 먹이려는 세희에게 역전 홈런을 날릴 수 있는 것이 말이다.

"랑이야."

"왜 그러느냐?"

"그거 말고 우리 소꿉놀이하지 않을래?"

"소꿉놀이?"

랑이가 말투도 바꾸는 것을 잊고 내게 물어 왔다. 호랑이가 덫에 걸려들었구나! 옆의 치이도 랑이의 반응에 안심이 되었는지 아우우~, 하고 가슴을 쓸어내린다.

"그래, 소꿉놀이. 이건 진~짜 재미있어."

"무엇이기에 그리 재미있는 것이느냐?"

나는 흥미를 보이는 랑이에게 소꿉놀이에 대해 설명해 주었다. 처음에는 귀만 기울이던 랑이는 이내 고개를 끄덕이며 응, 응! 하고 반응을 보이더니 설명이 끝날 때쯤에는 내 앞에 무릎을 꿇고 앉아서는 내 허벅지 위에 두 손을 올려놓고 밤하늘의 별과 똑같이 반짝이는 호박색 눈동자로 나를 바라보며 말했다.

"하고 싶다!"

성공이다. 훗. 어떠냐. 나는 세희를 바라보며 의기양양한 미소를 지었다. 내가 이런 사람이다. 네놈의 술수에 당할 것 같냐? 그런데 세희의 반응이 뭔가 이상하다. 한 방 먹었다는 기색 없이 방금 전에 꺼내 놓았던 옷들을 소매 안에 집어넣으며 입꼬리를 슬쩍 올린 것이다.

"계획대로군요."

"뭔 소리야."

대답은 랑이가 해 주었다.

"그러면 성훈이가 내 남편이니라!"

"……에?"

잠깐, 잠깐만. 거기서 왜 갑자기 내 이름이 튀어나와? 자기 혼자 신이 나서 방방 뛰는 랑이를 멍하니 보고 있는데 이 녀석은 내 반응은 신경 안 쓰고 자신만의 세계에 빠져들었다.

"그리고, 그리고! 치이가 첫째고 나래가 둘째고 세희가 막내이니라!"

랑이의 선언에 세희를 제외한 모든 이가 말을 잃어버렸다. 그런 가운데에서 나는 깨달았다. 세희가 진짜로 노린 것이 무엇인지.

무, 무섭다. 도대체 이 녀석은 몇 수 앞을 내다보는 거냐. 이미 내가 소꿉놀이를 하자고 한 이상 랑이를 말릴 수 있는 정당성이 내게는 없다. 나는 급하게 나래에게 도움을 요청했다. 나래도 고등학생이 되서 소꿉놀이를 하는 것은 꺼림칙한지 나를 한 번 쏘아보고는 침착한 어조로 랑이에게 말했다.

"저기, 랑이야. 성훈이는 그렇다 치고 나는 왜 해야 하는데?"

혼자 살아남을 생각이었냐?! 내가 왜 너까지 신경 써 줘야 하는데? 그, 그러지 마시고요. 자업자득이야. 이런 눈빛 대화를 나누고 있는 사이에 랑이가 머리카락으로 물음표를 만들며 말했다.

"응? 나래는 나하고 같이 노는 게 싫은 것이느냐?"

나왔다. 랑이의 애원하는 눈망울 글썽글썽 공격. 저걸 당하면 아무리 나래라도 딱 잘라 거절할 수 없다. 나래는 그 시선에 곤란해하며 두 손을 흔들었다.

"아니야. 그런 건 아닌데 난 고등학……."

"싫은 것이느냐? 나, 나하고 노는 것이 싫은 것이느냐?"

두 번은 못 버티는 것 같다.

"아니야. 나도 좋은걸. 같이 놀자."

후우, 하고 깊은 한숨을 내쉰다.

"와아! 나는 나래가 정말 좋으니라!"

랑이가 나래의 품에 안겨들었고 상냥한 마음씨를 가진 소꿉친구는 새끼 호랑이의 털을 쓰다듬어 주었다. 바라보기만 해도 훈훈해 보이는 광경이지만 나래가 노려보는 게 '너 때문에 나까지 이렇게 됐으니까 넌 나중에 죽을 줄 알아.' 라는 뜻으로 읽히기에 등골이 서늘해졌다.

"아, 아우우. 저는 당연히 해야 하는 건가요."

……네가 여기 있는 요괴들 중에서 제일 발언력이 낮은 거 알고 있냐.

세희의 노림수대로 내가 남편, 랑이가 아내, 나래, 치이, 세희가 딸인, 말도 안 되게 이상한 소꿉놀이가 시작되었다. 그 시작과 함께 세희는 내게 양복 한 벌을 주고 안방에서 내쫓았다.

"왜?"

"역할극이니 그에 걸맞은 옷을 입어야지요."

"우리 아버지는 집에서 팬티 한 장만 입고 있는데."

"벗으셔도 됩니다."

나는 군말 없이 내 방에 들어가서 옷을 갈아입었다. 난생처음 정장을 입는 이유가 소꿉놀이 때문이라니. 세상, 알다가도 모를 일이다. 그래도 어쩌겠냐, 입어야지. 여름용 양복을 입고 거울 앞에 서자, 평소보다 나이가 많아 보이는 내가 보였다. ……음. 좀 있어 보이는데. 그리 기분이 나쁘지는 않다. 익숙하지 않고 불편해서 자주 입고 싶지는 않지만. 나는 넥타이를 고쳐 메고 안방으로 향했다. 솔직히 세희가 나만 옷을 갈아입혔을 리 없으니 안방의 상황이 기대가 되는 게 사실이다. 나래하고 꼬마 애 둘은 무슨 옷을 입었을까? 아, 세희는 기대 안 한다. 그 녀석이야 평소 때처럼 검은색 한복을 입고 있을 테니까. 나는 문 바깥에서 조심스럽게 물어보았다.

"들어가도 돼?"

옷을 갈아입는 도중에 들어가면 그야말로 대형 참사니까. 나래의 주먹과 치이의 발차기가 쌍으로 날아올 거다. 그랬다가는 연약한 인간인 나는 황천행이라고. 잠시 안에서 대답을 기다려 보는데 아무 말도 없이 뭔가 열심히 부스럭거리는 소리가 들린다. 훗. 이럴 때 들어가는 것은 자살행위지. 대답이 나올 때까지 기다려야 한다.

"아우우! 기, 기다리는 거예요!"

치이의 당황한 목소리가 이제야 들려왔다. 내 생각은 틀리지 않았다. 그런데 왜 내가 잘못했다는 생각이 드는 거지. 죽는 한이 있어도 여닫이문을 힘껏 열어젖히는 게 내가 해야 할 일이 아니었을까. ……아니, 그래도 저는 살고 싶으니까요.

그건 그렇고 꽤 시간이 걸리네. 도대체 무슨 옷을 입기에 그래?

"성훈아!"

안에서 랑이의 목소리가 들려왔다.

"들어와도 되느니라. 아! 들어올 때는 꼭 다녀왔소~라고 말해야 하느니라!"

……그런 설정인가 보다. 뭐, 어떠냐. 이왕 이렇게 된 거

랑이에게 맞춰 놀아 주는 것도 나쁘지 않겠지. 나는 허탈감을 가득 담은 한숨을 내쉬고 문을 열었다.

"다녀왔……소?"

뭐야, 이거.

먼저 눈에 들어온 건 해맑은 미소를 지으며 나를 맞이해 준 랑이었다. 평소와 다른 점은 흰색 앞치마 하나를 걸쳤다는 것뿐인데 오늘따라 왜 이렇게 귀여워 보이는지 모르겠다. 앞치마에 새끼 호랑이가 뒹굴거리는 그림이 있어서일까. 아니면 앞치마에는 알 수 없는 마력이 있는 것일까. 그것도 아니라면 평소에 옷으로 가려진 어깨가 드러나 있기 때문일지도 모르겠다. ……응? 이 녀석도 나처럼 다른 옷을 입었나?

"어서 오너라."

그런 것에 신경 쓸 때가 아닌 것 같다.

"아, 아빠. 어서 오시는 거예요."

그 뒤에는 치이가 우물쭈물 손을 꼼지락거리며 서 있었다. 한복이 아니라 화사해 보이는 유아복을 입고 머리에는 예쁜 머리핀까지 한 평소와 다른 모습에 살짝 가슴이 뛰었다. 치이가 귀엽고 사랑스러운 건 알고 있었지만 이렇게 옷만 바꿔도 분위기가 많이 달라지는구나. 그 옆에는…….

아, 잠시 뇌가 새하얗게 돼 버렸다. 그동안, 별의별 일을 다 겪은 나도 이런 일은 처음이었다. 그만큼 눈앞에 일어나 있는 일은 충격적이었다.

"쭈쀼쭈쀼."

세희의 모습이 상상을 초월했으니까! 아기 옷을 입고 입에는 모형 젖꼭지에 흰색 턱받이까지 하고서 천장에 호랑이 모형이 달려 있는 침대에 누워서 딸랑이를 흔드는 모습이라면 이해가 될까?! 나는 목구멍에서 뛰쳐나오려는 욕설을 랑이와 치이가 있다는 사실 하나만으로 초인적인 인내심을 발휘해 참았다.

"……넌 뭐하냐?"

세희가 일어나 앉으며 말했다.

"주인님께서 갓 태어난 아기를 연기하라고 하셨습니다."

나는 랑이를 보았다.

"응?"

두 눈을 깜빡깜빡. 다시 세희를 본다.

"옹알옹알."

지금 이게 말이 되는 짓거리냐?! 내 기분 같아서는 침대를 확 차 버리고 싶지만 참는다. 랑이가 시킨 일이니까. 저 녀석의 이상한 모양새는 신경 쓰지 말자. 이런 일이 한두 번이냐. 지금은 랑이와 놀아 주는 데 집중하자. 세희는 무시하고!

"랑이야."

평소와 같이 이름을 부르자 랑이가 두 주먹을 가슴 위로 들어 불끈 쥐며 고개를 저었다.

"랑이가 아니니라. 지금은 소꿉놀이 중이지 않느냐?!"

"그래서?"

옆에 앉아 있던 세희가 자신의 옆자리를 가리키며 말했다.

"이리 오셔야겠군요."

"오라버니도 제대로 말하는 거예요. 저도 기분 나쁜 걸 참고 아, 아빠라고 불러 주고 있잖아요?"

치이까지 가세한다. 싫으면 싫은 거지 왜 그렇게 머리카락을 파닥이는지 모르겠다. 평소보다 피부도 붉어진 상태로 눈도 제대로 마주치지 못하고 말이야. 그래도 세 녀석들이 소꿉놀이를 핑계로 내가 랑이에게 이상한 단어로 불러 주는 걸 바라니 과반수의 원칙에 의해 두 손을 들 수밖에 없겠지.

"오냐, 알았다. 하면 되잖아."

랑이가 마치 사랑하는 오랜 연인에게 프러포즈 받을 것을 기대하는 눈으로 날 올려다본다. 이렇게 부담스러운 시선이 또 어디 있겠어? 그래도 어쩔 수 없다. 이건 놀이다. 소꿉놀이다. 그 룰을 깨뜨릴 수는 없는 법이다. 그래서 나는 쑥스러운 것을 참기 위해 온 힘을 다하며 말했다.

"여, 여보."

그 단어에는 랑이를 그대로 멈추게 만드는 힘이 있었다. 아무리 소꿉놀이가 원래 그런 놀이라고 해도 부끄러워진 나는 랑이의 얼굴을 제대로 바라보지도 못했다. 그래서 랑이가 그 자세 그대로 뒤로 넘어가는 것도 보지 못했다. 쿵!

"꺄우우?!"

치이의 비명 소리가 들려 고개를 돌려 보니 랑이가 행복해하는 표정으로 땅에 쓰러져 있는 모습이 보였다. 제대로 넘어졌는데도 아픈 모습 하나 보이지 않고 행복한 표정으로 자신의 왼쪽 가슴을 두 손으로 누르고 있다. 아니, 지금 그런 걸 보고만 있을 때가 아니지.

"랑이야, 괜찮냐?"

"괘, 괜찮으니라."

치이가 거들어 주자 몸을 기대고 새빨개진 얼굴로 숨도 제대로 못 쉬며 말한다.

"이, 이것은 무엇이느냐? 너에게 여보라는 말을 듣는 순간 가슴이 크게 뛰어서 숨도 제대로 쉴 수 없었느니라. 너무너무 기뻐서 내가 어디에 있는지 무엇을 하고 있었는지도 모두 까먹고 마치 하늘에 붕 뜬 기분 같았느니라."

나는 머리를 짚었다. 아이고, 이 녀석아. 그런 부끄러운 말을 아무렇지 않게 해도 되는 거냐. 네 덕분에 가뜩이나 얼굴이 화끈거리는데 이제는 불이 나게 생겼다.

"그렇게 기분 좋은 거예요?"

치이의 질문에 랑이가 두 손으로 원을 만들며 대답했다.

"평소에 성훈이 안아 주는 게 이 정도로 기분 좋다면."

이제는 두 팔로 커다랗게 원을 그린다.

"이~만큼 기분 좋았느니라!"

……안 안아 줄까 보다. 그런데 이 녀석. 랑이가 팔을 크게 움직이면서 이제야 안 건데 너, 너! 다른 옷을 입은 게 아니라 벗은 거였냐?!

"그, 그런데 너 왜 옷은 안 입고 있어?!"

내 말에 랑이는 물음표를 만들며 되물었다.

"무슨 말이느냐? 옷은 보다시피 입고 있느니라."

랑이가 제자리에서 빙글 돌아 등을 보였다. 확실하게 바지는 입고 있다. 하지만 위에 보인 것은 새하얀 등과 묶여 있는 앞치마 끈밖에 없었다. 나는 계속 보면 뭔가 안 될 것 같아서 랑이를 다시 반 바퀴 돌리며 물었다.

"상의는?"

"지금 입고 있는 것이 상의가 아니고 무엇이느냐?"

랑이가 앞치마를 앞으로 잡아당기며 말했다. 시선의 각도로 인해 어쩔 수 없이 보이게 된 무엇인가에 대해서는 신경 쓰지 않기로 마음먹으며 말했다.

"그건 앞치마지 옷이 아니잖아!"

이상하게 소매 부분이 없다 했다! 지금까지 계속 앞만 봐서.

"그러하느냐?"

랑이가 고개를 갸웃거리며 말했다.

"하지만 이렇게 입는 것이 당연하다고 세희가 말했느니라."

나는 침대에 앉아서 옹알이를 하기 시작한 세희를 노려보았다. 세희는 내 시선을 태연하게 받아들이며 말했다.

"알몸 앞치마가 아니어서 죄송합니다, 아빠. 둘째 언니께서 심하게 반대하시는 바람에 말이죠."

나는 그 자리에 주저앉아서 머리를 짚었다. 아이고, 머리야. 나래가 있었는데도 완전히 말리지 못했다는 거냐. 그러고 보니까 나래는 어디 갔지? 아까부터 보이질 않는데, 세희가 또 무슨 짓을 한 건 아니겠지.

"그런데 나래는 어디 있냐?"

세희가 모형 젖꼭지를 입에 문 채 대답한다.

"둘째 언니는 반항기라서 지금 제 뒤쪽에 숨어 있습니다."

"……누가 반항기라는 거야. 네가 제멋대로 날 이렇게 만들어서 못 나가고 있던 거잖아."

목소리가 어리다. 같은 고등학생이라고는 생각되지 않을 만큼 앳된 목소리에 놀라고 있는데, 침대 뒤에서 걸어 나오는 나래의 모습에 한층 더 놀랐다. 그 모습은 확실히 기억 속에 남아 있었다. 나래가 어렸을 때, 한 7, 8년 전에 딱 저 정도 키와 체구를 가진 귀여운 여자아이였지. 지금보다 한층 더 까칠해 보이는, 얼핏 보면 신경질적으로까지 보이지만 그마저도 사랑스러운 외모와, 이제 막 자라나기 시작하는 모습이 보호 욕구를 일으키기에 충분한 귀여운 소녀였다. 분명히 내 기억 속에 있는 나래의 어렸을 때 모습과 판

박이다! 혼란에 빠진 나를 팔짱을 끼고 매섭게 올려다보는 나래와 똑같이 생긴 여자아이에게 나는 이렇게 말했다.

"엄마……는 어디 계시니?"

"익?!"

여자아이가 후다닥 달려들어 내 정강이를 걷어찼다. 어린 아이의 힘이라고는 볼 수 없는 강력한 일격에 나는 다리를 붙잡고 깡충깡충 뛰고 말았다.

"엄마는 무슨 엄마야?! 보면 몰라? 내가 나래잖아! 세희가 요술로 이렇게 만든 것 정도는 알아서 눈치채라고, 좀!"

눈물이 찔끔 나올 정도로 아파서 뭐라고 제대로 말도 못 하고 있는데 나래의 화는 아직 풀리지 않았나 보다.

"그리고! 내가 엄마면 난 몇 살에 애를 낳아야 하는데? 상대는 또 누구고?!"

다시 말하지만 나는 정신이 잠시 가출해 있었다.

"나?"

나래는 내 무릎을 지지대로 삼아 뛰어올라 내 턱에 니 킥을 날렸다.

내가 남편, 랑이가 아내, 치이가 첫째, 작아진 나래가 둘째, 세희가 셋째라는 설정의 소꿉놀이라는 것을 머리가 아닌 가슴으로 이해하는 데 약간의 시간이 걸리고 말았다. 나래가 작아진 것과 세희의 충격적인 모습 때문에 정신이 나가 버렸기 때문에 어쩔 수 없는 일이었다.

"우……."

그러니까 너무 그렇게 뚱해 있지 마라.

"처음부터 다시 해야 하느니라. 너무 일이 이상하게 되었으니 처음부터 다시, 다시다!"

대충 여기서 끝낸다는 선택지는 없는 거냐.

"성훈이는 다시 나가서 들어오거라!"

앉아 있는 내 손을 잡고 바깥으로 질질 끌어내려는 랑이의 노력이 눈물겨워서 슬쩍 일어나 주었다.

"알았어."

방문을 나서려는데 랑이가 뒤에서 부른다.

"아, 그런데 성훈아."

"왜?"

부를 때의 기세는 어디 갔는지, 랑이는 두 팔을 교차해서 붙잡고 몸을 비비 꼬며 말했다.

"저기, 그, 여, 여보라는 말은 하지 말거라. 그건 나중에 정말로 너의 지어미가 되었을 때 들어야 할 말인 것 같으니라."

그 기특하고 귀엽고 사랑스럽고 어른스러운 말에 랑이를 끌어안고 뽀뽀를 해 주려고 했지만 뒤에 서 있는 어린 나래의 날카롭게 추켜 올라간 두 눈썹에 이성을 되찾을 수 있었다.

"으, 응."

재빨리 문을 닫고 나가려는데 뒤에서 세희의 목소리가 들려왔다.

"로리콘."

할 말이 없습니다.

그렇게 해서 나는 다시 방문을 앞에 두고 서 있게 되었다. 나란 남자, 발전 없는 남자. 젠장. 나는 헛기침을 했다.

"흠! 다녀왔소~."

"어서 오너라~."

랑이가 문을 열고 나를 맞이해 준다. 그런데 문 앞에서 비킬 생각을 하지 않는다. 뭘 하려나 보고 있자니 랑이는 뭔가 골똘히 생각하다가 헤헤, 하고 웃음을 흘리고 꼬리를 움직였다. 아무것도 없던 꼬리에 책 한 권이 생겨났다. 표지에는 치이가 혀를 내밀고 있는 그림이 있었고 나와 호랑이님 2권이라고 제목까지 적혀 있다. 2권까지 나온 거냐? 저런 책의 속편이 나와도 괜찮은 거야? 문제는 그런 불쏘시개용으로 적당한 책을 랑이가 읽고 있다는 것이다. 세희 저 자식이 저기에 무슨 글을 썼을지는 안 봐도 뻔하다. 나는 랑이의 심성보호를 위해서 책을 뺏으려 했지만 내가 놀라고 있는 사이에 이미 때를 놓친 것 같다. 랑이는 책을 다시 꼬리로 받아들고 사라지게 만든 다음,

"오늘 하루 수고하였느니라."

라고 말하며 두 손으로 하트를 만들어 자신의 가슴에 대

며 말을 이었다.

"내 사랑으로 오늘 하루의 피곤을 모두 잊으면 되느니라~!"

……세희야. 잘했다. 정말 잘했다. 거짓말 안 하고, 진심으로 천진난만하게 하트를 그리며 애교를 떠는 랑이의 모습에 그동안 고생했던 모든 일들이 깡그리 잊혀 갔으니까. 나는 랑이의 볼을 쓰다듬어 주며 말했다.

"고마워. 덕분에 기운 났다."

"어, 어?"

이런 반응은 예상외였는지 랑이가 퐁하고 볼을 붉히더니 두 손을 꽉 쥐고 어찌할지 몰라 우왕좌왕한다. 그런 모습도 귀엽다고 생각하는 순간.

"성훈 **파파~.**"

나래가 달려와서 높이 뛰어올랐다. 나는 반사적으로 나래를 받아 주었고 내 귀에 입을 가까이 댄 설정상 둘째 딸이 속삭여 왔다.

"죽고 싶어요?"

등에 소름이 돋았습니다. 어디의 딸이 아버지한테 협박을 하나요. 가정이 무너지고 사회가 무너져야 가능할 것 같은데. 그에 비해 식은땀을 흘리게 만든 장본인은 만면에 미소를 지으며 슬쩍 나와 거리를 벌리며 말했다.

"엄마한테 한눈팔면 싫어요, 파파. 파파는 나래 거야."

……이런 나래의 모습은 기억에 있다. 그래. 나래가 어렸

을 때는 분명히 심각한 파더콘이었지! 그래서 매일 파파, 파파하면서 아저씨를 따라다니곤 했다고. 그런데 왜 갑자기 이렇게 된 거야? 나는 이 사태를 방관하고 있는 세희에게 물어보았다.

"야."

"응애응애."

입으로 소리 내지 마라.

"이건 무슨 일이야?"

"몸을 좀 **억지로** 어리게 만들다 보니까 그 부작용이 이제야 나타난 것 같습니다. 걱정 안 하셔도 됩니다. 좀 있으면 그에 대한 부작용으로 잠드실 테니까요. 영원히."

"그게 어떻게 걱정 안 할 일이냐!!"

"농담입니다. 한숨 푹 주무시고 일어나면 원래대로 돌아오실 겁니다. 제 실수로 일어난 일이니 책임져 주시기 바랍니다."

"일은 네가 저질러 놓고 책임은 왜 내가 지는지 모르겠다."

"그것이 부모입니다, 아빠."

말끝에 아빠라는 말만 붙이면 아이가 되는 게 아니야!

"파파, 한눈팔지 말랬지?"

나래가 내 볼을 꼬집는다. 아야얏, 아프다.

"나래야! 그만하고 성훈에게서 내려오거라!"

오, 그래도 랑이가 나름대로 엄마의 역할을,

"거긴 내 자리이니라!"

해 줄 리가 있겠냐. 어찌되었건 이러다가 싸움이라도 벌이면 큰일이기에 나는 나래를 내려놓았다. 그런데 치이 녀석은 어디서 뭘 하나? 치이는 소꿉놀이가 그리 재미없는지 조금 멀찌감치 떨어져 앉아서 이쪽을 살펴보며 가만히 앉아 있었다. 저 녀석, 아직도 잘 놀지를 못하네. 이런 건 적극적으로 놀아야 재밌는 건데. 그래서 나는 치이에게 손을 내밀었다. 내 행동에 놀랐는지 고개를 휙 돌린다. 그래서 머리카락이 파닥이는 것이 훨씬 잘 보였다.

"치이야. 아빠 왔으니까 인사해야지."

"아, 아우우. 인사는 아까 한 거예요."

나는 빙긋 웃어 주고 두 팔을 벌린 채 가만히 있었다.

"재수 없게 웃지 마세요."

그러면서도 치이는 조심조심, 시선을 마주치지 않고 조금씩 조금씩 내게 다가와 줬다. 그리고 내 손이 닿을 거리에서 힘겹게 나와 시선을 맞추고는 재빨리 고개를 숙이고 기어들어가는 목소리로 말했다.

"다녀오셨어요, 아빠."

아이고, 이 귀여운 것!! 나는 오빠와 아버지의 마음으로 치이를 꽉 끌어안아 들어 들썩들썩거려 주며 내 마음을 가득 담아 치이의 볼에 얼굴을 비볐다.

"꺄우우?! 하, 하지 마세요! 그만하란 말이에요! 기, 기분 나쁜 거예요!"

모른다. 그런 건 모른다고. 품 안에서 바동바동거리면서 반항하는 치이를 힘으로 누르고 마음껏 보들보들한 볼의 감촉을 맛보는 것에 정신을 팔린 나는 나래와 랑이가 매서운 눈으로 치이를 노려보는 것을 눈치채지 못했다.

"으냐아……. 성훈이는 내 지아비인데 치이가 뺏어 갔느니라."

"성훈이는 내 파파인데 치이가 독점하고 있네? ……용서 못해."

"꺄우우?! 오, 오라버니! 저 이러다가 랑이 님하고 나래 언니한테 죽는단 말이에요!"

안 들린다, 안 들려.

감동의 부녀 포옹이 끝난 뒤, 나는 평소와 같이 소파에 앉았다. 소꿉놀이라고 해도 뭐를 할지 정해져 있는 것도 아니니까. 아, 내가 말을 잘못했다. 무엇을 할지는 이미 정해져 있었다는 것을 랑이가 다시 책을 꺼내 읽는 것으로 알 수 있었다.

"에……. 그러니까…… 응. 이해했느니라!"

랑이가 귀여운 콧김을 내쉬고 의욕이 넘치는 눈으로 나를 보며 말했다.

"성훈아! 나는 저녁을 준비해 오겠느니라!"

소꿉놀이에서 빠지지 않는 요리 말인가. 어렸을 때도 많이 하곤 했지. 진흙을 동그랗게 말기도 했고 나뭇잎을 돌로 찍어 즙을 내기도 했었다. 그런데 그런 걸 하려면 밖에 나가야 할 텐데? 방 안에서 할 수 있는 게 아니잖아? 내 생각대로 랑이는 방 안에서 뭔가를 할 생각이 없었다.

"잠깐만 기다리거라. 내가 맛있는 저녁상을 차려 오겠느니라!"

그 말과 함께 랑이는 문을 열고 네 발로 밖을 향해 달려 나갔다. 밖을 보니 아름드리 산을 가로지르는 흰색 섬광이 스쳐 지나가고 있었다. 어디까지 가려고.

"휴우……."

그래도 일단 랑이가 나갔으니 잠깐만 쉬어 볼까.

"파파."

그건 제 희망 사항이라는 거죠.

"응?"

어느새 내 옆에 다가온 나래에게 대답한다. 나래는 아무 말 없이 내 무릎에 올라타서 내 목에 두 팔을 두르며 천사 같은 미소를 지으며 말했다.

"엄마하고 이혼하면 안 돼?"

……이거 소꿉놀이 맞지? 어디의 드라마 아니지? 나는 지끈거리는 머리를 손가락으로 누르며 말했다.

"갑자기 왜 그래?"

"나 파파가 무지무지무지 좋으니까 이혼하고 나하고 결혼하자, 응?"

이걸 심리학적으로 무슨 콤플렉스라고 한 것 같은데 기억이 나지를 않는다. 그리스 신화를 좀 더 잘 읽어 둘 걸 그랬나. 나는 무서운 소리를 아무렇지 않게 하는 나래의 등을 쓰다듬으며 말했다.

"그런 말 하는 거 아니야."

"하지만 난 파파가 세상에서 가장 좋은걸."

그런 말은 평소에 해 줬으면 합니다. 진짜로요! 나는 피눈물을 흘리며 나래가 도대체 언제 잠드는지 물어보기 위해 세희에게…… 응? 세희는 어디 갔지? 침대 위에 있을 거라는 내 예상과는 다르게 세희는 방 안을 엉금엉금 기어 다니다가 나와 눈을 딱 마주쳤다.

"뭘 봅니까. 애가 기어 다니는 거 처음 봅니까? 아니면 제가 기어 다닌다고 무시하는 겁니까?"

"기어 다니는 애가 그렇게 말 잘하는 건 처음 본다."

"로봇을 조종하는 아기도 있는데 뭐가 문제인지 모르겠군요."

그건 어디의 횡스크롤 액션 게임이냐. 지금 중요한 건 그게 아니지만.

"파파, 한눈팔지 말라니까?"

아야얏. 어려져도 손의 힘은 그대로인 것 같다.

"그리고 나 저 가슴 작은 여자 싫어. 내쫓으면 안 돼?"

"가정교육을 제대로 못 받은 티를 내는 건 여전하시군요."

"우리 파파는 멍청하니까 어쩔 수 없잖아?"

나래가 볼을 부풀리며 세희에게 화를 낸다. 그런데 왜 내 마음이 아파지는 걸까.

"그래도 난 파파가 좋으니까 괜찮아."

병 주고 약 주는구나. 그래도 그런 말을 해 주는 게 고마워서 품에 꼬옥 안아 주자, 나래는 내 품에 얼굴을 기대고 있다가 잠시 후, 쿨~ 하고 잠에 들어 버렸다. 다행이라면 다행이다.

그 때.

"다녀왔느니라!"

저녁을 준비한다고 산천초목을 향해 달려 나갔던 랑이가 방으로 돌아왔다. 그 작은 어깨에 커다란 멧돼지 한 마리가 묶여진 통나무를 들쳐 메고 있었다.

……응? 랑이는 증기 기관차처럼 콧김을 흥흥 내쉬며 말했다.

"오늘 저녁은 돼지 통구이니라!"

나는 살아생전 멧돼지의 눈동자가 저리 순수하게 반짝일 수 있다는 것을 오늘 처음 알았다. 멧돼지가 내게 말을 걸었다. 살려 주세요. 산속에는 제가 돌아오기를 기다리는 어린 자식들과 집돼지 같은 마누라, 어금니 빠진 늙은 노모가 계십니다. 물론 내 상상이다. 소꿉놀이를 하다가 밖에서 멧돼지를 잡아 와서 통구이를 해 먹자는 랑이의 행동에 당황했나 보다.

"랑이야. 이건 놀이잖아. 저녁을 준비하는 놀이를 하는 거지 정말로 준비하는 게 아니야. 그러니까 그런 걸 잡아 오면 놀이가 안 돼."

숙면에 한창이신 나래를 대신해서 내가 랑이를 가르쳐야 했다. 랑이는 내 말이 잘 이해가 안 되었는지 고개를 왼쪽 오른쪽, 좌우로 흔들거리다가 아! 하고 고개를 끄덕여 주었다.

"아! 그런 것이었느냐? 알겠느니라! 성훈이가 그리 말한다면 같이 놀 수 있는 아해를 데려오겠느니라."

제대로 이해시켜 주자. 보아하니 멧돼지로는 놀 수 없다고 받아들인 것 같으니까. 하지만 랑이는 내가 말을 꺼낼 틈도 주지 않고 다시 바람같이 문 밖으로 사라졌다.

"이 놀이는 도대체 언제 끝나는 건가요, 오……, 아우우, 아빠."

치이가 슬쩍 내 옆에 앉으며 묻는다. 나래가 쿨쿨 잠들어서 다행이다. 깨어 있으면 치이가 올 생각도 하지 못했겠지만.

"왜, 재미없어?"

"재미없는 거예요."

동감이다. 나도 랑이가 저렇게 즐거워하지 않았다면 진작 그만뒀을 거야. 치이가 입을 삐쭉 내밀며 말한다.

"차라리 전에 아빠랑 같이 둔 장기가 훨씬 더…… 앗차!"

치이가 두 손으로 입을 가리며 머리카락을 파닥인다. 그런데 어쩌냐. 이미 다 들었는데.

"전에는 재미없다며?"

"아우우……. 제 말은 그러니까……."

치이는 관자놀이에 손가락을 대고 말을 고른 후 대답했다.

"그런 거예요! 소꿉놀이보다는 재미있다는 말인 거예요! 비교, 비교형인 거예요!"

그 짧은 순간에 잘도 좋은 핑계를 생각해 낸 치이가 기특하기도 하고 귀엽기도 해서 머리를 쓰윽쓰윽 쓰다듬어 준다.

"아우우~."

얼굴이 풀어지며 살짝 눈꺼풀을 내리던 치이가 번쩍하고 눈을 치켜뜨더니 머리카락으로 내 손을 쳐 냈다. 안 아프다.

"갑자기 머리는 왜 쓰다듬는 건가요?!"

나는 농담을 섞어서 말했다.

"몰랐어? 내가 머리를 쓰다듬는 건 네가 좋으니까 안아 주고 싶다는 뜻인 거."

물론 거짓말입니다만 치이는 머리카락을 파닥이던 채로 멈춰 버렸다. ……왜 이래?

"치이야?"

손을 들어 보려는데 치이가 후다닥 뒤로 물러났다.

"꺄우우!! 저, 전 아직 그런 준비가 안 됐단 말이에요! 그런 건 제가 어른이 된 다음에나 하시라고요!"

치이가 날 어떻게 생각하는지 알 것 같다.

"야, 인마. 그런 뜻 아니거든? 내가 변태인 줄 아냐."

"로리콘 변태잖아요."

알고 있으니까 말하지 마라. 그래도 그 말은 농담인지 치이가 슬금슬금 다가와 내 옆에 다시 앉았다. 기분 탓인지 아까보다 조금 더 내 쪽으로 가까이 앉은 것 같은데. 치이가 살짝 혀를 내밀며 말했다.

"뭘 그리 빤히 보는 건가요?"

아, 나는 그냥 가까이 앉은 것 같아서 본 것뿐인데 치이는 정조의 위험을 느꼈나 보다. 그래. 지금이야말로 신사다운 모습을 보여 줄 때다. 그러면 치이도 말도 안 되는 걱정을 하지 않겠지.

"사랑스러워서."

치이가 붕 떴다. 표현도, 과장도 아니다. 진짜로 소파에서 앉은 채로 붕 떠서 다시 내려앉은 거다. 혈액 순환에 자신이 있는 듯 그 짧은 순간에 치이는 귀까지 빨갛게 돼서는 내 눈도 제대로 마주 보지 못하며 머리카락을 파닥였다.

"가, 갑자기 무슨 말인가요? 놀리지 마는 거예요! 갑자기 왜 그런 말을 하는 거예요?"

"글쎄다. 평소에 입고 다니던 옷이 아니어서 더 귀엽게 보이는 건가. 아, 이제 와서 하는 말이긴 한데. 옷, 정말 잘 어울려. 예쁘다."

"꺄우우?! 아빠는 철면피인가요? 어떻게 그런 말을 아무렇지 않게 할 수 있는 거예요?"

"너한테만 이럴 수 있는걸?"

만약에 상대가 나래라면 얼굴도 제대로 보지 못하고 기어들어가는 목소리로 말까지 더듬거릴 테고, 랑이에게 이런 말을 하면 도중에 굶주린 호랑이의 습격 체험을 하게 될 테니까. 하지만 치이는 여동생 같은 아이다. 그런데 이런 말을 하면서 부끄러워하면 그것도 이상하겠지. 그런데 치이, 요녀석은 아직 나를 오빠라고 생각하지 않는지, 아니면 솔직하게 행동하는 게 익숙하지 않은지 소파에서 벌떡 일어나서 문 쪽으로 걸어갔다.

"어디 가?"

"그, 그런 게 있는 거예요!"

목소리가 밝은 것으로 봐서 무슨 문제가 있는 건 아닌 것 같다. 뭐, 화장실이라도 갈 생각인가 보지. 나는 손을 흔들어 주었고 치이는 머리카락을 파닥이는 것으로 회답해 주었다. 치이가 나가고, 잠시 후.

"꺄우우!! 어떡해, 어떡해에~!!"

치이의 즐거움이 가득 찬 목소리가 울려 퍼졌지만 나는 모르는 척해 주기로 했다. 응. 치이라면 갑자기 고성방가를 해도 이해해 줄 수 있으니까. 그런데.

"넌 왜 그렇게 날 보고 있냐?"

"그렇게, 가 아닙니다, 아빠. 저는 지금 비 오는 날 숨이 막혀 땅 위로 나온 지렁이를 바라보는 것같이 아빠를 보고 있는 겁니다."

친절한 해설 감사합니다.

"그런데 랑이는 왜 이렇게 안 오는 거야?"

"아빠가 그런 말씀을 하셨으니 시간이 오래 걸리는 것뿐입니다. 걱정은 하지 않으셔도 됩니다."

누가 누굴 걱정한다는 건지 모르겠다.

"다만 주인님께서 놀이 상대로 어떤 영물을 선택할지 몰라 저도 약간은 걱정이……."

세희가 말을 하다가 말고 갑자기 안색을 굳혔다. 그 모습에 내가 더 깜짝 놀랐다. 세상에. 세희를 놀라게 할 일이 있다니. 내일은 드디어 세계 멸망의 날인가?!

"놀이는 그만해야 하겠군요. 생각보다 큰일이 난 것 같습니다."

두 발로 선 세희가 모형 젓꼭지와 턱받이를 하고 진지하게 말하는 모습은 우스꽝스럽게 보였지만 태도가 워낙 심각해서 난 웃을 수 없었다.

"왜? 무슨 일인데?"

"주인님께서 거물을 데려오신 것 같습니다."

"그런 걸 왜 데려와?"

날 놀려 먹을 여유도 없는지 세희는 내게 사실을 있는 그대로 설명해 주었다.

"주인님께서는 도련님의 어휘력 없는 설명으로 인해 당신의 기준으로 같이 놀 수 있는 영물을 데려오라고 이해하신 겁니다."

"그래서?"

"지금 잡아 오는 것이 바로……."

세희의 말은 끝을 이루지 못했다. 천지가 울리는 굉음과 함께 랑이의 영롱한 목소리가 울렸기 때문이다.

"성훈아! 나 용왕님을 잡아 왔느니라!!"

마루로 나가서 본 것은 리듬 댄스 게임기를 번쩍 들고 있는 랑이였다. 문제는 그 위에 손잡이를 잡고 있는 아름다운 여성이 있다는 것. 아마도 저 누님이 용왕님이신 것 같다. 용왕님은 나를 보고는 낮은 한숨을 쉬시며 한탄 섞인 말씀을 하셨다.

"……본좌의 힘이 정말 약해졌구나."

단군 신화에서 나오는 호랑이가 어린 소녀의 모습을 하고 있는데 동해 용왕님이라고 해서 여자의 모습을 하지 말라는 법은 없다. 기억 속에 있었던 할아버지 모습의 동해 용왕님들을 지워 버리고 그 자리에 어여쁘신 누님을 집어넣고 난 뒤 나 역시 한숨을 쉬었다.

"무, 무슨 일이에요?"

치이도 자기 방에서 나온 뒤 그 비현실적인 모습에 떡하니 굳어 버렸다. 나래가 깊이 잠든 게 다행이다. 이런 걸 보여 주고 싶지는 않으니까. 나는 지금까지 당한 여러 가지 일로 쌓은 평정심을 최대한 짜내서 세희에게 물어보았다.

"이거 괜찮냐?"

"……주인님께서 하신 일이니 용왕도 겉으로는 아무 말도 못 할 겁니다."

"속으로는?"

"제가 도련님을 처음 만났을 때와 똑같겠지요."

죽이려 든다는 말이군.

"내가 그런 짓을 할 것처럼 보였다면 불쾌하구나."

용왕님도 사람의 마음을 읽는 정도는 가볍게 하시는 것 같다. 죄송합니다, 용왕님. 제가 애들 교육을 제대로 못 시켜서 이 모양 이 꼴이 되었습니다. 용왕님이 상냥한 미소를 지으며 따사롭게 나를 내려다보시기에 나는 말을 행동으로 보여 주기 위해 랑이에게 손짓을 했다.

"왜 그러느냐?"

나는 대답 없이 다시 한 번 손짓을 했다. 랑이가 기계를 내려놓고 쪼르르 다가와서 내 앞에 선 순간, 난 손톱을 세워서 랑이의 귀를 꼬집었다.

"으냐아아아아아앗!!"

그렇게 랑이와 처음으로 한 소꿉놀이는 결국 대소동으로

끝나고 말았다. 아, 이건 말해 둬야지. 흠흠.

용왕 누님은 랑이가 제대로 원래 있던 곳에 돌려보내 드렸습니다. 세희와 저도 함께 가서 제대로 사과까지 하고 왔으니까 별문제는 없을 겁니다.

젠장. 무슨 소꿉놀이가 끝이 이래?! 내가 다시는 소꿉놀이 하나 보자.

“그럼 다음에는 병원놀이를 하도록 준비하겠습니다.”

“시끄러.”

다섯 번째 이야기

"그래서 병원놀이입니다."

"빠르다! 너무 빨라!"

복선 아니었냐? 그건 나중을 위한 밑밥 아니었어? 이렇게 하면 바로 전편에서 다음에는 무슨 이야기가 나올까 두근거리는 마음으로 책장을 넘긴 독자들을 우롱하는 거 아니야? 제가 지금 무슨 말을 하는지 모르겠지만 어쨌든 하늘에서 괴전파를 받았다고 생각해 주길 바랍니다.

"정신 오염 수치가 올라가고 있습니다, 도련님."

"네 말대로 병원놀이를 하면 더 올라가겠지!"

"도련님의 주사기를 주인님의 엉덩이에 쿡 찔러서 체내에서 생성된 누리끼리한 주입식 약물을……."

나는 세희에게 웅녀의 뼈 몽둥이를 휘둘렀다. 세희는 새끼손가락만으로 몽둥이를 받아 내며 말했다.

"절 죽이실 생각입니까?"

말과 행동이 안 맞거든?

"그렇게 싫습니까? 병원놀이라면 로리콘 오빠들의 꿈과 로망 아닙니까."

어린이 여러분. 그런 오빠들이 있으면 경찰서에 신고해 주세요.

"난 로리콘이 아닌데."

"그래도 꿈과 로망이라는 말을 부정하지 않으시는 걸 보니 도련님께서 가지고 계신 잡다한 성지식들이 어떤 매체를 통해 어떻게 쌓여졌는지 알 것 같군요."

어, 어쩔 수 없잖아?! 학교에서 하는 성교육으로는 수박 겉핥기식으로밖에……. 내가 지금 무슨 소리를 하는 거야. 나는 다시 본론으로 돌아갔다.

"어쨌든 안 돼. 절대로 안 돼."

병원놀이는 정말로 위험하다. 상황과 대상에 따라서 일이 어떻게 흘러갈지 모르는 일이라고. 세희가 말한 대로 될 가능성은 나래의 꼬집기가 아프지 않을 경우보다 적지만 나는 그 작은 경우의 수조차 허용하고 싶지 않다. 세상일은 내 마음대로 돌아가지 않으니까. 아니, 내가 생각하는 최악의 상황으로 흘러가는 경우가 많다. 이 귀신의 손에 의해서!

"춤추시겠습니까, 마리오네트?"

"누가 네 꼭두각시 인형이냐."

"매달려 있는 줄이 좀 더 두꺼워야 보실 수 있겠군요."

"농담은 그만두자."

"그러면 병원놀이를 하겠습니다."

내 의견 따위는 들을 생각이 없다 이거지? 하지만 나에게는 최강의 아군이 있다. 그렇다. 세희와의 말싸움에서도 지지 않고 상황에 따라서는 랑이에 대한 절대력까지 행사할 수 있는 소꿉친구 말이다.

"마음대로 해."

"호오?"

세희가 놀라는 시늉을 한다.

"단, 나래를 설득하면."

나름대로 절대로 가능하지 않은 일이라고 생각하며 말했는데 세희의 반응이 이상하다. 갑자기 입꼬리를 쓰윽 올린 것이다. 서, 설마?!

"어리석은 도련님. 아아, 머릿속에 든 것은 주인님의 허벅지와 뱃살과 엉덩이밖에 없는 도련님."

나는 도대체 얼마나 글러먹은 인간이냐.

"제가 도련님께서 그런 조건을 내밀 것을 모를 거라 생각하셨습니까?"

그 말은 벌써 나래를 설득했다는 말이냐?! 나래도 낀다고 생각하니까 갑자기 병원놀이를 하고 싶은 욕망이 마음속 깊은 곳에서 솟구쳐 올라왔다. 어쩔 수 없잖아. 나는 남자다! 17세의 건전한 성가치관을 가지고 있는 청소년이란 말이야! 솔직하게 말해서 병원놀이를 핑계로 나래의 크고 탄력 있으며 만지면 부드러울 것 같고 실제로도 부드러운 말랑말랑한 가슴을 진료하는 척……. 나는 망상을 그만두었다. 세희가 나를 비 온 날의 지렁이를 보는 눈으로 경멸하듯 쳐다보기 시작했으니까.

"아쉽습니다, 도련님. 지금의 경우에는 비 온 지 하루가 지나 내려쬐는 햇빛에 바짝 말라 비틀어져 버린 지렁이를 보는 시선이었습니다."

쓸데없이 자세한 시선이다.

"그래서 나한테 오기 전에 이미 나래를 설득했다는 거야?"

세희는 아무 말 없이 소매 안에서 한 장의 종이를 꺼내서 내게 보여 주었다. 그 종이에는 나래의 서체로 이렇게 적혀 있었다.

"나는 급한 볼일이 생겨서 잠깐 나갔다 **금방** 올 테니까 랑이하고 치이하고 잘 놀아 줘. 병원놀이를 하는 건 상관없는데 **그걸 핑계로 이상한 짓하면 죽는다고 생각해.**"

님은 갔습니다. 아아, 사랑하는 나의 님은 저를 헌신짝 버리다 못해 사뿐히 즈려밟고 가셨습니다. 저는 대동강의 흐르는 물이 마를 때까지 나의 님을 기다리겠습니다.

"현실 도피도 그 정도면 시에 대한 모독입니다, 도련님."

"시끄러. 도대체 무슨 말을 해서 나래가 도망친 거냐?"

이 녀석만큼 비웃음이 잘 어울리는 녀석이 또 있을까.

"그저 한밤중에 나래 님의 방을 도촬한 사진을 보여 주며 협상을 했을 뿐입니다."

도대체 무슨 사진을 찍었냐!

"그거 범죄다."

"도련님께서 신경 쓸 것은 그런 문제가 아닙니다, 도련님."

자신이 저지른 범죄에 대해서는 정치가들처럼 은근슬쩍 넘어갈 생각이냐.

"제가 도련님이 제시한 조건을 만족시켰다는 것이 중요한 것이겠죠."

"그래서?"

"지금부터 병원놀이를 시작하겠습니다. 주인님께서 밖에서 기다리시느라 지루하신 것 같으니까요."

왜 지금까지 눈치채지 못한 걸까. 방문을 살짝 열고 안을 들여다보고 있는 두 쌍의 눈동자가 있다는 것을. 내가 그쪽을 보자 호박색과 바다색의 동그란 눈동자가 동그래지더니 순식간에 문이 닫혔다. 이 녀석이나 저 녀석이나.

"그래, 마음대로 해라."

그 말을 내뱉는 순간 갑자기 방 안에 침대와 의자가 흰색 연기와 함께 나타났다. 병원에 있을 만한 건데, 이거.

"……본격적이다?"

"제가 준비한 일이니까요."

그래. 자기가 하고 싶은 건 무조건 하는 세희다. 포기하자. 이 녀석이 무슨 꿍꿍이를 가지고 있는지는 몰라도 나만 조심하면 되는 거니까. 내가 이상한 짓만 안 하면 상관없잖아. 대충 놀아 주다가 장난감 주사기를 엉덩이에 한 번씩만 놓아 주는 거로 끝날 일이다……라고 생각하는 순간. 나래를 집으로 돌려보낼 정도로 철저한 준비를 한 세희가 내 잔머리를 눈치채지 못할 리가 없다는 생각이 떠올랐다. 불행히도 그것은 사실이었다. 문을 열고 들어온 랑이와 치이가 입고 있는 옷은 의사와 간호사 복장이었으니까! 랑이는 머리에 반사경을 쓰고 목에는 청진기를, 평소 입고 있는 옷 위에는 흰색 가운을 걸치고 어디서 구해서 어떻게 붙였는지 모를 흰색 콧수염을 어루만지며 뒷짐을 지고 방으로 들어왔다. 거만하게 보이려고 애쓰는 모습이다. 그 뒤에 있는 치이는 분홍색 간호사 옷에 허벅지에는 괘씸하게 가터벨트를, 머리에는 너스 캡, 두 손에는 진료 차트로 보이는 것을 들고 랑이를 따라 들어왔다. 의외로 흥미진진해 보이는 눈으로 보란 듯이 나를 보며 웃고 있어. 나는 그 이유를 알 것 같았다. 둘의 복장이 의사와 간호사라면 내게 남은 배역은 단 하나밖에 없으니까. 그렇다! 내가 환자인 것이다!

"자, 도련님. 환자면 환자답게 이 옷을 입으시지요."

세희가 소매 안에서 흰색 바탕에 푸른 십자가 무늬의 환자 옷을 꺼냈다.

"내, 내가 그걸 입을 것 같냐?"

"벌써 입으시지 않았습니까?"

"그게 무슨……. 뭐야, 이거."

세희의 손에 들려 있는 건 방금 전까지 내가 입고 있었던 티셔츠와 바지. 그리고 팬티였다. 히익?! 나는 아래에서 느껴지는 서늘한 기분에 깜짝 놀라 바지를 들어 아래를 내려다보았다. 아무것도 없습니다.

"야! 팬티는 왜?!"

"도련님의 여동생으로서 팬티의 냄새를 킁킁 맡기 위해서입니다."

그런 여동생이 어디 있어!

"넌 내 여동생도 아니잖아!"

"농담입니다. 원래 환자는 속옷을 입지 않기 때문에 현실성을 중시하려고 그런 것뿐입니다."

……그러냐? 그러면 어쩔 수 없는 게 아니라!

"병원놀이에서 이상한 곳에 현실성을 부여하지 마!"

세희는 깔끔하게 내 말을 무시했다.

"그러면 선생님. 저희 아이를 잘 부탁드립니다."

"걱정 말거라. 내가 잘 해 주겠느니라."

"넌 엄마 역할이냐?!"

내 비명을 들은 척도 안 하고 세희는 말 한 마디를 남기며 방에서 나갔다.

"순순히 주인님의 말씀을 따르는 것이 도련님의 자기 발전 영상의 유포를 막을 수 있는 유일한 길입니다."

"세에에에히이이이의!!"

세희는 조용히 문을 닫고 사라졌다. 나는 허탈감에 머리를 짚고 고개를 뒤로 젖혔다.

"이런, 큰일이니라. 치이야. 성훈이 머리가 아픈 것 같으니라."

그래, 아프지. 네 녀석이 내 머리 위에 올라가서 춤을 추는 것같이 아프다. 원인은 세희고 처방전은 이 놀이를 그만하는 거야.

"아우우, 그러면 어쩔 수 없는 거예요. 먼저 이 주사를 한 대 놔야겠어요."

주사라는 말에 정신을 차리고 치이 쪽으로 고개를 돌린다. 치이는 자기 팔뚝만 한 주사기를 들고 히죽거리고 있었다. 주사 바늘에서 흘러내리는 알 수 없는 액체가 반짝 하고 빛난다. ……그거 잘못 맞으면 사람 하나 죽는다. 의사 역할인 랑이도 큼지막한 땀방울을 흘리며 치이를 말렸다.

"치이야. 아무리 그래도 그런 거를 맞으면 성훈이가 죽느니라."

"놀이니까 괜찮은 거예요."

"그런 것이냐?"

랑이가 진짜로 모르겠다는 듯 고개를 갸웃하며 묻는다.

"괜찮겠냐. 당연히 죽지."

랑이가 고개를 끄덕이고는 뒤돌아보며 치이에게 말했다.

"성훈이가 죽으면 병원놀이가 아니라 시체놀이가 되느니라!"

고맙긴 한데 뭔가 슬프다.

"칫."

넌 혀 차지 마. 이대로 이 두 녀석을 방관하고 있다가는 무슨 꼴을 당할지 모르니까 적당하게 내 주도하에 놀이를 끝내고 다시 평화로운 일상을 되찾아야겠다.

"랑이야."

"선생님이니라!"

콧수염을 의젓하게 만지며 가슴을 펴는 녀석이 귀여워서 웃음이 나오고 말았다. 이래도 되는 거야? 저 녀석은 대머리 가발을 써도 귀여울 것 같단 말이야. 나중에 기회가 되면 한 번 씌워 주자.

"우……. 성훈이는 왜 나를 보고 웃는 것이느냐?"

네가 너무 귀여워서. 나는 이야기를 돌렸다.

"그래서 랑이 선생님. 의사가 뭘 하는지는 알고 있어?"

랑이가 고개를 끄덕였다.

"아픈 사람을 낫게 해 주는 고마운 사람이라고 배웠느니라."

오, 의외로 잘 알고 있네? 정답을 말한 랑이를 칭찬해 주려는데 치이가 갑자기 끼어들었다.

"아니에요, 랑이 님."

"응? 내가 한 말이 맞지 않느냐?"

랑이의 의문은 타당하다. 나도 누군가 의사가 뭐하는 사람이냐고 물으면 사람을 낫게 해 주는 사람이라고 대답할 테니까. 내 지식수준이 랑이와 같은 수준이 아니라, 제일 간단하게 말하려고 하니까 똑같아지는 거다. 하지만 치이는 나와 랑이하고는 다르게 한층 더 복잡하게 꼬아서 말했다.

"의사는요, 돈 있는 사람만 낫게 해 주는 나쁜 사람인 거예요."

본 작품은 픽션입니다. 현실의 기관, 단체, 직업과는 상관이 없으며 특정 직업을 가지신 분들을 비방하려는 의도는 전혀 없습니다.

"야, 야 인마! 세상에 얼마나 훌륭한 의사 선생님들이 많은데!"

치이가 입을 삐쭉 내민다.

"제가 아는 의사들은 돈이 없다고 하니까 부모님이 아프셔도 다 모르는 척만 하던 거예요. 돈을 벌어 오면 돈만 뜯어먹고 완치도 못 시키고 입원만 하라면서 이상한 약만 팔아먹곤 했고요. 의사들은 다 악마예요. 돈만 아는 수전노인 거예요. 염라대왕 아저씨한테 혼난 다음에 지옥에 가야 하는 악질적인 나쁜 놈들이라고요."

다시 말하지만, 이건 픽션입니다. 치이가 말한 것처럼 그런 사람들이 없다는 걸 부정은 못 하겠지만, 지금 이 순간에도 환자를 살리기 위해서 노력하고 애쓰며 희생정신을 불태우고 계시는 의사 선생님들이 더 많다는 것을 알아주기를 바란다.

……그래도, 치이가 400년 동안 부모님을 혼자 모시고 살면서 직접 겪은 일이라 내가 뭐라고 할 수는 없었다. 하지만 문제는 지금 우리들이 병원놀이를 하는 도중이라는 것과 가장 중요한 의사 역할을 맡은 녀석이 있다는 거다. 그렇습니다. 호랑이님 말이죠.

"히, 히잉."

그 커다란 눈망울에 눈물이 가득 차 올라가는 모습은 몇 번을 봐도 가슴이 아파온다. 치이가 아차 하는 표정을 지었지만 이미 늦었다. 말은 한 번 뱉으면 주워 담을 수 없거든.

"나, 나는 안 나쁘니라. 나는 그런 적 없느, 없느니라."

이대로 놔두면 운다. 100% 운다. 나는 치이에게 눈치를 줬다. 치이가 다급하게 머리카락을 파닥이며 산불 진화에 나섰다.

"무, 물론 랑이 님 같은 훌륭한 분도 계신 거예요. 아픈 저희 부모님이 나으실 수 있었던 건 랑이 님 덕분인걸요."

"하지만……."

랑이가 뭐라고 하기 전에 치이가 재빨리 내게 도움을 요청했다.

"제, 제 말이 맞죠, 오라버니?"

치이의 지원 요청을 받아들였다. 나도 랑이가 우는 건 싫으니까.

"그래. 랑이는 세계 제일의 착한 의사 선생님인걸. 응. 그건 내가 보장해. 랑이는 세상에서 최고로 착하고 예쁘고 귀엽고 사랑스럽고 따듯하고 껴안아 주고 싶고 뽀뽀해 주고 싶은 정말정말 좋은 의사 선생님이야."

하고 싶어서 하는 말이 아니다. 단지 랑이가 우는 게 싫어서 아무 말이나 하다 보니까 별의별 소리가 다 나온 거야. 그러니까 일의 원흉인 자식이 얼굴을 찌푸리고 머리카락을 파닥이며 엄지손가락을 아래로 내리지 마라. 그런 취급을 당했지만 다행히도 내 말은 랑이에게 통했다. 처음에는 울상이었던, 당장이라도 바닥에 주저앉아 거하게 울어 버릴 것 같았던 랑이의 표정이 소나기가 쏟아지고 난 뒤의 하늘처럼 서서히 환하게 펴졌으니까.

"정말이느냐?"

목소리에는 아직 물기가 남아 있었지만 그것도 시간문제다. 그래서 나는 말했다.

"아니. 거짓말."

"오, 오라버니?!"

치이가 깜짝 놀라서 나를 봤고 랑이는 가뜩이나 동그란

눈을 더욱 동그랗게 뜨며 얼음이 되어 버렸다. 입 주위에 물결이 치는 걸 보니 지금이 딱 좋을 것 같다. 나는 랑이의 허리를 끌어안고 들어 올리며 말했다.

"아직 말 못 한 랑이 선생님의 좋은 점이 너무너무 많은걸. 그러니까 거짓말."

나는 랑이의 코를 콕 찍었다. 랑이는 어리둥절해하다가 내 말뜻을 겨우 이해하고 해맑게 웃으며 내 목에 얼굴을 묻었다. 콧수염이 간지럽다.

"정말, 정말 깜짝 놀랐지 않느냐! 짓궂은 성훈은 이렇게, 이렇게 하겠느니라!"

야야야야, 이 녀석아. 날름날름 핥지 마라. 그리고 치이, 너 인마. 손톱으로 벽 긁지 마. 이게 누구 탓인 줄 알긴 아는 거냐? 너는 나중에 기회가 생기면 혼내 줄 거니까 기다려라.

내 목이 침 범벅이 되고 나서야 병원놀이는 다시 시작되었다. 여기서 딱 끝내 줬으면 좋겠지만 병원놀이는 환자가 다 나을 때까지 해야 한다는 랑이의 굳은 의지에 두 손을 들 수밖에 없었다. 단지 내 칭찬 아닌 칭찬, 아부 아닌 아부에 기분이 훨씬 좋아진 랑이가 지금이라도 천장을 뚫고 하늘로 올라갈 기세여서 그만두자고 말 못 한 건 아니다.

"그러면 처음에는 진료부터 하겠느니라."

병원놀이에 대해서 조금은 공부를 했는지 랑이가 청진기를 귀에 꽂고 진동판을 들어 내 쪽으로 내민다. 그에 대한 내 반응은 아무것도 하지 않은 것. 랑이가 말했다.

"성훈아. 진료해야 하니 옷을 들어 올리어라."

나도 알기는 아는데 너만 있으면 모를까 치이가 뒤에서 고개를 돌린 척하면서도 곁눈질로 이쪽을 힐끗힐끗 훔쳐보는 게 신경 쓰여서 문제다. 저 녀석이 왜 저러는지 모르겠다니까. 에이, 뭐 어떠냐. 어린애인데. 거기다 지금은 병원놀이. 부끄러워할 것도 없는 일이다. 나는 슬쩍 가슴 밑까지 옷을 들어 올렸다.

"……."

"……."

두 꼬마 애의 시선이 아프다.

"그, 그럼 대 보겠느니라."

왜 말을 더듬는 거야. 랑이는 조심스럽게 진동판을 내 배에 갖다 대었다. 차갑기는 하지만 별것 아니다. 그보다 이런 건 보통 가슴 같은 곳에 대는 거 아니냐고. 거기다 진동판만 대면 되는 걸 왜 손바닥 전체로 누른 다음에 쪼몰락쪼몰락거리냐? 이상하게.

"헤헤, 역시 성훈이는 부드럽느니라."

미안하게 됐수다. 운동을 안 하니까. 아니, 그런데 왜 이 자식은 내가 제일 취약한 부분만 계속 만지작거리는 거야?

"그런데 네 배에서 이상한 소리가 들리느니라. 막 꼬르륵 거리는 소리가 나고 있느니라. 성훈아, 배고프느냐?"

"원래 배에서는 그런 소리가 나는 거야."

"……흠."

내 말은 들은 척도 하지 않고 턱을 괴며 고민한다. 그러더니 나온 말이 이거다.

"치이야. 너도 한 번 들어 보거라."

"아우우? 제가요?"

랑이는 고개를 끄덕였고 치이는 머리카락을 파닥였다.

"싫은 거예요. 오라버니 배 속에서는 나는 변태다~ 같은 소리가 날 게 뻔하니까요."

배 속에서 그런 소리가 나면 진짜 병원에 가야 합니다. 치이는 싫다고 말했지만 랑이가 누구냐. 세상 아래 무서운 건 나밖에 없는 녀석이다.

"그러지 말고 들어 보거라."

치이의 손목을 잡고 내 앞으로 끌고 온다.

"아우우……. 들을 테니까 놓아주세요."

치이는 랑이가 내민 청진기를…… 받지 않고 내 앞에서 무릎을 꿇었다. 너 뭐하냐?

"이상한 짓하면 때릴 거예요."

이상한 짓은 네가 하고 있잖아, 라고 말하려는데 치이가 한쪽 귀 위 머리카락을 높이 들어 올리고 드러난 귀를 내 배에 갖다 댄다. 우와, 내가 무슨 임산부냐? 내 배 속에서 새로운 생명이 태어나고 있는 거야?

"아우우? 재밌는 소리가 계속 나네요?"

표정은 볼 수 없지만 흥미진진한 목소리에 치이가 어떤 표정을 짓는지 알 것 같았다. 랑이가 고개를 끄덕이며 말했다.

"성훈이의 몸은 신기한 것 같으니라."

신기한 건 네 녀석들이겠지. 그런데 치이가 내 배에 귀를 대고 있으니 조금 부끄럽기도 하고 머리카락이 간지럽기도 한다.

"야, 그만해라."

"오, 오라버니는 가만히 있는 거예요. 이건 병원놀이잖아요."

"그렇느니라. 환자는 가만히 있는 것이니라."

"……맘대로 하세요."

이 녀석들을 이길 사람이 어디 있겠어. 나는 한숨을 쉬었다. 그런데 점점 치이의 얼굴이 위쪽으로 올라오는 것 같은데? 은근슬쩍 내 환자복을 위쪽으로 들어 올리고 있잖아?

"야, 너 뭐하냐?"

자기 딴에는 몰래 한다고 생각했는지 치이가 몸을 움찔 떨며 말했다.

"시, 심장 소리가 잘 안 들려서 그런 거예요."

심장은 가슴에 있지 배에 있지 않으니까.

"확인해 보는 거예요. 랑이 님, 괜찮은가요?"

랑이가 근엄한 표정을 지으며 팔짱까지 끼고 고개를 끄덕였다.

"엣헴. 허락하겠느니라."

허락받아야 할 사람이 나라는 걸 깨달아 줘라. 환자의 인권을 존중해 달라고. 그래도 내 한 몸 희생해서 이 두 녀석들이 즐겁게 놀 수 있다면 어쩔 수 없지. 이런 게 어른의 역할 아니겠냐. 난 청소년이니까 지금 당한 걸 조금은 돌려줄 거지만.

치이는 몇 번이나 귀를 옮겨 대더니 어느 한곳에서 움직이는 걸 멈췄다. 아마도 지금이 내 심장 소리가 가장 잘 들리는 곳인가 보다. 치이는 그대로 있다가 눈을 감고는 내 허리를 껴안았다.

"왜 그래?"

"오라버니의 목소리하고는 다르게 고동 소리는 듣기 좋네요. 두근두근하고 뛰고 있는 거예요."

내 목소리가 뭐 어때서. 그것보다는 이 녀석이 갑자기 왜 이러는지 모르겠다. 평소와는 다르게 부끄러워하는 기색도, 새침 떠는 모습도 보이지 않아서 그런 걸까? 치이가 조금 어른스러워 보이는데.

"오라버니는 이렇게나 따듯한 거였네요."

아니, 원래 어른스러운 녀석이니까 이런 기분이 드는 거다. 그래. 그렇잖아. 치이는 어린애 치고는 가슴이, 그, 커서 말이죠. 이렇게 꽉 달라붙으면 랑이하고는 다르게 뭔가 닿는 느낌이 확연하게 든다고. 치이는 눈치 못 챈 것 같지만. 문제는 그뿐만이 아니다. 치이가 지금 입고 있는 옷이 간호사 복장이라는 것도 알게 모르게 영향력이 컸다. 절대로 그런 식으로 보는 건 아니지만, 미안. 예전에 봤던 만화의 영향력이 아직도 있는 것 같다. ……치이가 너무 진지하게 달라붙어 있는 게 부끄러워서 헛소리를 좀 해 보면서 신경을 돌리려고 해 봤지만 무리였다. 그렇다고 이 녀석을 떼어 놓을 수도 없는 게 치이가 너무 행복해하는 것 같단 말이야. 이런 때 이런 말을 하는 건 좀 미안하지만, 치이는 행복해져야 하는 아이이다. 이대로 가만히 자신이 만족할 때까지 있어 줘야 할 것 같다. 세희의 상냥함만큼도 불순한 의도는 없습니다. 하지만 여기에는 치이만 있는 것이 아니다.

"……우."

랑이의 볼멘소리에 정신이 확 들었다. 랑이는 의자에 앉은 채 두 손을 가지런히 무릎 위에 올려놓고 햄스터같이 볼을 빵빵하게 부풀리고 불만 어린 눈초리로 치이를 보고 있었다. 아차, 치이에게만 정신이 팔려 있었구나. 랑이는 치이에게 나를 빼앗기는 기분이 든 것 같다. 예전에도 이런 일이 있었지? 이번에도 치이를 안고서 저 멀리 버리고 오면 큰일이다. 마침 랑이가 입을 열 분위기라 나는 재빨리 말했다.

"저기……."

"치이야."

내 말이 랑이에게 잡아먹혔다.

"이제 그만 나오거라."

하지만 예상외로 랑이는 말로 해결하려고 애쓰는 것 같다. 많이 컷구나, 랑이야! 이대로 쑥쑥 성장해 줬으면 좋겠다.

"잠깐만요, 랑이 님. 조금만 더요."

"으~! 안 되느니라!"

성장은 했지만 아직도 먼 것 같다. 랑이가 의자에 내려와 치이의 허리를 잡고 뒤로 쭉 잡아당긴다.

"아우우?!"

"아얏!"

치이의 손톱이 내 등을 긁었다. 아야야, 아파. 이거 자국 남겠네. 치이를 거칠게 떼어 놓은 랑이는 우다닷 달려들어 내게 안겨들었다.

"나도, 나도 듣고 싶으니라."

마음대로 하세요. 너나 치이나, 내게는 둘 다 소중한 녀석들이니까.

그리고 잠시 후.

"성훈이는 암에 걸렸느니라!"

소중한 녀석 중 한 놈이 무서운 소리를 한다. 남의 가슴을 마음대로 점령한 녀석이 하는 말 하고는. 말이 씨가 된다는 거 모르냐? 보통은 이럴 때 감기 정도로 끝낸다고. 그래야지 주사 한 번 놓는 시늉으로 놀이가 끝나지.

"그러니까 수술을 하겠느니라."

미안. 내가 너를 너무 우습게 봤다.

"야!"

"선생님이니라."

묘한 데 집착하네.

"그래, 그래. 랑이 선생님. 지금 날 수술하겠다고?"

"그렇느니라."

"왜?"

"세희가 말하길 사람이 많이 아프면 수술을 해야 한다고 그랬느니라."

틀린 말은 아니지만 날 괴롭히려고 그렇게 가르쳐 준 거겠지.

"아우우, 랑이 님."

"왜 그러느냐?"

"수술은 어떻게 하는지 아는 거예요?"

랑이가 고개를 끄덕이고 두 손을 들어 올리며 말했다.

"손으로 콕 찔러서 나쁜 걸 몸에서 빼내면 된다 했느니라."

빨리 말리자. 이러다가 장례식 놀이까지 하게 생겼다. 그런데 나보다 빨리 치이가 랑이를 말렸다.

"아닌 거예요. 랑이 님은 잘못 아는 거예요."

"응? 그게 무슨 말이느냐?"

"랑이 님의 침에는 아픈 걸 낫게 하는 힘이 있잖아요? 그러니까 아픈 부분을 핥아 주는 게 수술인 거예요."

말려 준 거 맞을까. 확실한 건 랑이의 머리카락이 팍! 펴진 것과 동시에 뒤에 있는 치이가 머리카락을 파닥이며 즐거워하고 있다는 거다. 이 녀석, 랑이를 이용해서 날 골탕 먹일 생각이구나! 하지만 네가 세희도 아닌데 내가 그렇게 쉽게 당할 것 같아?

"그렇구나! 그러면 성훈을 핥아 줘서 아픈 걸 낫게 해 주겠느니라!"

쉽게 당했습니다.

"야, 야! 하지 마! 스톱! 타임 모르냐?!"

랑이가 나를 뒤로 자빠뜨린 다음에 옷을 위로 들어 올리고 얼굴을 대고 물 마시는 호랑이처럼 혀를 날름거린다.

"우하하핫!!"

가, 간지럽다고, 이 녀석아!!

"아우우, 역시 오라버니는 이런 걸 좋아하는 거예요."

나는 랑이의 어깨를 잡아 뒤로 밀어 보았지만, 이 녀석 꿈쩍도 안 해!

"좋아하긴 누가……. 우꺄앗! 그만, 그만하라니까!!"

랑이가 고개를 들며 혀로 입 주위를 핥는다.

"응? 재미있어서 웃는 것 아니느냐?"

"그럴 리가 있냐! 간지러워서 그런 거야, 간지러워서!! 이제 그만해라. 넌 내가 간지러워서 죽는 걸 보고 싶냐?"

랑이가 고개를 훽훽 흔든다.

"그러면 치료는 여기서 끝내겠느니라."

랑이가 내 위에서 내려오고 나도 다시 일어나 앉아서 옷을 추슬렀다. 그런데……. 치이의 시선이 어느 한곳에 집중되어 있는 게 이상하다. 왜 그러지? 나는 치이의 시선에 따라 고개를 아래로 내려 보았고, 재빨리 몸을 수그렸다. 이, 이게 무슨 일이야. 그런 생각은 조금도 들지 않았는데 왜 이래?! 환자복이라서 조금 티가 많이 나긴 했지만 라, 랑이는 못 봤겠지?

"응?"

불길한 예감이 좀 안 맞으면 내가 죽기라도 하는 거야?!

"성훈아. 거기에 또 기운이 몰렸느니라."

난 죽고 싶어졌습니다.

"까우우! 변태, 로리콘, 색마! 도대체 왜 그렇게 사는 거예요?!"

열 살짜리 꼬마 애에게 왜 사냐고 훈계받는 고등학생이 여기 있습니다. 아니, 이건 나도 모르는 일이야! 나도 왜 반응을 했는지 모르겠다고!

"그래도 거기에 기운이 몰린 것을 보아하니 아픈 곳이 모두 나왔나 보구나!"

순수하고 순진하게 밝은 미소를 짓는 랑이를 본 후 거울을 보면 내가 시꺼멓게 보일 것 같다. 내가 어쩌다 이런 수치를 당해야 하는지 모르겠다. 아니, 알고 있잖아. 그렇다. 이건 치이, 이 녀석이 이상한 소리를 한 게 원인이다.

"그러면 이제 성훈이는 그……."

랑이는 단어가 생각이 안 나는지 청진기를 자신의 이마에 대고 고민하더니, 아! 하고 말을 이었다.

"응, 퇴원해도 되느니라."

그렇다면, 지금이다.

"재미있었느니라~. 병원놀이는 참 재미있는 것이구나?"

"아우우, 그런 거예요. 변태인 오라버니도 환자 역할로 쓸모가 있는 거예요."

복수의 때가 왔다!

"누가 끝이래?!"

"응?"

"아우우?"

나는 환자복 상의를 거칠게 벗었다.

"으냐앗?!"

"꺄우우?!"

랑이는 그냥 깜짝 놀란 것 같고 치이는 머리카락으로 눈을 가린 걸 보니 다른 의미가 있는 것 같다. 어린 게 이상한 생각만 하기는. 나는 일단 그 둘을 무시하며 여기에는 없지만 분명히 지켜보고 있을 귀신을 불렀다.

"세희. 의사 가운."

"여기 있습니다, 도련님."

옆에 나타난 세희에게 의사 가운을 받고 일어나서 휘감듯 걸친다.

"그게 멋있다고 생각하시는 건 아니겠지요."

"시끄러."

세희에게 핀잔을 주며 당황해서 눈만 깜빡하고 있는 녀석들에게 말했다.

"지금부터는 내가 의사, 너희들이 환자다."

"응?"

"아우우?"

기세다. 지금 가장 중요한 건 기세야. 이럴 때는 기세로 밀어붙여야 한다. 나는 세희에게 말했다.

"너도 간호사 복으로 갈아입어."

내 말에 세희는 아무 말 없이 소매에서 검은색 간호 캡을 꺼내 머리에 썼다. 마음대로 해라. 나는 네가 검은색 한복이 아닌 다른 옷을 입을 때는 분명히 무슨 문제가 있을 때라고 생각하니까.

"갑자기 왜 그러느냐? 병원놀이는……."

"아직 안 끝났지. 내가 다 나았으니까 이제는 너희 둘이 환자 역할을 해야 하잖아."

"그런 것이느냐?"

랑이가 치이에게 물었다. 치이가 뭐라고 대답하려다가 내 뒤쪽, 그러니까 세희를 보고는 사색이 돼서 머리카락을 파닥이며 급하게 고개를 끄덕였다.

"그, 그런 거예요."

세희가 무슨 꿍꿍이를 가지고 있는지는 모르겠지만 어찌 되었건 잘된 일이다. 나야 이 녀석들에게 당한 대로 돌려주기만 하면 되니까. 정확하게 말하면 치이 하나겠지만! 나는 할까 말까 고민하고 있는 랑이의 동의를 얻어 내기 위해 말을 꺼냈다.

"랑이가 환자 역할을 해 주면 기쁠 것 같은데."

랑이의 귀가 움찔 움직였다.

"한다! 하겠느니라! 환자 하겠느니라!"

환자라고 생각하기에는 너무나 밝고 명랑해 보인다. 실제로도 아프지 마라. 그렇지만 그건 그거고 이건 이거. 나는 방방 뛰는 랑이의 머리를 쓰다듬어 주며 콧수염을 떼었다. 환자가 할 필요는 없잖아?

"아우우, 도대체 무슨 생각을 하는 거예요?"

치이가 불안한 기색을 숨기지 못하고 물어 온다. 나는 나중의 즐거움을 위해서 으흐흐, 하고 이야기 속의 대 악당 같은 웃음을 흘렸다.

"……재수 없는 거예요."

치이가 두 팔로 몸을 감싸며 부들부들 떤다. 그렇게 재수 없었냐. 이건 조금 충격인데.

"도련님."

세희의 목소리에 정신을 차렸다. 그래. 지금 내가 이러고 있을 때가 아니지. 이제는 내가 의자에 앉고 랑이와 치이가 침대에 앉았다. 용무가 있는 건 치이 녀석이다. 나는 청진기를 귀에 꽂고 말했다.

"자, 일단 치이부터 한다."

"내가 먼저 하면 안 되겠느냐?"

내 속셈을 모르는 랑이가 손을 들며 지원한다. 나는 랑이의 머리를 쓰다듬으면서 말했다.

"랑이는 나한테 VIP 손님이니까 치이 다음에 할게."

"비알피? 그게 무엇이느냐?"

"브이 아이 피. 중요한 사람이란 말이야."

또박또박 끊어서 알려 주자 랑이가 퐁하게 붉어져서는 두 손으로 볼을 감싸 안으며 몸을 흔든다.

"정말, 성훈이는 그런 말을 아무렇지 않게 해 주는구나!"

네가 생각하는 중요한 사람과 내가 말한 중요한 사람의 뜻은 다르다. 어찌되었건 랑이는 자기만의 착각에 빠진 상태로 놔두고, 나는 치이를 향해 진동판을 들이대며 말했다.

"자, 그러면 윗옷을 벗어 주실까."

"아, 아우우?"

치이가 가슴을 가리며 말했다.

"벗으면 뭐하게?"

"뭐하긴. 일단 가슴에 청진기를 갖다 대는 척하면서 은근슬쩍 얼마나 성장했는지 확인을 한 다음에 주사를 맞아야 한다는 핑계를 대서 엉덩이를 때려 주려고 그러지."

"……헤에."

……어라? 뭔가 이상하다. 이건 치이의 목소리가 아닌 데다가, 그것도 앞이 아닌 뒤에서 들리고 있다.

"내가 한 말을 까먹고 있었네."

목이 제대로 돌아가지 않는다. 삐그덕, 삐그덕. 낡은 나룻배에서 노를 젓는 소리를 내며 뒤를 돌아보자 팔짱을 끼고 아랫입술을 깨문 채 발로 바닥을 툭툭툭 치고 있는 나래 님이 계셨습니다.

"어, 언제 오셨습니까?"

"네가 치이에게 못된 짓을 하려고 할 때부터."

"그, 그게 말이죠. 이건 그러니까 제가 이상한 생각을 한 게 아니라 그저 저는 당한 그대로 치이에게 되갚아 주려고 그런 것뿐입니다."

나래가 싱긋 웃었다.

"변명은 그게 끝이야?"

"살려 주세요."

"안 돼."

그날. 나는 세희의 요술이 없었다면 정말로 병원에 입원해야 할 정도의 중상을 입었다.

"죄송합니다, 도련님. 나래 님이 돌아오셨다는 걸 말씀드리는 것을 깜빡했습니다."

거짓말하지 마. 네가 왜 나를 도와줬는지 알 것 같으니까. 어허허헝. 나는 왜 알면서도 만날 세희에게 당하는 걸까. 내가 세희에게 한 방 먹일 수 있는 날은 언제 오려나.

"사과나무나 심으러 가야겠습니다."

남의 속 읽지 마!!

여섯 번째 이야기

띠리리리리.

아버지의 전화에 나는 잠시 고민했다. 방학식 날에 받았던 그 전화만 없었더라도 내가 지금 이 고생을 하고 있지는 않았을 테니까. 아니, 그때 휴대폰을 무음으로 설정만 해 놓았어도! 그렇다고 받지 않았다가, 잘못해서 어머니의 전화였다면 큰일이 나기 때문에 나는 울며 겨자 먹기로 전화를 받았다.

[우리 아들~. 잘 있었어?]

통화 종료 버튼을 누르고 싶은 충동이 일었지만, 오랜만에 들은 아버지의 목소리에 나는 인내심을 발휘하기로 했다.

"예. 아버지는 어디 있는데요?"

[어른의 사정으로 지금 북극에 있다. 와, 여기 정말 춥다.]

북극은 도대체 왜 간 거야.

[그래도 마감 독촉은 안 와서 좋다. 우리 여기 근처로 이사 올까? 땅도 넓고 싸다.]

얼어 죽을 생각인가.

"전화는 짧고 굵게, 용건만 간단히 모르십니까."

[역시 내 아들이구나.]

어딜 봐서?

"그래서, 왜요?"

[별건 아니다. 그냥 잘 있다는 안부 전화야.]

"그래요? 잘 계시는군요. 그럼 끊을게요."

[잠깐만. 너 아버지한테 너무 매정한 거 아니냐?]

"아들내미 불러 놓고 한 달이 넘게 집을 비운……."

[그건 네 엄마 때문인데.]

"부모님이 보고 싶습니다."

[……내 아들이지만 참 못났다.]

아버지도 마찬가지입니다.

[그건 됐고, 이렇게 끊으면 조금 아쉬우니까 내가 좋은 정보를 하나 주마.]

좋은 정보? 아버지에게 있어서 좋은 정보는 나에게 있어서 쓸모없는, 불필요한, 코 푼 휴지 같은 정보겠지.

"됐습니다. 안 그래도 요즘에 힘들어 죽겠는데 이상한 지식을 알고 싶지는 않다고요."

[그 힘들어 죽겠다는 이유가 세희 때문인 것도 꽤 많지?]

"거의 반이라고 할 수 있죠."

나머지 반은 랑이 녀석이고.

[그 녀석의 코를 눌러 버릴 수 있는 정보라면 어떠냐?]

생각도 할 것 없이 입이 먼저 움직였다.

"사랑합니다, 아버지."

[……내 아들 맞구나.]

그러니까, 어딜 봐서.

"그래서 어떤 거예요?"

[별건 아니고. 세희 녀석이 술에 약하거든.]

"그럴 리가요. 세희는 술 잘 마시잖아요."

[외국 술은 못 마셔. 그런데 좋아하기는 엄청 좋아하거든. 그러니까 나가서 맥주라도 사와서 먹여 봐라.]

"댁의 아들은 미성년자입니다."

[뭐야, 술도 못 사냐?]

"법이 왜 있을까요?"

[못난 놈.]

어째서 내가 술을 못 산다는 이유 하나만으로 그런 취급을 당해야 하는 겁니까.

[그러면 어쩔 수 없지. 내 방 있지?]

"예."

[장롱을 뒤져 보면 숨겨 둔 다이아몬드 쥬빌리에라는 양주가 있을 거다.]

이름 참 예쁜 술이네.

"……그걸 왜 숨겨 놨어요?"

[네 엄마가 보면 뺏어서 자기가 마실 거거든.]

"그렇긴 하네요."

어머니도 주당이셨지.

[그걸 냉장고에 집어넣든가, 세희한테 보여 주기만 하면 된다. 그다음은 알아서 될 거야.]

"……예."

[그럼 잘 해 봐라.]

그렇게 해서 나는 지금 나래의 방에 들어갔다. 방주인이 바뀌니 방의 분위기도 변해서, 아버지 방이라는 느낌은 완전히 사라졌다. 이제 아버지가 돌아오시면 마루에서 주무시면 되겠군.

"왜?"

아버지의 책상에 앉아서 착실하게 공부를 하고 있던 나래가 고개를 돌렸다.

"아, 찾을 게 있어서."

나는 간단하게 대답하고 장롱의 문을 잡았다. 나래는 다시 공부에 집중하려다가, 내가 장롱 문을 여는 소리에 화들짝 놀라며 소리쳤다.

"자, 잠깐만! 거기는!"

응? 나는 손을 멈췄지만, 이미 문은 반쯤 열려 안에 있는 것들이 내 눈에 보였다. 그곳에는 여러 가지 색의 작은 천들이 정리되어 있었다. 그 위에는 색에 맞춰서 브래지어와 팬티로 보이는 것들이—. 퍽! 나는 그것들을 기억하기 전에 뒤통수를 얻어맞았다. 어딘가의 무술 영화처럼 한 발로 서서 반대쪽 다리를 접고 자세를 취하고 있는 나래가 무섭다.

"어딜 뒤지는 거야?!"

얼굴이 새빨개진 나래가 내 뒷덜미를 잡아서 뒤로 끌었다. 곰의 일족의 힘을 각성한 이후, 나래의 힘은 올림픽에서 역도 금메달을 딸 수 있을 정도가 되어 버려 나는 반항 한 번 못 하고 뒤로 질질 끌려가야 했다. 나래는 나를 휙 던져 놓고 장롱 문을 닫고 그 앞을 수문장처럼 가로막으며 내게 말했다.

"왜 그렇게 맞을 짓만 해?!"

나는 일단 화가 난 나래에게 무릎을 꿇고 공손한 자세로 용서를 빌었다.

"오해입니다, 나래 님. 전 단순히 아버지께서 찾으라는 것을 찾기 위해 장롱을 열었을 뿐이지, 나래님의 속옷에는 조금도, 요만큼도 관심이 없습니다."

내가 무슨 잘못을 했기에 나래의 발바닥에 얼굴을 찍혀야 했을까. 나는 뒤로 넘어지며 그런 생각을 했다.

"조금은 관심을 가지란 말이야!"
"가지면 어떻게 돼요?"
"죽어."
"안 가지면요?"
"죽어."
"관심이 있지만 없는 것도 아닌 미묘한 감정을 유지하라는 겁니까?"
"됐어."
나래가 화가 풀렸는지 낮게 웃으며 말했다.
"그래서 뭔데? 말해 주면 내가 찾아줄게."
그러면 나야 고맙지. 현실에서 지뢰 찾기를 하고 싶은 생각은 없으니까.
"아버지가 장롱 속에 양주를 숨겨 놨는데, 그것 좀 찾아 줘."
"……술?"
"술이요."
"마시려고?"
"18세 미만의 청소년의 음주는 법으로 금지되어 있습니다."
"네 컴퓨터 뒤져 봐도 되니?"
"제발 그것만은 봐주세요."
나는 나래의 발이라도 핥을 기세로 용서를 빌었다. 그런 잔인한 짓은 생각도 하지 말아 줘.
"알았어. 아버님이 찾아 달라니까 찾아 주기는 할 건데,

절대로 마실 생각은 하지 마."

"안 마십니다."

장롱 안을 찾아본다고 방에서 쫓겨난 나는 5분 후에 방에서 나온 나래에게 양주를 받았다. 나는 고맙다는 인사와 함께 양주를 받아 냉장고에 집어넣었다. 그리고 세희가 발견할 때까지 느긋하게 있기로 했다.

"술이군요."

세희는 양주를 점심을 차리기 위해 냉장고를 열었을 때 발견한 것 같다. 나는 관심 없는 척 랑이 삼매경에 빠진 연기를 했다. 요 녀석이 하도 잘 먹어서 배가 통통하게 살이 오른 게 주물럭거릴 맛이 있다.

"꺄하하하, 간지럽느니라!"

내 손길에 기분 좋은 듯 웃으며 뒹굴뒹굴거리는 랑이가 도망치지 못하도록 팔을 잡는데, 뒤에서 세희의 목소리가 들려왔다.

"훗. 그 인간말종 쓰레기 오라버니의 간계가 분명하겠군요. 유혹을 못 이기고 그때의 추태를 제가 다시 보일 것이라 생각한다면 오산입니다."

혼잣말이라고 하기에는 목소리가 조금 큰 걸 봐서 나보고 들으라는 거겠지?

"에잇!"

잠시 한눈을 판 사이에 랑이가 내 몸을 타고 올라와 내 눈을 두 손으로 가렸다.

"요 녀석이?"

나는 그대로 소파에 뒤로 누우며 랑이의 허리를 간질인다. 내 위에 타고 있던 랑이가 몸을 들썩거리며 웃는다.

"항복! 항복이니라!"

이대로 계속 간질였다가는 랑이의 엉덩이에 깔려 죽을 것 같아서 간질이는 것은 그만두었다. 그제야 랑이도 내 얼굴에서 손을 치워 주고, 대신 자신의 볼을 가져와 비비적거렸다.

"……하지만 한 잔이라면 괜찮겠지요. 그때와는 다르니, 한 잔이라면."

세희가 병을 따는 소리가 들린다. 호기심에 시선을 돌려보니 세희가 양주를 맥주잔에 따르고 있었다. 어이, 거기 술귀신!! 그렇게 마시면 죽는다! 내가 뭐라고 말을 하기 전에 세희가 술잔을 입에 대더니 머리를 뒤로 젖혔다. 꿀꺽, 꿀꺽 하는 소리와 함께 술이 빠른 속도로 사라진다.

"응? 뭐가 그리……."

내가 다른 곳에 정신이 팔린 걸 눈치챈 랑이가 고개를 돌리더니,

"크, 큰일 났느니라!!"

세희가 술을 마시는 걸 보고 기겁했다.
"왜 그래?"
"세, 세희가 딴 나라 술을 마시고 있지 않느냐?"
딴 나라 술. 외국 술. 다시 말해 양주라는 결론이 나왔다. 도대체 세희가 양주를 마시면 어떻게 되기에 이리 호들갑을 떠는 걸까. 나는 그 질문에 대한 답을 세희가 텅 비어 버린 잔을 내려놓았을 때 깨닫게 되었다. 그리고 한 가지 덤으로 아버지의 말은 절대로 무시해야 한다는 진리도 말이야.
"……헤."
랑이가 한 말이 아니다. 내가 한 말도 아니다. 저 말은 세희가 한 말이다. 그뿐일까. 내 눈이 잘못되지 않았다면, 세희의 양 볼이 붉어졌다. 일어나 앉아 눈을 비벼 봐도 그 사실은 변하지 않는다. 아니, 오히려 아까보다 더 붉어졌어.
"헤, 오라버니도 참. 제가 이 정도에 취할 것 같았습니까?"
이미 만취하신 것 같은데요.
"그러면 사랑스런 주인님과 바보 같은 도련님을 위해 점심 준비를……."
세희가 한 발을 앞으로 딛는 순간. 쿵! 하는 소리와 함께 쓰러졌다!
"히익?! 서, 성훈아! 빨리 도망가자꾸나!"
"지금 그게 할 소리냐?!"
급성 알코올 중독이면 죽을지도 모르는 일이라고! 나는

랑이를 옆에 내려놓고 벌떡 일어나서 세희에게 다가가 몸을 안아 들었다.

"야, 괜찮아?"

몸을 흔들면 술기운이 더 심하게 오를 것 같아서 흔들지도 못하겠다.

"무슨 일이야?"

소동을 듣고 나래가 나온 것 같다. 귀신에게도 인간의 의학이 통용될 것인가, 하는 생각을 하며 일단 나는 나래에게 말했다.

"나래야, 구급차를……"

"그럴 필요 없답니다, 아기 호랑이 같은 도련님."

세희가 정신을 차린 것 같다. 마침…… 어라? 아니, 뭔가 이상하다. 세희의 두 눈이 풀려 있는 것도, 얼굴이 새빨개져 있는 것도, 이상하게 색기 넘치는 목소리도 그렇다. 도대체 어떻게 된 거야?

"후훗, 도련님의 품이 이렇게 아늑하니까 주인님께서 벗어나려고 하지 않는 거군요? 도련님의 온기로 차가운 제 몸을 덥혀 주시죠."

……가출하려는 정신을 굵은 동아줄로 억지로 잡아맨다. 이, 이 녀석 왜 이래. 갑자기 안 어울리게 무슨 헛소리냐. 뭐

긴 뭐야, 취한 거지. 나는 그렇게 결론을 내리고, 아버지의 말을 들은 나 자신을 저주하며 세희를 일단 재우기로 했다.

"야, 일단…… 읍?"

"세, 세희, 너?!"

"이렇게 될 줄 알았느니라."

주위에서 무슨 소리가 들렸지만 난 신경 쓸 수 없었다. 왜냐하면, 내 입을 막은 세희의 술 냄새 풀풀 나는 입술 때문이었다. 내 목을 두 팔로 끌어안고 내게 입을 맞춘 세희는 이것이 끝이 아니라는 듯 어른의 키스를 하려고 달려들었다. 물론 나는 죽을힘을 다해 입을 다물고 고개를 뒤로 뺐다. 그런 나를 보고 세희가 눈웃음을 지으며 입술을 뗐다.

"밥상을 차리는 것도 모자라 씹어서 먹여 주는데 드시지를 않으니, 도련님은 갓난아기입니까?"

입술에 감촉이 남아 있지만 나는 상대가 술 취한 주정꾼이라는 이유로 의외로 냉정하게 대답할 수 있었다.

"사약을 떠먹이는데 먹겠냐?"

"그러네요. 결혼은 인생의 무덤이라는 말도 있으니까요."

세희가 내 품에서 벗어나 일어났다. 제대로 몸을 가누지 못하고 휘청휘청 흔들흔들거리는 게 위태로워 보인다.

"왜 그렇게 바둑이 같은 눈으로 저를 보시나요? 제가 그렇게 걱정되시나요?"

나는 말할 기회가 없었다.

"서, 성훈이한테 무슨 짓이야?"

눈앞에서 사춘기 청소년의 감수성을 자극하는 행동을 본 나래가 새빨개져서 세희에게 따지고 들었거든. 세희는 고개를 갸웃거리며 말했다.

"왜 그러세요, 나래 님? 그런 음란한 몸을 하고서 포르노 한 번 보지 않으셨나요? 아, 이건 어떤 만화에서 나온 말이랍니다."

그게 중요한 게 아니겠지!

"무, 무슨 마, 말도 안 되는, 너 어떻게 된 거 아니야?!"

화를 내는 나래를 비웃듯이, 세희는 흐느적거리며 뒤로 돌아가서 내 소꿉친구를 껴안았다. 그래, 1권의 그 일러스트같이 말이야. 지금 내가 무슨 소리를 하는 거지?

"커서 좋겠네요, 나래 님."

"꺄악!!"

나래가 몸을 움츠리며 비명을 지르든 말든 세희는 상관 안 한다는 듯 자기 마음껏 그 감촉을 즐긴 다음,

"하지만 작은 것을 좋아하시는 분들도 많으니까 상관없습니다."

슬쩍 뒤로 물러났다.

취했다. 저 녀석 진짜로 취했어. 나중에 제정신이 들어도 필름이 끊겼다는 말을 할 정도로 취했다고. 나는 완전히 맛이 가 버린 세희를 말릴 수 있는 유일한 요괴인 랑이에게 도

움을 요청하려고 했는데…… 이 녀석은 자신의 창귀가 저렇게 돼 버렸는데도 자기는 모른다는 듯 소파의 가장자리에 얼굴을 묻고 엉덩이를 높이 들어 올린 상태로 덜덜덜 떨고 있었다. 야, 너 호랑이야. 꿩이 아니라고.

"흠…… 그런데 역시 그런 옷은 나래 님에게 안 어울립니다. 나래 님한테는 이런 옷이 어울릴 것 같군요."

세희가 한쪽 발을 축으로 삼아 빙글 돌며, 딱! 손가락을 튕겼다. 그 순간 나래의 주위에 펑! 소리를 내며 하얀 연기가 일어났다.

"어, 어어?!"

"이, 이게 뭐야?!"

연기가 사라졌을 때 나래는 비명을 지르며 몸을 숙이며 두 팔로 최대한 가슴 부분을 가렸다. 이해가 된다. 나래는 어느새 바니 걸 복장을 하고 있었거든. 머리에는 흰색 토끼 귀를, 어깨는 훤히 드러나 있고 가슴도 위험할 정도로 노출되어 있다. 그 아래에는 반짝반짝 윤이 나는 붉은색 가죽 바니 걸 옷을, 허벅지부터는 망사 스타킹을 신고 발에는 굽이 높은 붉은색 하이힐까지. 그뿐일까. 엉덩이에는 확실하게 흰색 털 뭉치까지 달려 있다. 세상 어디를 둘러봐도 이처럼 완벽한 바니 걸은 어디에도 없을 것이다. 나는 얼굴을 가리고 몸을 굽혔다.

"너, 너!!"

내 반응을 눈치챈 나래가 화를 냈지만 너도 날 이해해 줘라. 이건 정말 어쩔 수 없다. 네가 앉아 버리는 바람에, 시선을 아래로 내리면……. 알죠? 아시겠죠? 제가 왜 이러는지?

"민폐 단장님이 나오는 소설에서 나오는 미래인 같군요."

세희는 환한 미소를 지으며 나래를 감상했다.

"빠, 빨리 원래대로 안 돌려놔?"

이대로 부끄러워해서는 아무것도 안 된다고 생각했는지, 나래가 용기를 내며 일어서서 뒤를 돌아보았다. 덕분에 나는 몸에 달라붙은 바니 걸 복장으로 인해 선명하게 드러난 라인에 머릿속으로 반야심경을 외워야만 했다. 하지만 나래의 용기 있는 결정에도, 세희는 꿈쩍하지 않았다.

"저는 이런 것이 어울릴 것 같습니다."

세희가 다시 한 번 손가락을 튕겼다. 그러자 웃기지도 않고, 믿기지도 않지만 주위가 변했다. 내 평생 이것보다 말이 안 되는 일은 없었고, 앞으로도 없을 것이다. 방금 전까지 우리들이 있었던 곳이 평범한 가정집이었다면, 지금 있는 곳은 서양식 궁전에나 있을 법한 거대하고 화려한 홀이 되어 있었으니까.

"……이거 뭐야."

넓은 홀. 벽에는 화려한 장식이 돼 있는 커다란 유리창. 유리창의 바깥에는 보름달이 떠 있었다. 방금 전까지 태양이 떠 있던 낮이었단 말이야. 천장에는 반짝반짝 빛나는 조명, 샹들리에라고 하던가? 그런 것들이 수십 개는 달려 있었다. 주위에는 화려하게 장식된 테이블에 온갖 만찬들이 놓여 있었고 그 옆에는 수많은 관절 인형들이 각자 떠들며 음식을 먹고 술을 마시고 있었다.

그야말로 이야기 속에서나 등장하는 무도회의 한 장면이다.

말도 안 돼. 난 방금 전까지 우리 집에 있었다고? 머리가 현실을 따라가지 못하고 있다. 지금까지 겪었던 비상식적인 일들이 아니었다면 현실 도피를 하고 싶을 정도야. 마치 귀신에게 홀린 것 같다.

"무도회랍니다, 도련님."

내 정신을 되돌려 놓은 것은 세희였다. 평소에 언제나 고수하던 검은색 한복과 묶어 올린 머리스타일은 어디로 갔는지 머리카락은 풀어 헤치고 양장모와 긴 꼬리가 있는 예식용 남성 연미복을 입고 있었다. 손에는 손잡이가 구부러져 있는 윤기 나는 검은색 지팡이까지. 넋이 나가 있는 내 앞을 세희가 지팡이를 뱅글뱅글 돌리며 과장되게 큰 걸음으로 가로질렀다. 세희가 고개를 돌려 나를 바라보며 말했다.

"자! 도련님. 빨리 사랑스러운 주인님, 아니, 공주님의 마음을 훔치셔야죠."

내가 지금 훔쳐야 할 건 안드로메다로 날아간 네 정신이다. 그런데 공주님? 무슨 공주님? 세희가 양쪽 발을 딱 부딪치며 서서 몸을 빙글 반을 돌려 지팡이로 내 맞은편을 가리켰다. 그 끝에는 단상 같은 곳에 있는 호화로운 의자에 흰색 드레스를 입고 쇠사슬에 묶여 있는 랑이가 있었다. 곤란해서 어떻게 해야 할지 모르겠다는 모습으로 랑이는 내 이름을 불렀다.

"성훈아! 살려 주어라!"

공주님은 공주님인데 내가 보기에는 마왕에게 잡혀서 살려 달라고 비는 공주님 같은걸? 세희가 한쪽 발을 뒤로 뺀 뒤 깔끔한 반 바퀴 턴을 선보이며 내 쪽으로 돌아섰다.

"이미 마음은 훔치신 지 오래시니 첫 경험만 훔치시면 되겠군요."

나는 세희의 말을 무시하며 뭔가 이 악몽 같은 현실에서 벗어나기 위한 단서를 찾아보기 위해서 주위를 둘러보았다. 잘 살펴보니까 주위에 있는 인형들의 몸에는 투명하고 가는 실이 달려 있었다. 그 실이 이어진 곳은 세희의 지팡이. 믿기 힘들지만 세희가 지팡이를 움직이는 것으로 인형들이 움직이는 것 같다. 내 예상대로 세희가 지팡이의 밑을 발로 차서 어깨에 올리자 갑자기 음악 소리가 들려오기 시작했다. 소리가 나는 곳으로 시선을 돌리니 인형들이 악기를 들고 연주를 하고 있었다. 그 음악에 맞춰 인형들이 손을 마주 잡고 춤을 추기 시작했다.

"자, 도련님! 그렇게 가만히 계시다가는 공주님이 지루해 하신답니다. 그래서야 되겠습니까? 지금까지 해 왔던 것처럼 공주님의 몸과 마음을 빼앗으셔야죠."

"지금까지 해 왔던 것 좋아하시네."

세희가 붉어진 얼굴로 짓궂게 미소 지었다. 공포 영화가 따로 없다.

"그러면 어쩔 수 없군요. 그렇게 가만히 있으시면 저도 생각이 있습니다."

그게 무슨 말이냐. 세희가 지팡이를 하늘 높이 던지고 받아 내며 빙글 돌자, 나는 그 말이 무슨 뜻인지 알 수 있었다.

"어, 어딜 만지는 거야?!"

충격적인 사실 때문에 잠시 잊고 있었던 나래의 비명 소리에 깜짝 놀라 뒤를 돌아보았다. 나래는 춤을 추지 않는 인형들, 아니, 남자 모형의 인형들이 스쳐 지나가듯 엉덩이와 가슴을 만지는 것에 당황해하면서도 주먹을 들어 그에 타당한 응징을 하고 있었다. 설거지하다가 떨어뜨린 유리잔이 부서지듯 인형들이 부서진다. 3m 이내에 들어가지 말자.

"자, 도련님. 그렇게 가만히 계시면 저 바니 걸에게 좀 더 무서운 짓을 할 수도 있습니다. 만약 공주님께 청혼할 용기가 안 나신다면 제게 먼저 연습을 하셔도 된답니다?"

"이게 진짜?!"

어느새 주위의 인형들을 모두 박살 낸 나래가 가슴 부분이 살짝 내려간 옷을 추슬러 올리며 성큼성큼 세희에게 다가간다.

"이런. 제가 실수로 만렙 토끼를 데려온 것 같군요. 하지만 이 또한 즐거움이겠지요."

세희가 기분 좋게 웃으며 지팡이를 휘리릭 한 바퀴 돌렸다. 그러자 춤을 추던 인형들이 모두 세희의 뒤에 열과 줄을 맞춰 섰는데 그 모습이 그야말로 장관이다. 위압감까지 느껴질 정도야. 세희의 멱살을 붙잡을 기세였던 나래도 조금 상황을 살피기로 했는지 내 옆에 서서 주먹만 부르르 떤다.

저는 인형이 아닙니다. 부서지면 고칠 수도 없어요.

"욕심 많은 도련님께서 생각이 없으신 것 같으니까, 일단 춤이라도 추면서 기다려 보도록 하겠습니다. 하지만, 도련님. 부디 이 춤이 끝날 때까지는 마음의 다짐을 해 주셔야 합니다. 안 그러면 공주님과 제가 도련님을 덮칠 거니까요."

"이미 덮치는 건 결정된 거고 남은 것은 내 다짐이라는 거냐?"

세희는 내 말에 대답하지 않았다. 그저 구두로 대리석 바닥을 타닥, 쳤을 뿐이다. 그 소리가 신호라는 듯, 뒤의 인형들이 같은 동작으로 소리를 낸다. 커다란 홀에 구두 소리가 가득차기 시작한다. 나는 세희가 뭘 하려는지 눈치챌 수 있었다. 탭댄스다.

"Let' s quick the beat!"

세희의 목소리에 노래가 멈췄다. 탁, 타다닥! 세희의 구두 소리가 리듬을 만들어 내고 그 리듬에 맞춰 다시 즉흥적인 연주가 시작된다. 시작은 세희의 독무였다. 지팡이를 돌려 시선을 빼앗고, 리드미컬한 빠른 구두 소리로 귀를 빼앗는다. 마지막으로 환한 미소로 혼을 뺐는다. 지금 내가 어디에 있는지 생각도 못 하게 되었을 때, 세희가 타닥, 탁탁, 스텝을 마치며 마지막으로 탁! 지팡이로 바닥을 찍는다. 그와 동시에 지금까지 가만히 있었던 인형들이 군무를 추기 시작했다. 모든 인형들이 한 몸이 된 것 같은, 불일치는 찾아볼 수도 없는, 보는 이를 압도하는 군무였다.

"……도대체 이게 뭐야?"

"……나도 몰라요."

그 군무에 맞춰서 세희도 함께 춤을 춘다. 인형들의 앞에서 탭댄스를 추는 세희는 밝게 미소 짓고 있었다. 술 때문이라고 하지만 저렇게 사심 없이 환히 웃는 세희의 모습은 지금까지 단 한 번도 본 적이 없기 때문에 잠시 넋이 나가 버렸다. 그게 실수였다. 어느새 세희가 춤을 추며 내 앞까지 다가왔다는 걸 눈치채지 못했으니까! 세희는 멍하니 서 있던 내 앞에서 왼쪽 발을 앞으로 한 걸음 내딛어 몸이 닿을 정도로 가까워진 뒤 무릎을 살짝 굽히고 오른쪽 다리는 쭉 펴서 자세를 낮추며 지팡이를 팔목에 건 채 내 턱을 다른 손으로 스치듯 건드리며 나를 올려다보았다.

"어머, 욕심도 많으시군요. 제게도 욕정이 솟구쳐 오르셨습니까?"

얼굴이 화악 달아오르기 전에 세희가 내 팔을 잡아당겼다.

"어라?"

그와 동시에 홀 안에 흐르던 노랫소리가 바뀌었다. 이 음악이 탱고였나? 영화에서 들은 적이 있어서 나도 안다. 이 음악에 어떤 춤을 추는지도 알고 있다고. 내가 미쳤다고 세희하고 그런 춤을 추게 생겼냐?!

"후훗. 아가씨도 잘 어울리시군요."

"누가 아가씨라는……. 야, 인마. 이게 뭐야?!"

어째서 눈 깜짝할 새에 내가 입고 있는 옷이 화려한 드레스로 변했는지 모르겠다. 거기다 내 어깨를 타고 흘러내려진 금빛 머리카락은 또 뭐야? 가발이냐?

"가장이 그리 신기한 것도 아닌데 무엇을 그리 놀라십니까?"

나는 가발을 집어 던지며 소리쳤다.

"나한테는 천지개벽에 가까운 일이거든?"

"이런. 잘 어울렸는데 아쉽군요."

"내 말을 들어, 이 자식아!"

세희는 듣는 척도 하지 않고 내 허리를 끌어안고 화려한 턴을 선보였다. 나는 거기에 이끌리듯, 아니, 이끌려서 같이 반 바퀴를 빙글 돌아 버리고 말았고 등 뒤에서 벌어지고 있는 상황에 내 머릿속을 의심하게 되었다.

"야, 저거 뭐야."

내가 있는 곳과 나래가 있는 곳은 전혀 다른 세계였다. 여기는 서양식 궁전의 홀이라면 나래가 있는 곳은 어딘가의 밤무대와 같았다. 나래는 휘황찬란한 조명 아래에서 지폐를 자신의 가슴 사이에 끼어 넣으려는 인형들을 말 그대로 가루로 만들며 이쪽을 향해 달려들고 있었다. 신기한 것은 이쪽과의 거리가 조금도 줄어들지 않는다는 것이다. 잘 보니까 아래에서 컨테이너 벨트 같은 게 열심히 움직이고 있는데, 저것 때문일까.

"왜 그러시죠? 토끼 소녀에게 잘 어울리는 일 아닌가요?"

……부정은 못 하겠지만 그 토끼 소녀가 나래라는 게 문제라고!

"도련님은 그런 것은 잊고 저와 춤을 추시면 되는 거랍니다."

세희가 나를 확 끌어안는다. 바로 눈앞에 다가온 세희의 홍조 어린 얼굴이, 정말 믿기지 않지만 매력 있어서 가슴이 뛰었다. ……그런데 그 뒤에서 웅녀의 뼈 몽둥이를 꺼내서 컨테이너 벨트를 박살 낸 나래가 보여서 내가 가슴이 두근거리는 게 정확히 누구 때문인지는 잘 모르겠네요.

"세에에에히이이이의!!"

나래가 저렇게 외치는 건 처음 듣네. 그와 동시에 홀 안의 음악이 변했다. 유로 팝 같은 빠른 비트에 일렉트릭 기타 소리. 지금 당장이라도 달려야 할 것 같은 경쾌한 노랫소리다!

쿵! 쿵! 하고 울리는 8비트 전자 드럼 소리에 내 가슴이 울린다! 그렇게 생각하는 동안 세희가 손으로 허공의 무엇인가를 잡아서 뜯어내는 순간, 나는 어째서인지 자동차에 타고 있었다. ……이건 또 뭐야. 입고 있는 옷은 레이싱 슈트로 변해 있었고 머리에는 헬멧까지 쓰고 있다. 말도 안 되는 상황에 당황하고 있는데 운전석 오른쪽 턱에 어디서 많이 본 것 같은 작은 기계가 달려 있었다. 양쪽 편에 세모난 날개 같은 게 달려 있는 동그란 원형 기계다. 저걸 어디서 봤더라? 그 기계에서 세희의 목소리가 나왔다.

"아스라X입니다."

기억났다.

"추억의 만화냐?!"

"우승 상품으로 주인님을 드리니 힘내시기 바랍니다."

"난 운전 못 한다고!"

"이런, 뒤쪽에서 나래 님이 부정 출발을 하셨군요. 직접 한 번 보시는 게 좋겠습니다."

내 말을 들어라, 이 자식아!! 그래도 몸을 들썩이게 만드는 쿵! 쿵! 하는 드럼 소리를 배경으로 뒤에서 쾅! 쾅! 뭔가 부서지는 소리가 들려 두려움을 느끼며 뒤를 돌아봤다. 거기에는 악귀 나찰이 된 나래가 레이싱 모델이 입는 노출도가 높으면서 몸에 달라붙는 옷을 입고서 눈에 불을 내뿜으며 사이에 놓인 레이싱 카를 하늘 높이 날려 버리며 달려오고 있었다. 맨몸으로.

“어째서?!”

“나래 님은 이런 레이싱에 없어서는 안 되는 필드 몬스터의 역할입니다.”

어디의 레이싱 게임에 필드 몬스터가 있어?! 나는 세계 멸망의 때를 보여 주려는 나래의 모습에 본능적인 두려움을 느껴 나도 모르게 액셀을 밟아 버리고 말았다. 귓가에 울리는 노랫소리가 한층 더 커지면서 주위의 풍경이 눈 깜짝할 사이에 뒤로 스쳐 지나간다. 이, 이거 너무 빠르잖아!

“부스터는 오른쪽의 레버를 잡아당기면 됩니다.”

“시끄러, 인마!”

노랫소리에 맞춰서 흥얼거리지 마! 이대로 가면 사고 난다는 거 몰라?!

“왜 도망가는 거야?!”

히익?! 옆을 보자 두 다리로 달리고 있는 나래가 있었다. 무섭다, 곰의 일족! 달리는 레이싱 카를 쫓아올 수 있는 거냐?! 나래가 몽둥이를 가슴팍에서 꺼내 휘두르자 차의 뚜껑이 날아가 버린다. 나래의 질문의 대한 답은 이거로 될까?

“절 죽일 셈입니까?!”

“싫으면 차 세워! 왜 세희하고 같이 도망가는데?!”

“세희가 어디 있다고?!”

“네 옆에!”

옆으로 시선을 돌려보자 조수석에 세희가 웨딩드레스를 입고 앉아 있었다. 넌 언제 나타났냐! 거기다 왜 나는 턱시도를 입고 있는 거야?

"사랑의 도피니까요."

"내가 사랑의 도피를 할 사람이 없어서 너하고 하겠냐?!"

"아, 낭군님. 앞에 낭떠러지입니다."

……에? 고개를 돌려 보니 GOAL이라는 글자가 낭떠러지 앞 허공에 둥둥 떠 있었다. 인생의 골이구나. 나는 그런 생각을 하며 핸들을 꺾고 브레이크를 밟았지만, 끼이이익! 하는 소리와 함께 미처 속도를 줄이지 못한 나래와 함께 낭떠러지 아래로 떨어져 내렸다.

"이게 뭐야아아아아!!"

"꺄아아아악!"

나는 비명을 지르며 눈을 감았다. 그런데 뭔가 이상하다. 떨어지는 느낌이 들지 않아. 이상해서 눈을 떠 보자 이번에도 역시 신기한 광경이 눈에 들어왔다. 화투장에 머리와 손발이 붙어 있는 병사들이 창을 들고서 내 주위를 둘러싸고 있었고 발치에는 웅녀의 뼈 몽둥이가, 저 멀리에는 십자가에 쇠사슬로 묶여서 정신을 잃은 듯 고개를 떨어뜨린 나래와 랑이가 보였다. 그리고 그 아래에는 이 모든 일의 원흉인 세희가 여왕님이나 입을 법한 살색이 많이 보이는 검은색 가죽옷을 입고 채찍을 짝! 소리 나게 휘두르며 왕좌에 앉아 있었다.

저도 이젠 한계입니다.

"그만해, 이 미친 것아!"

세희가 채찍을 혀로 핥으며 말했다.

"이것이 제가 준비한 마지막입니다. 걱정하지 마시길."

그런 문제가 아니잖아!

"이 병사들을 무찌르고 저에게서 주인님과 나래 님을 구해 내시는 것이 승리 조건입니다. 보상으로 주인님과 나래 님, 그리고 저와의 4인 플레이가 기다리고 있으니 노력하세요."

저 녀석은 정신과 감정을 받을 필요가 있다.

"오냐! 해 주마! 해 주면 될 거 아니야!!"

그리고 나도.

4인 플레이라 이거지! 기대하마! 여기까지 와서 사실은 농담이었다고 하면 그 땐 정말 나한테 죽을 줄 알아!

나는 뼈 몽둥이를 집어 들고서 화투장 병사—이제는 보통 트럼프 병사잖아, 라고 딴죽 걸 힘도 나지 않았다—들을 향해 달려갔다. 난이도가 낮은지, 나도 이젠 제정신이 아닌가 보다, 한 번 몽둥이를 휘두를 때마다 화투장 병사들은 몇 놈씩 박살이 나면서 비명을 지른다.

"피바아아악!" "광바아아악!" "멍바아아악!" "원고오오오!" "투고오오오!" "쓰리고오오!" "쌌다아아아!" "나가리이이!"

미쳤어. 세희는 양주를 먹으면 미치는 게 틀림없다. 쉴 새 없이 몽둥이를 휘두르다 보니 나는 어느새 세희의 코앞까지 갈 수 있었다. 숨이 차서 헉헉거리는 나를 내려다보며 세희가 채찍을 한쪽 허벅지에 감았다. 살아 있는 뱀처럼 찰싹 휘감기는 모습이 선정적이지만 내가 지금 그런 게 눈에 들어오겠냐.

"하고자 하는 욕망은 무엇보다 강하네요."

"앞에 살해가 빠졌다."

"성교 아닙니까?"

그 또한 맞다.

"덤비시죠. 전 사실 한 대만 맞아도 죽습니다."

"사실 랑이를 구하려고 한 것 같지만, 이제는 어찌되든 상관없어. 난 네놈만 잡아 족치면 되니까!"

나는 몽둥이를 고쳐 잡고 세희에게 달려들었다. 그 때! 갑자기 머리 위로 그림자가 드리워지며 뭔가가 떨어지는 소리가 들렸다. 나는 깜짝 놀라서 고개를 들어 하늘을 봤고, 거대한, 정말 거대한 무엇인가가 떨어지는 것을 보았다. 그건 랑이의 호랑이 모습만큼이나 거대한 대리석이었다. 나를 향해 떨어져 내리는 대리석 바닥에는 이렇게 적혀 있었다.

지금까지 나와 호랑이님을 사랑해 주셔서 감사합니다.

"이게 도대체 뭐야아아아아!!"

콰직! 나는 대리석에 깔리며 의식을 잃었다.

정신이 들었을 때, 나는 이불 위에 누워 있었다. 옆을 보자 나래가 내게 몸을 달라붙인 채 인상을 찌푸리며 잠들어 있었고, 내 배 위에는 랑이가 가로로 엎드려서 엉덩이를 쭈욱 뺀 다음에 헤롱거리고 있다. 정신이 든 나도 머리가 아프다. 나는 이런 느낌이 뭔지 알고 있다. 예전에 아버지와 대작을 한 다음 날 느낀 숙취와 똑같아. 어째서? 난 술에 입 한 모금도 대지 않았는데?

"……죄송합니다, 도련님."

모든 걸 설명해 줄 녀석이 눈앞에 나타났다. 나는 지끈거리는 이마를 한 손으로 누르며 말했다.

"설명. 간단하게. 머리 아프니까 농담은 섞지 말고."

말도 제대로 나오지 않는다.

"제가 취해 잠들면서 저도 모르게 주인님과 도련님, 나래님을 제 꿈속으로 끌고 가 버렸습니다."

꿈속? 그 모든 일이 사실은 꿈이었다는 겁니까? 아니, 그보다.

"……그게 네 꿈속 풍경이라는 거야?"

"그렇습니다."

여기 미친 녀석이 있어요.

"단순한 꿈입니다."

"그래도 그렇지."

그러면 도대체 어디서부터 꿈인 거야? 갑자기 풍경이 변했을 때부터가 꿈이라고 생각하면 되나? 아니지. 이 녀석하고 키스할 때부터가 꿈일 거다. 그래. 그럴 거야.

"그런데 머리는 왜 아픈 거야?"

"……전에 술에 취해서 실수를 저지른 적이 있기에 그에 대한 대비책으로 만든 요술 탓입니다."

"무슨 요술인데?"

"체내에 들어간 알코올을 온몸의 모공으로 내뱉는 요술입니다."

……무협지에서나 나올 요술이다.

"주인님과 나래 님도 저와 가까이 있으시다가 영향을 받으신 것 같습니다."

그래서 나래고 랑이고 헤롱헤롱해 있는 건가. 그런데 이 모든 일의 원흉은 팔팔하게 있으니까 뭔가 부아가 치밀어 오른다.

"왠지 열 받는데."

"도련님께서는 그리 말하실 것은 없지 않습니까?"

응? 세희가 소매로 입가를 가리며 몸을 튼다. 묘하게 쑥스러워하는 모습처럼 보여서 당혹스럽다.

"내가 왜? 내가 제일 큰 피해자잖아."

세희가 나를 제대로 쳐다보지 못하며 말했다.

"술에 취했다 하나, 첫 입맞춤을 도련님께서 훔치시지 않았습니까?"

보통 이런 말을 들으면 부끄러워하거나 당혹스러워해야 하지만 내가 그동안 세희에게 당한 모든 일들이 내게 경고하고 있다. 세희가 지금 진심으로 부끄러워하는 게 아니라고.

"입에 침이나 바르고 거짓말해라."

세희가 소매를 내렸다. 한쪽 입꼬리가 슬쩍 올라가 있다.

"이 정도로는 속이지 못할 정도로 성장하셨군요, 도련님."

나는 한숨을 쉬며 말했다.

"침 안 바르냐."

세희는 끝까지 입술에 침을 바르지 않았다.

끝마치는 이야기

어째서인지 지리산에 있던 어느 날의 이야기. 나는 평소와 같이 마루에 앉아서 이놈의 더위는 도대체 언제 수그러들 것인지 심각한 고민에 빠져 있었다. 옙, 헛소리입니다. 빈둥빈둥 신선놀음이나 하고 있었다. 이대로 1년만 이곳에서 지낸다면 나는 생각이 깊고 어른스러우며 세상만사에 해탈한 도사가 될 수 있을 것 같다. 머리를 기르고 수염을 기르고 살을 빼고 한복을 입으면 외관도 문제가 없겠지. 도인이 되면 먼저 요괴 퇴치를 하자. 그러면 내 명성을 세상에 떨치기는 바둑이 약삭빠른 소리.

세상에서 가장 무섭고 흉악스러운 요괴부터 어떻게 하지 않는 이상 그런 건 무리다. 호랑이도 제 말하면 온다고 마당에 랑이가 나타났다. 성은 호요, 이름은 랑이. 외관은 어딜 봐도 귀엽고 사랑스럽고 깨물어 주고 싶은 여자아이지만 실상은 단군 신화에서 참을성과 인내심이 없어서 굴을 뛰쳐나간 것으로 무대에서 사라졌다 알려진 호랑이님이 되시겠다. 그 증거로 머리에는 호랑이 귀가 엉덩이에는 꼬리까지 달려 있다.

"성훈아!"

호랑이가 포효한다.

"거기서 뭐하느냐?"

요즘 호랑이는 말도 합니다. 더위를 먹어서 그런지 머리에 열이 올라 헛소리가 절로 나온다. 바보 같은 소리는 그만두고 나는 손을 들어 랑이를 불렀다. 랑이는 눈을 깜빡이며 내가 자기를 부른 것이 설레고 기대되는 듯 꼬리를 하늘하늘 흔들고 귀를 쫑긋 세우며 샤샤샥 내게 다가왔다. 신발을 벗지 않고 마루에 무릎을 대고 네 발 아닌 네 발로 엉금엉금 기어 온다. 그래도 발은 바닥에 닿지 않으려고 높이 든 게 기특하다고 해야 하나. 그래 봤자 신발에 묻은 흙이 떨어져서 소용이 없지만.

"불렀느냐"

한여름의 새벽. 풀잎에 맺힌 이슬이 햇빛을 받은 것처럼 반짝이는 눈동자에 내 모습이 가득 찬다. 상당히 인생 다 산 것 같은 귀찮고 짜증나 보이는, 실로 어딘가 아픈 것이 아닐까 의심조차 드는 얼굴이다. 이런 나를 보면서도 그리 기뻐

할 수 있다는 것에 신기해하며 나는 랑이의 두 손을 잡고,

"응?"

휙 들어 올렸다.

"으냐앗?!"

몸이 앞으로 쏠리며 넘어질락 말락 한다. 이대로 두 손을 놓으면 턱부터 마루에 찧겠지. 물론 내가 그런 짓을 할 리가 없다. 나는 중심을 못 잡고 흔들흔들거리는 랑이에게 말했다.

"심심하네."

"읏?! 내가 여기 있는데 심심할 리가 없지 않느냐?!"

나는 들은 척 만 척하며 손을 위아래로 번갈아 가며 흔들었다. 거기에 맞춰 랑이도 살랑살랑. 귀여운 랑이가 춤을 춘다. 인간의 어리석음에 분노한 옥황상제라 할지라도 순식간에 마음이 풀어져서 흐뭇한 미소를 지을 정도로 사랑스럽다. 흔들흔들. 어흥어흥.

"나, 나는 장난감이 아니니라!"

춤추는 랑이가 볼을 부풀린다. 이런, 너무 가지고 놀았나. 나는 손을 멈추고 랑이를 내 쪽으로 끌어당겼다. 깜짝 놀란 랑이가 무릎으로 콩콩 소리를 내며 내 쪽으로 끌려왔다. 딱 좋은 거리까지 왔을 때 나는 랑이를 끌어안고 뒤로 자빠졌다.

"앗?!"

랑이도 놀라서 이끌리듯 내 위에 엎어진다. 나는 그런 랑이의 허리에 손을 두르고 한 손으로는 내 머리를 받치며 말했다.

"더워."

내가 하고도 참 어이없는 말이다. 랑이도 그렇게 생각하는 것 같다.

"네가 끌어안지 않았느냐?"

"그래서 싫어?"

봉숭아물은 손톱에 물들이는 거다, 랑이야. 두 뺨에 물들이면 연지 곤지 찍은 것 같아서 시집가야 될 것 같잖아.

"그, 그런 건 아니니라."

"그런데 덥네."

"우—."

랑이가 곤란해하는 것 같다. 그 모습이 어부바를 해 주고 싶을 만큼 나이가 어려 보여서 웃음이 나올 뻔했다. 참았지만. 지금 웃으면 아무리 사랑스럽고 착한 랑이라도 살짝 삐친다.

"랑이가 너무 따듯해서 그래."

어린아이의 체온은 왜 이리 높은 걸까. 아니면 랑이만 그런 걸까. 그것도 아니면 랑이와 함께 있기 때문일까. 이유 같은 건 중요하지 않다. 따듯하다는 게 중요한 거다.

"내게는 네가 더 따듯하느니라."

랑이가 내 가슴에 얼굴을 묻고 새끼 고양이가 애교를 부리듯이 뺨을 위아래로 비빈다. 랑이의 머리 뒤로 시냇가에서 헤엄치는 송사리같이 흔들리는 꼬리가 눈에 들어온다. 나는 손을 허리에서 아래쪽으로 내려 랑이의 꼬리를 움켜쥐었다. 랑이가 볼을 비비는 걸 멈추고 고개를 들어 나를 올려다본다.

"왜 그러느냐?"

"부드러울 것 같아서."

실제로도 부드럽다. 털의 감촉이 상당히 좋아서 만지는 맛이 있다. 또 털 아래 숨겨져 있는 랑이의 살이 말랑말랑대서 꼬리 일부분의 털을 싹 밀어 버리고 직접 손으로 만져 보고 싶은 충동까지 일어난다.

"헤헤. 꼬리와 귀는 내 자랑이니라!"

내 가슴을 손으로 짚어 몸을 살짝 들어 올리며 기세등등하고 당당하게 말하는 모습이 마음에 들어서 꼬리를 가지고 노는 것은 나중으로 미루고 손을 옮겨 랑이의 턱을 간질인다.

"히힛, 간지럽느니라."

눈을 가늘게 뜨며 미소 짓는다. 싫은 기색은 아니다. 아니, 오히려 고개를 살짝 기울이며 내 손을 타기 쉽게 자세를 바꾼다. 나는 그대로 턱 밑에서 미끄러지듯 뒷목을 끌어안아 내 쪽으로 당겼다. 랑이가 다시 내게 몸을 기댄다. 얇은 한복 비스무리한 옷과 티셔츠 너머로 랑이가 느껴진다. 두근두근 뛰는 심장 소리에 내 마음이 맞춰져 간다. 랑이가 귀를 눕혔다 펴며 달콤한 목소리로 속삭여 왔다.

"오늘은 성훈이 이상하느니라."

나도 그렇게 생각한다. 날씨가 너무 더워서 더위를 먹어 머리에 열이 오르는 바람에 이성의 끈이 살며시 자리를 비운 게 아닐까.

"그래서 싫으냐?"

랑이가 여름 산 정상에서 부는 바람처럼 거세게 고개를 흔든다.

"아니니라! 절대로 아니니라!"

이 자식이.

"그러면 평소에는 지금보다 싫다는 거냐."

랑이의 꼬리가 벼락 맞은 것처럼 쫙 펴진다. 슬쩍 표정을 살펴보니 송골송골 맺힌 땀이 이마에서 볼을 타고 흘러내리고 있다.

"그, 그런 건 아니니라."

"헤에?"

내가 미소를 지으며 눈을 가늘게 뜨고 시선을 맞추자 랑이가 고목나무가 나무꾼의 손에 넘어가는 소리를 내며 고개를 돌린다.

"아, 아니라고 하지 않느냐?"

"정말? 진짜?"

일부러 장난스럽게 묻자 그제야 내가 자신을 놀리고 있다는 걸 눈치챈 랑이가 눈썹을 산등성이처럼 올리며 내 몸이 밀가루 반죽이라도 되듯이 꾸욱꾸욱 누르며 투정을 부렸다.

"우우! 성훈은 짓궂으니라! 화난 줄 알고 깜짝 놀라지 않았느냐? 히잉, 나쁘다! 못된 장난을 치는 성훈은 나쁘다!"

어쭈? 나는 랑이의 허리를 슬쩍 안아서 들어 올렸다. 꽃잎보다 가벼운 랑이를 옆에 내려놓는 건 볼에 입을 맞추는 것만큼 쉬운 일이었다. 랑이가 강아지같이 작고 귀여운 손을 들어 아기 엉덩이보다 통통한 뺨을 매만진다.

"어?"

"나쁘니까 이런 짓도 맘대로 할 거다."

나는 짓궂은 미소를 지으며 다시 입을 맞췄고 랑이는 해맑은 미소로 대답해 주었다.

"난 나쁜 성훈이 아주아주 좋으니라!"

이제는 자기가 신발을 신고 있다는 것도 잊은 채 우유 냄새가 나는 두 팔로 내 목을 끌어안고 앵두보다 달콤한 입술로 내 뺨에 뽀뽀를 해 온다. 아기 새가 어미 새에게 먹이를 달라고 입을 벌리는 것같이 삐약삐약거리며 쪽쪽 입을 맞춘다. 나도 남자라서 그런지 혹은 랑이에게 당하는 것으로는 성이 안 차는지, 아니면 랑이가 입을 맞출 때마다 내 뺨을 빨아 먹으려고 드는 게 싫어서인지 모르겠지만 두 손으로 랑이를 슬쩍 밀치며 일어나 앉았다. 그러자 이제는 새끼 코알라같이 내 등에 덥석 달라붙어 놓치지 않겠다는 듯 두 다리로 내 허리를 휘감고 두 팔로 내 목을 두른다. 그러면서 하는 말이 가관이다.

"내 뽀뽀 공격을 받거라—!"

기분이 들뜬 건 이해하겠는데 어리광을 받아 준다고 남의 귀 뒤쪽 부분과 귓불을 핥고 빨고 무는 건 그만해 주었으면 좋겠다. 간지러운 것도 간지러운 거지만 왼쪽, 오른쪽 번갈아 가면서 입을 대는 바람에 정신 사나우니까. 이대로 있다가는 자칭 뽀뽀 공격에 쓰러질 것 같아서 랑이의 양쪽 허벅지를 두 손으로 받치며 일어났다.

"랑이야."

"응?"

랑이가 잠깐 동안 공격을 멈춘 사이에 슬쩍 고개를 돌리며 바로 코앞에 다가와 있는 보석같이 예쁜 눈동자를 마주 보며 말했다.

"데이트할래?"

다시 말해 두지만 나는 지금 더위를 먹어서 열이 머리에 올라 제정신이 아니다. 거기다 랑이라는 초대형 따끈따끈 난로가 아까부터 계속 달라붙어 있기에 상황은 더욱 나빠졌다. 그래서 이런 소리를 할 수 있었고, 랑이에게는 확 끌리는 제안을 들을 수 있는 상황이 생길 수 있었다.

"데, 데, 데, 데이트 말이느냐?!"

얼마나 기쁜지 헤실헤실한 미소도 숨기지 못하고 내게 업혀 있다는 것도 잊은 채 엉덩이를 들썩들썩거리며 좋아한다. 좋아하는 건 상관없는데 말로 해 줘라. 손이 미끄러져서 네 토실토실한 엉덩이 쪽으로 내려갔잖아.

"데이트! 데이트 가자! 데이트 가자꾸나!!"

당연히 랑이는 찬성을 한 것 같다. 사실 이런 산골에서 데이트라고 해 봤자 주위를 산책하는 정도지만 그것으로도 랑이는 기쁜 것 같다. 나도 그것만으로 즐거울 것 같으니 다른 말은 필요 없겠지.

"그럼 잠깐만."

나가기 전에는 집 안의 누군가에게 행선지를 밝혀야지. 말 안 해도 알 귀신이지만 그게 인간으로서의 예의라는 거다. 자, 세희를 불러 볼까.

"야. 한복으로 작은 가슴을 열심히 숨겨 보려고 하는 귀……."

"더워 드셨습니까."

눈앞에 달이 뜨지 않은 밤하늘보다 어둡고 구렁이보다 음흉한, 말하는 꼴을 보면 중년 아저씨 뺨치는 자칭 처녀 귀신이 튀어나왔다.

"랑이하고 잠깐 밖에 나갔다 올게."

"데이트 갔다 오겠느니라!"

내 등에 업힌 상태로 한쪽 손을 하늘을 향해 높이 들며 오! 하고 기운찬 소리를 낸다. 세희는 세간의 사람들이 생각하는 어머니 같은 인자한 미소를 랑이에게 보여 주며 말했다.

"즐거운 나들이 되시기를."

그리고 나에게는 내가 생각하는 어머니의 미소, 즉 싸늘한 미소를 보여 줬다.

"병에 걸리셨군요."

"더워 먹었다."

"역시 그렇군요. 좀 있다가 앓아누우실 것 같으니 미리 자리를 펴고 기다리겠습니다."

말 참 예쁘게 한다.

아무리 꽃잎보다 가벼운 랑이라고 하지만 나는 꽃줄기보다 못한 체력을 가진 놈이다. 그래서 나는 새잎보다 순한 랑이의 손을 잡고 걸어가기로 했다. 랑이는 이것도 좋고 저것도 좋다는 유명한 조선 시대의 정승 같은 마음씨로 손을 잡고 가는 것도 기뻐해 주었다. 한 발 한 발 걷는 것이 과장되게 큰 걸음인 것이 내가 손을 놓으면 기쁨을 못 이기고 앞으로 달려 나갈 것같이 보인다. 그래서 주머니에서 뭔가를 찾는 척하며 랑이의 손을 살짝 놓아 보았다. 내 예상대로 랑이가 우다닷하고 앞으로 달려 나가더니 코스모스같이 빙그르 몸을 돌린다.

"성훈아, 성훈아!"

무릎을 살짝 숙이고 두 손바닥을 귀에 바짝 대며,

"나, 토끼를 보았느니라! 이렇게, 이렇게 뛰고 있었느니라!"

왼쪽 오른쪽 깡충깡충 뛴다. 나도 보고 있다. 내 눈앞에서 토끼 한 마리가 뛰고 있으니까.

"정말 맛있어 보였느니라. 잡아서 보여 주겠느니라!"

그래서 거절했다.

"괜찮아. 널 보니까 얼마나 맛있어 보이는지 알 것 같으니까."

랑이가 만세를 부르며 깜짝 놀란다.

"나를 잡아먹을 것이느냐?!"

옛날 기억이 되살아나기 전에 고개를 흔들었다.

"그만큼 귀여워 보인다는 거야."

그 말에 랑이가 두 손을 허리 뒤에 숨기고 귀를 쫑긋쫑긋, 어깨를 흔들흔들, 꼬리를 하늘하늘, 엉덩이를 살랑살랑, 허벅지를 부끄부끄 비비며 이쪽으로 다가온다. 마지막에 뭔가 의태어가 아닌 것이 들어간 것 같지만 상관없다. 랑이는 실제로 부끄러워하고 있었으니까.

"헤헤헤. 네게 그런 말을 들으니 가슴이 콩닥콩닥 뛰느니라."

"더 뛰게 해 줄까?"

랑이가 흰색 물음표를 띄우며 말했다.

"응?"

지겹도록 말하지만 나는 지금 머리에 열이 올라서 제정신이 아니다. 나는 살짝 허리를 숙여 랑이의 입술에 스치듯 입을 맞췄다.

"……어?"

상황을 아직 이해 못한 랑이가 가을 사과 같은 입술에 손을 대 보고 지그시 눌러 본다. 나는 그런 랑이를 기다려 주었고, 이어 랑이가 홍시처럼 얼굴을 붉히며 자신의 머리 위로 하얀 연기를 내뿜었다.

"뽀, 뽀, 뽀, 뽀, 뽀뽀해 줬다!!"

모르는 사람이 보면 이번이 첫 뽀뽀인 줄 알겠다, 이 녀석아.

"성훈이 이, 입술에 뽀뽀해 줬다!"

흐르는 강물을 거꾸로 거슬러 오르는 연어들처럼 방방 뛴다.

"기쁘다! 기쁘느니라! 이건 그것이 아니느냐?!"

너무 기뻐서 제대로 말도 못 한다.

"이건 혼약의 뽀뽀이니라! 이제 서방님이라고 불러도 되는 것이느냐!"

한껏 기대에 벅차올라서 겨울 하늘의 북극성처럼 반짝반짝 빛나는 눈동자를 바라보며 미소와 함께 대답해 주었다.

"안 돼."

"……에?"

쫑긋 서 있던 귀가 숙여지고 꼿꼿이 섰던 꼬리가 힘없이 아래로 떨어진다. 솜털이 나 있을 것 같은 앙증맞은 두 손을 들어 주먹을 꼬옥 쥐며 내게 말한다.

"안 되느냐?"

"응."

"왜 안 되느냐?"

"그러면 이렇게 더 놀 수 없으니까."

"그건 무슨 말이느냐?"

나는 랑이의 손을 잡고 길을 걸었다. 랑이는 내 대답을 듣고 싶어서 근질근질하면서도 뭐라 말은 못 하고 옆에서 나를 올려다보며 걸었다. 나는 느긋하게 앞을 바라보며 걸으면서 이야기했다.

"우리가 결혼하면 아이도 낳아야지?"

슬쩍 운을 띄우자 좋다고 달려든다.

"그러하느니라! 난 아이는 남자애 셋에 여자애 셋이 좋으니라!"

앞서 간다.

"그러면 랑이는 어머니가 되는 거지?"

"응!"

고개를 끄덕끄덕.

"그건 아직 랑이한테는 일러."

"안 이르다!"

살짝 화가 난 랑이에게 말을 하기 전에 다시 한 번 설명해 두겠다. 나는 지금 더위를 먹어서 제정신이 아니다. 머리까지 익어 버리지 않았을까 하는 생각이 들 정도야. 그러니까 이런 말을 한다고 해서 이상하게 생각하지 마라.

"아직 랑이는 경험하지 못한 일들이 세상에는 엄청 많으니까."

랑이의 마음이 달라진 것이 손끝으로 느껴진다.

"랑이는 아직 어리니까 많은 걸 경험하고 느끼고 배우고, 그러고 나서 어머니가 돼도 늦지 않아. 생각해 봐. 좋은 엄마가 되려면 **우리** 아이들보다 많이 알아야겠지?"

"그렇느니라."

"그러니까 지금은 아직 안 돼. 너무 일러."

내 말에 랑이는 한여름에 물을 주지 않은 꽃처럼 풀이 죽었다.

"하지만……."

랑이가 무슨 말을 하고 싶은지 알고 있다. 그래서 나는 랑이의 머리를 쓰다듬어 주며 말했다.

"물론, 나는 그 때까지 계속해서 네 곁에 있을 거야. 얼마나 시간이 걸릴지는 모르지만, 계속해서 말이야."

해바라기가 폈다. 산새가 기쁨의 노래를 지저귀며 바람과 함께 하늘에서 춤사위를 펼친다. 나뭇잎들이 연주하며 시냇

물이 퍼트리는 노랫소리에 온 세상이 기쁨을 노래한다.

"응! 네가 함께해 준다면 나는 그 날을 기쁘게 기다리겠느니라!"

집으로 돌아오는 길에 나와 랑이는 소나기를 맞았다. 여름에 국지성 호우가 드문 일도 아니기에 나는 당황하지 않고 랑이의 손을 잡고 비를 피할 곳을 찾으려 했다. 그런데 랑이가 갑자기 내 몸을 타고 올라와 포동포동한 배를 머리에 대고는 이렇게 말했다.

"내 성훈이 젖는다아—!"

내가 어렸을 때, 어머니가 새로 사 주신 신발주머니가 갑자기 내린 비에 젖을 것 같아서 품에 꼬옥 안고 집으로 달려갔던 때를 생각나게 만드는 말이다. 그래서 나도 동심을 되찾기로 했다.

"랑이야, 내려와."

랑이가 보기 드물게 반항했다.

"안 되느니라! 성훈이 비를 맞느니라!"

"빨리."

두 번 반항할 용기는 없었는지 쪼르르 내려와 내 옆에 서서 안절부절못해한다. 나는 그런 랑이를 향해 두 손을 벌리듯 내밀었다. 랑이가 반사적으로 내 품에 뛰어들고서는,

"앗! 이게 아니니라!"

그런 소리를 하면서도 허리를 두 다리로 감싸 안는다. 나는 한 손으로 랑이의 자그마한 엉덩이를 감싸고 다른 손으로는 등을 휘감으며 고개를 숙이고서 아름드리나무를 향해 달려가며 외쳤다.

"내 랑이가 젖는다아—!"

폭우 속에서 장난 같은 바보짓을 하는 바람에 나도 랑이도 홀딱 젖고 말았다. 물에 푹 젖은 티셔츠를 벗어서 물기를 짜고 있자니 랑이도 옆에서 똑같이 따라 한다. 어린아이는 어른을 따라 하면서 커 가는 거지. 어두워진 하늘 아래 잠시나마 비를 피할 곳이 되어 준 나무 아래에 앉는다. 랑이는 당연하다는 듯이 내 위에 앉아서 등을 기대 왔다. 따듯하긴 한데 네 머리카락 때문에 간지럽다. 나는 랑이의 머리카락을 양쪽으로 나눠서 어깨 너머로 넘겼다. 이러면 혹시라도 길가다 다른 사람이 지나가더라도 랑이의 어여쁜 몸을 제대로 볼 수 없겠지.

"안 춥냐?"

내 물음에 랑이는 칠석날에 견우를 만난 직녀처럼 내 팔을 꽈악 끌어안으며 말했다.

"성훈이가 껴안아 주어서 하나도 안 춥느니라!"

그거 다행이다. 나는 이상하게 몸이 으슬으슬거리거든. 그래서 작은 태양 같은 랑이를 한층 더 끌어안는다. 허리 아

래 닿는 포동포동한 엉덩이와 가슴에 와 닿은 랑이의 등이 갓 태어난 고양이처럼 보드랍다.

"오늘 즐거웠어?"

오랜만에 단둘이서 놀러 나왔지만 내가 해 준 것은 별것 없었다. 오히려 랑이가 내게 해 준 것이 많았다. 나비를 따라 살랑살랑 뛰는 모습, 냇가의 개구리와 함께 쭈그려 앉아 개골개골 노래를 부르는 모습, 잠자리를 잡으려고 손가락으로 원을 그리다가 자신이 헤롱헤롱 쓰러지던 모습, 강아지풀을 꺾어 입에 물고 뻐끔뻐끔 입을 벌리던 모습. 언젠가는 내가 안고 가게 될 추억들을 랑이에게 선물 받았다. 지금까지 내가 랑이를 만나서 받은 것들은 내가 랑이에게 준 것들에 비교해 보면 태산과 티끌만큼의 차이가 있다. 그리고 앞으로도 난 랑이에게 더욱 많은 것을 받게 되겠지. 그러니까, 나는 이 녀석에게 내가 줄 수 있는 유일한 것을 주자. 너무나도 작지만 그 어떤 것보다 커질 수 있는 걸 말이야.

"성훈아."

쏴아아. 빗방울이 세상과 소통하는 소리를 뒤로 랑이의 목소리가 선명하게 들려왔다.

"나는 행복하느니라."

대답은 필요 없었다.

"너는 행복하느냐?"

대답은 필요 없었다. 나는 랑이의 몸을 살짝 옆으로 틀어

앉히고 턱을 들어 올렸다. 내가 무엇을 하려는지 깨달은 랑이가 어두워진 하늘 아래에서도 확연히 드러나는 붉어진 두 뺨을 가리지 않고, 그저 수줍게 눈을 감았다. 나는 나를 기다리는 랑이에게…… 엎어졌다.

"어?"

몸에 힘이 들어가지 않는다. 왜 이러는지는 대충은 알 것 같다. 어쩐지 몸이 뜨겁더라. 단순히 너무 더워서 그런 줄 알았는데 그게 아니었던 거다.

"성훈아? 성훈아? 가, 갑자기…… 이마가 왜 이리 뜨겁느냐?!"

아, 모르겠다. 자각하니까 이상하게 더 힘들다. 나는 랑이의 목소리를 자장가 삼아서 잠에 빠져들기로 했다.

"세희야! 세희야!! 성훈이가 아프다! 빨리 나와!! 이러다 성훈이 죽는다!!"

그러니까 그렇게 호들갑 떨 건 없다.

"바둑이도 안 걸린다는 여름 감기입니다."

세희는 그렇게 정의했다. 내가 더위를 먹었다고 생각한 것이 사실 감기였나 보다. 나는 이불 속에 누워서 골골거리면서도 세희에게 대꾸했다.

"너 알고 있었지."

"말했지 않습니까. 병에 걸렸다고."

"그럼 말렸어야지."

"주인님께서 너무 좋아하시기에 그만."

"뭐가 주인님께서 너무 좋아하시기에 그만이, 콜록콜록!!"

"성훈아! 이잇, 이럴 때는 어쩔 수 없느니라! 내가 뽀, 뽀뽀해서 정기를 불어넣어 주겠느니라! 그러면 감기 따위는 금방 낫느니라!"

"주인님. 그러시면 도련님께서 반인반요가 돼 버립니다."

"하, 하지만 이렇게 괴로워하지 않느냐?! 이러다가 성훈이가 죽으면 어떻게 하느냐!"

아, 아. 그래도 이제야 알 것 같다. 감기 때문에 머리에 열이 올라서 제대로 된 생각을 할 수 없었던 거였어. 어쩐지 오늘따라 랑이가 한층 더 귀엽고 사랑스럽게 보이더라. 나는 약간의 안도감을 느끼며 랑이에게 말했다.

"안 죽는다."

대답은 세희가 했다.

"숨어서 지켜보던 제 손발은 오그라들어 죽었습니다."

"……시끄러."

〈3.5권 끝〉

글쓴이의 끼적끼적

살려주세요.

◆ 본 작품의 의견, 감상을 기다리고 있습니다 ◆

보내실 곳 _

서울시 마포구 망원동 485-37 연세빌딩 6층
우편번호 121-230 디앤씨미디어 시드노벨 편집부

카넬 작가님 앞
영인 작가님 앞

카넬 시드노벨 저작 리스트

『나와 호랑이님』 3.5
『나와 호랑이님』 3
『나와 호랑이님』 2
『나와 호랑이님』

나와 호랑이님 3.5

1판 1쇄 발행 2011년 10월 1일
1판 13쇄 발행 2017년 8월 31일

지은이_ 카넬
발행인_ 신현호
편집장_ 이석원
책임편집_ 문승민
편집부_ 이호준 고동남 유석희 문승민 신은경 송영규 이혜영 최종건 최은지 김지인
편집디자인_ 한방울
국제업무_ 정아라 고금비
영업 · 관리_ 김민원 이주형 조인희

펴낸곳_ ㈜ 디앤씨미디어
등록_ 2002년 4월 25일 제20-260호
주소_ 서울시 구로구 디지털로 26길 111 JnK디지털타워 503호
전화_ 02-333-2513(대표)
팩시밀리_ 02-333-2514
E-mail_ seed_dnc@dncmedia.co.kr
홈페이지_ www.seednovel.com

값 6,500원

ISBN 978-89-267-8089-3 04810
ISBN 978-89-267-8052-7 (세트)

강명운 지음
Cherrypin 일러스트

꼬리를 찾아줘! 1~8

꼬리의 주인으로 밝혀진 이는 바로 동해용왕님. 그런데 이 용왕님 범상치 않아?

"뭘 망설이는 거야? 그냥 해치워버려!" 주위의 부추김에도 불구하고 묘하게 연인으로서 진전이 없는 영민과 월화. 그런 그들에게 나타난 새로운 꼬리를 소유자는, 바로 동해용왕이자 아리따운 공주님이었지만! "어허, 그것은 본좌의 컬렉션이니라." ……그 정체는 속세의 게임에 푹 빠진 진성 폐인?! 과연 월화와 영민은 괴짜 용왕님에게서 꼬리를 되찾을 수 있을까?"

웃음과 감동이 어우러지는, 한국형 전기러브 코미디 그 여덟째 마당.